ABDI
NAZEMIAN

Le Cercle

**UNE ÉCOLE PRESTIGIEUSE,
CINQ ÉLÈVES EN QUÊTE DE VÉRITÉ**

Traduit de l'anglais (États-Unis)
par Georges Content

milan

À tous les amis et mentors que j'ai rencontrés
à l'internat et qui m'ont sorti des ténèbres
pour me faire entrer dans la lumière.
Vous serez toujours ma famille.

Ce livre contient des descriptions d'abus sexuels et physiques, d'actes d'homophobie et de bizutages. J'ai essayé de les représenter avec tact, mais s'il vous plaît, soyez vigilants. J'ai l'espoir que cette histoire aide ceux qui ont vécu ces traumatismes à se sentir moins seuls.

Il est toujours plus facile de se mentir à soi-même que de mentir aux autres.

C'est pourquoi il est tellement important de s'entourer de personnes de confiance.

Elles vous aideront à dire la vérité.

Hattie DOUGLAS, *Informations complémentaires*

JANVIER 2008

PROLOGUE

Si vous aviez le choix entre blesser quelqu'un que vous aimez en disant la vérité, ou garder un secret qui vous ronge, que feriez-vous ? Je crois que la plupart des gens décideraient de se taire. Nous n'étions pas comme la plupart des gens. C'est ce que nous nous apprêtions à découvrir durant les derniers mois du vingtième siècle, une période qui changea nos vies à jamais.

Il y a de cela huit ans, juste après l'entrée dans ce nouveau siècle, je suis revenu à l'internat avant la rentrée dans le but de m'entretenir face à face avec la professeure Douglas. Il avait neigé pendant les vacances et, sans étudiants en grosses Timberland pour piétiner le sol, le lycée ressemblait à un nuage. Tout ce qui d'ordinaire rendait Chandler si imposant, voire menaçant, avait soudain revêtu un manteau d'innocence et de pureté. L'endroit idéal pour un nouveau départ… ce qu'il n'était en rien. Chandler était, et restera, un lieu miné par le poids de son passé.

Les abondantes chutes de neige avaient fait disparaître jusqu'à la devise de l'école gravée sur les bancs et aux frontons des bâtiments.

Veritas vos liberabit.

On aurait dit que la nature savait que la vérité ne nous libérerait pas du tout, en fin de compte. La liberté requiert plus que la vérité. Il lui faut des actes.

Je me souviens avoir toqué cinq fois à la porte de Douglas avant qu'elle ne vienne enfin ouvrir. Ses cheveux auburn, courts et hérissés, sa marque de fabrique, lui donnaient plus que jamais l'air d'avoir mis les doigts dans la prise. J'ai sorti le manuscrit de sous mon manteau pour le lui tendre. Elle ne l'a pas saisi tout de suite.

Gagné par une légère appréhension, je l'ai suivie à l'intérieur, déposant mon lourd sac à dos au passage.

Elle a dû sentir que quelque chose clochait, car soudain elle s'est mise à scruter la liasse que je tenais comme on observe une bombe à retardement.

— Alors, qu'est-ce que ça raconte ? a-t-elle demandé.

— C'est assez personnel.

Elle a attendu que je poursuive sans rien dire.

— Ça parle de cinq élèves choisis pour participer à l'atelier d'écriture d'une professeure brillante qui…

Je n'ai jamais terminé ma phrase. Il y avait trop à dire en une seule fois. C'est toujours le cas. Peut-être était-ce pour cette raison que nous avions tout mis sur papier.

Parce que parfois, la seule façon de démêler les émotions compliquées, c'est d'en faire des histoires.

SEPTEMBRE 1999

BETH KRAMER

Si vous empruntez l'autoroute qui relie New York au Connecticut, vous remarquerez peut-être la pollution qui a commencé à infester nos paysages : bouteilles de sodas, paquets de cigarettes, emballages de chewing-gums... Vous remarquerez peut-être les arbres roux en automne, et verts au printemps. Les plus observateurs verront également les véhicules de police tapis aux abords des bretelles de sortie, dans l'attente de quelque bolide à verbaliser... Le Connecticut est la capitale des infractions au code de la route.

— Maman, c'est la sortie, signale Beth Kramer à sa mère, Elizabeth, en désignant une voie dépourvue de panneau.

Beth et sa mère partagent un nom de famille, des cheveux roux et des taches de rousseur, mais pas grand-chose d'autre.

— C'est très agaçant. Ils ne peuvent pas installer un panneau, comme tout le monde ?

— Non, parce que ce n'est pas un endroit pour tout le monde.

Voilà l'explication : en 1958, date de la construction de la grande autoroute, le directeur de l'académie Chandler et la directrice du collège Plum (c'était encore deux institutions séparées à l'époque) ont déposé une demande auprès de l'État afin d'obtenir leur propre sortie d'autoroute. La sortie 75. Détail insolite : ils ont souhaité un embranchement discret, sans signalisation. Beth n'en dit rien à sa mère, qui déteste tout ce que Chandler représente, et que cette affaire de route secrète agacerait assurément. Elle comprendrait, à l'instar de sa fille, que le but de la sortie 75 est d'éviter la venue des gens de la ville voisine.

Beth vient de la ville voisine, et pourtant la voilà : prête à entamer sa deuxième année. Une seconde tentative pour les convaincre, pour *se* convaincre, qu'elle a bien sa place ici.

La voiture emprunte la sortie sans panneau et parcourt les huit cents mètres bordés des feuillages typiques de la Nouvelle-Angleterre qui séparent le grand axe routier de l'école. Il n'y a nulle part où se garer avant d'atteindre le campus. Beth songe à tous les secrets que recèlent ces bois. Initiales d'amants gravées dans les troncs d'arbres. Décennies de mégots enfouis sous la terre et les feuilles mortes, puisque ce qui se passe ici a tendance à y rester enseveli.

Mais tout ce qui est enterré peut être déterré…

À peine la voiture est-elle entrée dans l'enceinte que Beth récupère son énorme sac à dos sur la banquette arrière.

— Bon, merci, maman.
— Je peux t'aider à t'installer.
— Je ne suis plus en troisième division. Ce serait la honte que ma mère vienne me faire mon lit en quatrième division.
— C'est quoi la troisième division, déjà ?
— C'est la première année. Donc moi, je suis en quatrième division. L'équivalent d'une deuxième année de lycée.
Sa mère secoue la tête.
— Pourquoi ils ne peuvent pas utiliser les mêmes mots que tout le monde, dans cette école ?
Beth pourrait répéter que c'est parce que ce n'est pas une école pour tout le monde, cependant elle s'abstient.
— J'aperçois pourtant d'autres mères, ici.
— Ce sont des gouvernantes, explique sa fille avec un demi-sourire.
— Bon, d'accord. (Elle hausse tristement les épaules.) Je ne connais pas les règles de cet endroit aussi bien que toi.
Beth pose son sac par terre et se penche dans la voiture pour embrasser sa mère sur la joue.
— Je t'aime, maman.
— Ça va aller ?
Question piège.
Beth acquiesce sans répondre. Si elle amorce la conversation, sa mère en profitera une fois de plus pour suggérer une thérapie. D'accord, elle a des angoisses de temps en temps, mais quand même *pas* au point d'avoir besoin de voir un psy.

— Tu vas retrouver ton chemin sans problème ? demande-t-elle à la place.

— Ça devrait aller. Partir d'ici est beaucoup plus facile qu'y arriver.

Beth claque la portière et agite la main jusqu'à ce que la Volvo soit hors de vue. L'auto faisait un peu tache au milieu de toutes ces voitures de luxe. Elle imagine sa mère rebroussant chemin jusqu'à l'autoroute. Elle se trouve des points communs avec cette sortie secrète : personne ne la remarque, elle non plus.

Et pourquoi en serait-il autrement ? Il suffit de les regarder, tous. Nouvelles coupes de cheveux. Nouvelles tenues estivales sélectionnées dans les rayons des boutiques chics de New York. Sourires éclatants, blanchis de frais. Anecdotes de grandes vacances dans le sud de la France, de stages dans des banques, rédactions de magazines ou studios de cinéma. Tous les signes d'appartenance que Beth ne possède pas puisque, de toute façon, elle n'en a pas les moyens.

Elle sourit à ses camarades de promotion qu'elle reconnaît. Amanda de Ravin. Sarah Sumner. Rachel Katz. Leurs regards glissent sur elle comme si elle était transparente.

Les yeux sur le lycée, elle songe avec émerveillement à tout ce qu'elle sait sur cet endroit. Elle est pour ainsi dire une encyclopédie vivante de Chandler. Son obsession pour l'académie lui a rempli la tête de détails inutiles au détriment de choses plus importantes. Elle aurait au moins pu se porter volontaire pour guider les nouveaux arrivants, mais non. Mieux vaut rester invisible.

Au loin, Sarah Brunson fait visiter l'établissement à une famille. Sa chevelure brune ondulée et son sourire superficiel ramènent immédiatement Beth à l'an dernier, quand elle partageait sa chambre. Brunson arbore un tee-shirt rouille et or indiquant « À VOTRE SERVICE » qui flotte sur son jean moulant. Elle est guide, évidemment. Si seulement Beth possédait un gramme de cette confiance.

Brunson connaît-elle l'histoire du lycée comme sa poche ? Sait-elle, par exemple, que le nouveau bâtiment du département de mathématiques est un don de Moses Briggs, élève de la promotion 1964, responsable d'un fonds de placement connu pour avoir escroqué un nombre incalculable de gens ? Son nom a été retiré de la façade, mais ça n'a pas empêché l'école de prendre l'argent à l'époque. Brunson sait-elle que la Grande Pelouse n'est pas réelle ? L'administration a investi dans un gazon artificiel très cher, capable de supporter les innombrables parties de balle et de frisbee.

— Beth !

Surprise, elle lève la tête et aperçoit quelqu'un qui lui fait signe. Et pas n'importe qui avec ça : Amanda Priya Spencer. Dite Spence.

— Salut, Beth ! Comment s'est passé ton été ? demande Spence en descendant d'une Mercedes.

Beth ne peut s'empêcher de remarquer qu'au volant de la voiture, sa gouvernante porte l'ensemble Prada que Spence avait l'an dernier au premier rassemblement de la promo.

Comment Spence connaît-elle son nom ? Est-elle simplement polie ? Que faire ? S'éloigner discrètement ? S'inventer des vacances ?

Au lieu de cela, elle se contente de fixer Spence assez longtemps pour que ça devienne gênant. Cette fille est sûrement habituée aux regards insistants. Elle est tellement belle.

— Beth ! réitère-t-elle en attachant ses cheveux d'un noir brillant en queue-de-cheval haute, comme à son habitude.

Une coiffure reprise et imitée par les filles de toute l'académie, mais évidemment jamais égalée.

— Salut !

On entend les points d'exclamation après tout ce que dit Spence. Elle est comme ça. Sûre d'elle. Optimiste. L'élue.

Beth la bade comme elle badait toutes les filles parfaites de Chandler qu'elle croisait en ville quand elle était petite. Il y avait eu cette fois chez Toppings, où trois filles en mini-shorts plus que mini avaient commandé une unique boule de glace menthe-chocolat à partager et l'avaient laissée fondre pendant qu'elles discutaient des fesses d'un joueur de lacrosse prénommé Tucker. Ou cette autre fois, chez Mamma Mia, où elle était venue chercher une pizza avec sa mère et où elle avait aperçu cette fille de Chandler qui fumait une cigarette seule à une table tout en soulignant frénétiquement des passages des *Grandes Espérances*.

— Ah, oui, ça va, désolée, dit Beth. Je ne savais pas que tu me connaissais.

Spence s'esclaffe.

— Bien sûr que je te connais. Tu t'occupais de l'éclairage de notre comédie musicale l'an dernier, non ?

— Oui, c'est vrai.

Ce n'est pas qu'elle se soit cachée toute l'année précédente. C'est juste qu'elle a choisi des activités qui lui ont permis de se fondre dans le décor, comme être régisseuse du spectacle.

— En tout cas, merci pour l'éclairage flatteur, déclare Spence avec un sourire radieux.

Comme si cette fille avait besoin d'un quelconque éclairage pour être belle. N'importe quoi.

— Alors, reprend-elle. Tu as passé un bon été ?

— Euh, oui, ça va.

Pourquoi répondre à une simple question lui demande-t-il autant d'efforts ? Peut-être parce que, contrairement à la plupart des élèves, Beth est restée en ville pour travailler chez Toppings tout l'été.

— Je suis sûre que tes vacances ont été plus intéressantes que les miennes, poursuit-elle en balbutiant nerveusement. Où es-tu allée ? Saint-Tropez ? Biarritz ? Gstaad ?

Elle prononce chaque nom de ville avec un accent à couper au couteau, pour imiter les élèves de Chandler. L'an dernier, elle a passé beaucoup de temps à analyser ses camarades de classe, et elle a observé chez eux, entre autres, une autodérision constante et sans merci. Pour appartenir à Chandler, il est apparemment obligatoire de s'en moquer impitoyablement.

— Beth, tu es vraiment hilarante ! pouffe Spence.

Moui. Beth est beaucoup de choses, mais pas hilarante. Cependant, le compliment la flatte.

Tandis que Spence s'éloigne, elle songe à tout ce qu'elle sait de cette fille malgré le peu d'interactions qu'elle a eues avec elle. Par exemple, elle sait que le grand-père paternel de Spence faisait partie de l'équipe d'aviron de Chandler et que sa grand-mère, élève à Plum, a joué Antigone. Ses grands-parents côté maternel, tous deux médecins, ont quitté l'Inde pour New York à la fin des années 60, après le passage d'une nouvelle loi sur l'immigration. Son père, promotion 78, est aujourd'hui une grosse pointure parmi les producteurs de cinéma, et sa mère, top-modèle et activiste. Elle défile toujours, à l'approche de la cinquantaine. Voilà le genre de génétique dont a hérité Spence. Pendant ce temps, la mère de Beth porte le même jean à taille élastique depuis dix ans et les gens prennent régulièrement son père pour son grand-père, tant la vie l'a abîmé.

Elle se dirige vers Carlton, la résidence des quatrièmes divisions, en essayant de ne pas se laisser intimider par les Mercedes, BMW, Maserati et autres.

Dans son dos, elle entend Spence saluer Henny Dover.

— Salut, Henny ! Comment s'est passé ton été ?

Petit pincement au cœur. Elle n'était pas si spéciale finalement.

Elle porte une main à sa tête, mais se ravise : elle s'est juré de ne pas faire ça en public. Aussi se hâte-t-elle vers la résidence, et elle trébuche, tombe sur le trottoir, les mains en avant.

Pourvu que personne n'ait rien remarqué. Mais si. Bien sûr que si. Eh bien soit... qu'ils ricanent. Elle s'autorise un instant pour ressentir la douleur. Au moins, ça prouve qu'elle est en vie.

— Ça va ? demande Henny.

Par chance, Spence, déjà loin, n'a pas assisté à la scène.

— Oui, ça va.

— Tu es nouvelle ? Je m'appelle Henny. Je peux t'accompagner à ton bâtiment si...

— J'étais là l'an dernier, coupe Beth. On se connaît déjà, en fait.

— Ah, oui, fait Henny en plissant les yeux.

D'une certaine manière, que cette fille ne la reconnaisse pas la conforte davantage que de savoir que Spence l'a identifiée. La croyance qu'elle a chevillée au corps se confirme : elle est totalement insignifiante.

Elle s'éloigne en mâchonnant ses cheveux. Ses putains de cheveux. Si elle pouvait changer ne serait-ce qu'une chose chez elle, ce serait le nombre d'heures qu'elle consacre à penser à ses cheveux.

Devant Carlton, Beth s'arrête pour admirer le lycée. Des années durant, elle ne l'a vu que sur des brochures, malgré les trois petits kilomètres seulement qui le séparent de son domicile. Ces dépliants qu'elle examinait attentivement n'effleuraient même pas la réalité du lieu. Quant au site internet... les photos basse résolution vident l'endroit de toute sa magie. Rien, ici, n'est de basse résolution.

Elle connaît de l'année précédente la plupart des filles de sa résidence, mais sans être proche d'aucune. Elle a peut-être réussi à survivre un an, mais certainement pas à se faire des amies.

Au moins, maintenant, elle est en chambre individuelle. Brunson l'a évitée tout l'an dernier, et c'est assez compréhensible : Brunson était juste assez jolie et sûre d'elle pour s'intégrer parfaitement au groupe des autres filles. Elle s'est fait des copines rapidement. Son agenda s'est tout de suite rempli d'activités extrascolaires et de sorties auxquelles elle n'a jamais convié Beth. Quand Brunson et ses copines se rassemblaient dans leur chambre à toutes les deux pour manger des bonbons en faisant leurs devoirs, Beth mettait ses écouteurs pour ne pas les entendre. Mieux valait ignorer qu'être ignorée. Une situation loin d'être idéale, mais qui fonctionnait.

Et puis Brunson a décidé de tout gâcher en allant se plaindre à leur responsable de résidence des cheveux roux de Beth qui jonchaient en permanence le sol de leur chambre. Tout en assurant à Beth qu'elle compatissait à ses chutes de cheveux, ce qui est vraiment un truc bizarre à dire, elle a également ajouté qu'elle était dégoûtée d'en retrouver même dans la bouilloire. Lors de l'entrevue des deux colocataires avec leur responsable, Brunson a suggéré que Beth porte un filet à cheveux dans la chambre, et l'unique adulte de la pièce a décrété que c'était un excellent compromis.

Un filet à cheveux.

Un FILET à CHEVEUX.

Beth n'a rien dit. Elle s'est contentée de sourire, puis elle a porté ledit filet à cheveux. Mais pas seulement dans la chambre. Elle l'a porté *partout*. En classe, aux répétitions de la comédie musicale, à la messe, à tous les rassemblements scolaires. Quand on lui en demandait la raison, elle haussait simplement les épaules. Personne n'avait besoin de savoir, sauf Brunson. Elle voulait lui renvoyer sa cruauté mesquine en pleine face.

Dans la salle commune de sa nouvelle résidence, Beth tombe sur Jane King, dont les cheveux fins ont poussé durant l'été et qui arbore à présent une queue-de-cheval haute à la Spence.

— Ah, salut, dit Jane. Qu'est-ce que tu fais ici, toi ?

— Moi ? Mais j'habite ici.

— Je croyais que tu étais externe.

Beth soupire. Tout ce qu'elle veut, c'est être une des leurs. Peut-être même, un jour, sortir avec l'une d'elles. Mais, bien qu'elle soit à l'internat, on la voit toujours comme une externe. Parce qu'elle vient de la ville d'à côté. Comme si elles en sentaient l'odeur sur elle.

— Eh ben non, rétorque-t-elle. Mes parents habitent dans le coin, mais moi je dors ici.

— D'accord, désolée.

En chemin vers sa chambre, elle entend une autre élève, Pauline Lutz, chuchoter à une nouvelle :

— Et attends de voir Freddy Bello. Il est devenu encore plus sexy pendant l'été.

Exaspérée, Beth referme la porte de sa chambre. Avec la pièce pour elle toute seule, elle ne va pas se gêner. Plus de filet à cheveux. Elle va pouvoir laisser les mèches qu'elle arrache aller où bon leur semble.

Le soulagement l'envahit déjà alors qu'elle enfonce les doigts dans son cuir chevelu à la recherche du parfait cheveu à arracher.

Clac.

Elle observe le long cheveu roux dans sa main, puis le souffle sur la vieille moquette fatiguée. Et continue. Chaque cheveu semble posséder sa propre texture, c'est fascinant. Certains sont lisses. D'autres rêches. Elle déniche le plus rugueux de tous et…

Clac.

Souffle.

Clac.

Souffle.

En amorçant son rituel, elle songe à l'année qui l'attend. Il *faut* qu'elle soit choisie. Elle avait soumis sa candidature l'an dernier sans obtenir d'entretien avec la professeure Douglas. Cette fois-ci, la professeure doit absolument comprendre qu'elle est spéciale, qu'elle écrit bien, qu'elle a quelque chose à dire d'unique, une voix que les autres n'ont pas. Si Douglas la laisse entrer dans le Cercle, les autres, tous les autres, verront enfin qu'elle n'est pas qu'une simple locale, une fille de la ville d'à côté. Ils comprendront qu'on lui a attribué une bourse scolaire parce qu'elle est mille fois plus intelligente qu'eux tous réunis. Son billet d'entrée à Chandler, elle l'a *mérité,* elle.

Quand suffisamment de cheveux ont été arrachés, elle caresse brièvement la peau lisse du cuir chevelu. Cette sensation de fraîcheur est agréable. De nouveaux follicules attendent de pousser. De se régénérer. Comme cette école, qui admet sans cesse de nouveaux élèves, son crâne accueillera toujours de nouveaux cheveux.

De son sac, elle tire son livre préféré. *Informations complémentaires*, par Hattie Douglas. C'est l'unique roman qu'ait publié la professeure Douglas. Écrit il y a vingt ans, difficile à trouver, surtout parce qu'elle refuse que la bibliothèque de Chandler le propose. Beth a tellement de questions, déjà sur le livre (est-ce une autobiographie ?), mais aussi sur l'édition (était-ce difficile de publier un roman lesbien en 1979 ?).

Dans sa rédaction de candidature au Cercle cette année, elle a décidé de parler de ce livre. Elle se compare au personnage principal, une femme qui cache sa double vie lesbienne à son mari au début des années 1970. L'homosexualité de Douglas n'est un secret pour personne, et chacun sait qu'elle a été mariée (son ex-mari est encore publié, treize romans à ce jour, et quatre épouses). La professeure Douglas est en fait la seule ouvertement homosexuelle ici. Certains comptent le Père Close, le prêtre de l'école, qui cite la chanteuse Karen Carpenter dans chacun de ses sermons, mais… c'est un prêtre. L'analyse que fait Beth du roman de Douglas est fine et perspicace, vu qu'elle s'y reconnaît tellement.

Et ce titre, *Informations complémentaires*. Elle l'adore. Elle réfléchit à toutes les informations complémentaires que personne ne connaît à son sujet, et elle les inclut dans son texte. Sa vie de locale qui a insisté pour vivre à l'internat. Tout ce qui s'agite en elle quand elle observe les filles de Chandler traverser la vie sans la moindre difficulté.

Avant d’insérer la rédaction dans une enveloppe kraft qu’elle déposera au courrier, elle cherche sur son crâne le cheveu le plus lisse. Les yeux clos, elle le souffle dans l’air. Une petite offrande aux dieux de la destinée.

Elle revérifie l’enveloppe plusieurs fois, comme si son contenu pouvait s’évaporer sans prévenir.

Puis elle la ferme hermétiquement.

AMANDA SPENCER

— Alors, dit Spence aux filles de Livingston qui l'entourent avec vénération. Racontez-moi tout ce que j'ai raté.

Elle écoute une des sixièmes divisions lui parler de son voyage en Asie avec son père diplomate, et les anecdotes hilarantes d'une autre qui a travaillé chez Body Shop.

— Tout ça, c'est très bien, lance l'une d'elles, mais parle-nous plutôt de Strasberg !

— C'était incroyable, confie Spence. J'ai joué sur la même scène que Marilyn Monroe !

Rien qu'en fermant les yeux elle est transportée à Strasberg, le stage de théâtre que M. Sullivan l'a aidée à intégrer.

— Et j'ai pu écrire mes scènes, poursuit-elle. J'ai appris à construire un scénario, à rédiger des dialogues et…

Elle se tait devant l'air blasé des filles. Ça ne les intéresse pas du tout. Vite, elle s'empresse de dévier.

— Et vous n'allez pas croire qui était dans le public quand j'ai joué… Meg Ryan !

Les filles s'animent. Ce que préfèrent ses camarades chez elle, ce sont les célébrités qu'elle côtoie, elle en a conscience. *Comment était-elle coiffée ?* « Très Nouvelle Vague française. » *Qu'est-ce qu'elle portait ?* « Un blazer noir sur un débardeur, élégance naturelle. » *Elle t'a parlé ?* « Je lui ai indiqué les toilettes. »

Une fois les filles parties, Spence transforme sa chambre. Elle remplace la poubelle en plastique par une magnifique porcelaine de chez Bloomingsdale. Elle jette le savon médiocre fourni par l'école pour aligner ses produits Clarins à la place. Puis elle accroche ses nouvelles affiches encadrées qu'elle a amenées avec elle pour l'année. Les reproductions de Magritte et d'Escher du MoMA de l'an dernier cèdent la place à un poster de Marilyn déniché dans une brocante de Greenwich Village. Sur la photo, Marilyn lit un livre intitulé *Comment développer votre réflexion*, ce que Spence trouve hilarant, bien qu'un peu triste. À côté de Marilyn, elle place la photo dédicacée de Madhuri Dixit que sa mère a réussi à lui obtenir pour son anniversaire, il y a deux ans. Elle se rappelle brièvement qu'on l'appelait Spence Bollywood à son arrivée en troisième division. C'était à la fois le meilleur compliment du monde, parce que Bollywood déchire tout, et aussi tellement raciste. Pour chaque élève qui connaissait ses parents, il y en avait un autre qui la fixait en lui demandant : « T'es quoi, exactement ? » Elle savait parfaitement ce qu'ils voulaient dire, mais elle répondait inlassablement : « Moi, c'est Spence », avec un grand sourire. Au final, c'est resté. Maintenant, elle est seulement Spence.

Pour finir, elle scotche au mur un autoportrait au fusain dans lequel elle ressemble à s'y méprendre au *Portrait de Madame X* de John Singer Sargent, son tableau préféré. Elle se retrouve dedans, bien que ce soit le portrait d'une femme blanche du XIXe siècle. C'est la représentation d'une femme du monde, tellement plus complexe que son rôle ne pourrait le suggérer.

Spence ouvre son journal intime, où elle a jeté des idées de nouvelles scènes et de pièces. Elle y note les mots *Madame X*. Peut-être écrira-t-elle quelque chose sur la femme qui a inspiré ce tableau. Elle amorce une scène sur Madame X, s'imagine sur scène. Si elle veut continuer le théâtre une fois sortie de Chandler, elle devra soit écrire elle-même ses rôles, soit s'installer en Inde. Hors de question de n'être qu'un fantasme exotique ou le ressort comique de qui que ce soit. Heureusement que Sullivan forme ses castings sans prendre en considération la couleur de peau des élèves. Grâce à lui, elle peut incarner qui elle veut, être qui elle veut, puisque c'est le directeur de la section théâtre.

Elle trace les mots *LE CERCLE* en lettres capitales sur une page de son journal, l'arrache et la scotche au mur à côté de Marilyn et de Madame X.

Une fois installée, elle sort et se dirige vers Holmby, la résidence des garçons de sixième division, tout à l'est du campus. L'odeur trop puissante des adolescents flotte dans le couloir du rez-de-chaussée. Elle dépasse une porte marquée *Freddy Bello* et *Charles Cox*. Elle les entend se raconter leurs vacances et continue sans s'attarder jusqu'à l'appartement de Sullivan. Elle toque.

— J'arrive !

Il ouvre, en blazer, tee-shirt et jean. Pieds nus. Il s'est fait faire une coupe de cheveux César pendant l'été, bien dégagé sur les côtés et épais dessus, et il s'est fait pousser le bouc aussi.

— Super, le nouveau look ! le taquine-t-elle.

Il passe une main sur son menton et l'autre dans ses cheveux.

— Oh. Je n'ai pas l'air trop bête ? J'ai fait ça pour un rôle au festival de théâtre dont je t'ai parlé. Et je l'ai gardé.

— Non, c'est cool. Vous pourriez jouer dans *Reservoir Dogs*.

— Alors, reprend-il avec un sourire. Strasberg, c'était exactement comme je te l'avais dit, hein ?

— Oui ! J'ai choisi comédie, chant, danse et impro, on a pu écrire des scènes qu'on a présentées à nos familles à la fin. Enfin, à certaines familles, parce que mes parents ont eu un empêchement de dernière minute. Ils voyageaient, ils étaient super occupés.

— Tu aurais dû m'inviter.

— Oui, c'est ça. Vous étiez à votre festival !

— Dans le Massachusetts. Ce n'est pas si loin de New York. Je serais venu.

Spence est flattée. Ça aurait été sympa qu'un adulte vienne la soutenir, à dire vrai. Non pas que ses parents ne la soutiennent pas, mais avec leurs carrières, ils doivent faire des sacrifices.

— Le passé, c'est le passé, déclare Sullivan. Allez, raconte-moi. Ils laissent toujours un fauteuil vide dans le public pour le fantôme de Lee Strasberg ?

— Oui, c'est trop bizarre ! Ils en parlent comme s'il était *vivant*.

— Il n'est pas vivant, mais il est immortel.

C'est sûrement vrai. C'est peut-être la raison pour laquelle elle veut tellement devenir actrice. Pour être immortelle. Mais c'est bien plus que cela. Quand elle monte sur scène, quand elle écrit, elle ne ressent plus la pression d'être Amanda Priya Spencer, fille de George Everett Spencer et de Shivani Lal. Elle incarne quelqu'un d'autre, elle ne se sent plus éclipsée par la célébrité de ses parents. C'est tellement agréable.

— Tu veux entrer ? propose Sullivan. J'allais me faire un café.

Elle le suit dans le petit studio et s'attarde devant son porte-CD et sa bibliothèque. Il lui fait toujours découvrir tant de choses.

— Vous savez que c'est grâce à vous que je connais l'expresso ?

— Ah bon ?

La machine à expresso fait un tel vacarme qu'elle n'est pas sûre de se faire entendre.

— C'était pendant les répétitions de *Roméo et Juliette*, en première année. J'étais crevée et vous m'avez fait boire une gorgée du vôtre.

Elle se souvient de l'amertume inattendue du café.

— Je regrette encore de t'avoir attribué le rôle de Lady Montagu, dit-il. J'aurais dû me fier à mon instinct et faire de toi ma Juliette, mais une troisième division dans le rôle principal aurait fait grincer pas mal de dents.

Elle songe à tous les rôles que Sullivan lui a fait jouer. Prudence dans *Beyond Therapy*, Gypsy Rose Lee dans *Gypsy* et Estelle dans *Huis Clos*. Son rôle préféré, de loin, a été celui de l'an dernier. Diana Morales dans *A Chorus Line*. Lorsqu'elle a chanté « What I Did for Love », beaucoup ont versé une larme.

Sullivan lui fait signe de s'asseoir sur l'unique canapé de la pièce. Elle prend une extrémité, et lui l'autre.

— Je voudrais vous parler de quelque chose, commence-t-elle.

— Ma porte t'est toujours ouverte.

— En fait, je me disais… Je suis très impatiente de commencer votre cours d'écriture théâtrale, parce que c'était mon atelier préféré cet été…

— Tu m'en vois ravi.

— Mais j'ai pensé aussi que si je déposais ma candidature pour le Cercle, vous pourriez… glisser un mot pour moi à la professeure Douglas ?

Sullivan esquisse le geste qu'il fait toujours quand il réfléchit : il ôte ses lunettes, ferme les yeux, et frotte l'espace entre ses sourcils.

— Le Cercle, marmonne-t-il.

Oui, le Cercle ! a-t-elle envie de hurler. Elle veut tellement y entrer. À l'académie Chandler, il existe de nombreuses façons d'être choisi, mais le Cercle, c'est la récompense ultime, et Spence se sent obligée d'égaler, sinon de surpasser, l'éblouissant exemple de ses parents.

Elle a déjà prouvé son talent en décrochant un rôle dans toutes les pièces de théâtre scolaires, bien qu'elle soit contre le phénomène des enfants stars. Elle a déjà prouvé son talent en chantant avec les Sandmen, le groupe *a capella* mixte (le nom a subsisté après la fusion de Chandler et de Plum en 1987) qui se mesure, parfois, à des artistes lyriques qui ont chanté avec Pavarotti. Mais maintenant, elle a besoin de prouver son talent en faisant partie du Cercle de la professeure Douglas.

— Vous croyez qu'elle ne me laissera pas entrer ? demande-t-elle.

— Non, non, ce n'est pas ça.

— Je n'écris pas assez bien ? Parce qu'on a rédigé nos propres scènes tout l'été.

Sullivan esquisse un sourire.

— Je suis sûr qu'elles étaient géniales.

— Dans ce cas, pourquoi vous hésitez ? Si je ne suis pas au niveau pour le Cercle, dites-le-moi.

— Je ne t'ai jamais sous-estimée, reprend-il chaleureusement.

— C'est vrai. Mais vous m'avez fait jouer Baby June alors que j'étais née pour Gypsy, ajoute-t-elle en riant.

— Tu as fini par jouer Gypsy.

— Seulement parce que votre premier choix s'est fait virer du lycée pour usage de cocaïne juste avant la dernière répétition.

— Je vous l'ai dit à l'époque et je te le rappelle une fois de plus, l'alcool et la drogue sont les ennemis de la créativité. Ne t'en approche pas, s'il te plaît.

— D'accord, fait-elle en levant les yeux au ciel. Bon... pour le Cercle. Vous allez m'aider ?

Un soupir.

— Je ne voudrais pas que le Cercle t'empêche de te concentrer sur ta dernière année de théâtre ici.

— Ça n'arrivera pas, c'est juré. Et puis j'ai tout validé en maths et en sciences l'an dernier, mes cours seront super allégés cette année.

— L'école a accepté que tu arrêtes les maths *et* les sciences ?

— Eh bien, M. Fletcher a appelé mon père, en Hongrie, pour lui expliquer que je ne pourrais pas entrer à l'université si je m'arrêtais au niveau de base. Comme ça n'a pas marché, il a appelé ma mère au lac de Côme. Mes parents ont programmé une conférence téléphonique pour me répéter l'importance d'avoir un bon niveau dans toutes les matières, mais je leur ai dit que je me fichais de l'université de toute façon, sauf si c'était Juilliard. Je sais ce que je veux faire de ma vie.

Spence s'entend parler beaucoup trop vite, comme à chaque fois qu'elle est surexcitée. Elle a tellement plus à dire, par exemple qu'elle n'aurait jamais pu se défaire ainsi du poids des traditions, si sa mère ne l'avait pas fait pour elle avant. Mais elle se tait.

— Je suis content que tu te diriges vers une carrière de comédienne, approuve Sullivan. Tu es l'élève la plus douée que j'aie eue.

— Oh. Eh ben ça...

Sullivan a lâché une brillante carrière de dramaturge pour venir enseigner à Chandler. Il est là depuis huit ans. Ça ne fait pas si longtemps, mais c'est tout de même quelque chose quand on sait que l'un de ses élèves, Avery Lamb, promotion 95, a déjà remporté un Tony Award. Une photo encadrée d'Avery et Sullivan la regarde depuis le mur.

Sullivan croise les jambes et se rapproche un peu.

— Mais je ne me vois pas seulement sur scène, reprend-elle. L'écriture m'intéresse aussi. Je vous promets que ça ne m'empêchera pas de m'investir dans le théâtre. Je crois même que ça m'aidera à être meilleure comédienne parce qu'en écrivant, on plonge encore plus loin dans la psychologie des personnages, non ? Dans la compréhension des êtres. Comme quand on joue. C'est vous qui m'avez appris ça.

— C'est vrai.

Spence est plus que jamais convaincue que devenir une star passera par l'écriture de ses propres rôles. Douglas doit faire d'elle une autrice exceptionnelle. Mais pour cela, elle doit être sélectionnée. Et Douglas a tendance à choisir les étudiants les plus décalés. Il *faut* qu'elle examine sa candidature avec l'esprit ouvert, qu'elle comprenne qu'elle n'a pas seulement affaire à une fille riche. Qu'elle voie sa volonté, sa capacité à travailler dur, à repousser ses limites.

— Alors... vous allez glisser un mot à Douglas pour moi ? insiste-t-elle.

Le prof acquiesce.

— Super ! Merci beaucoup, c'est vraiment gentil.

Elle se lève et marque une pause près de la porte en se demandant si elle doit serrer Sullivan dans ses bras. Non, ce serait trop bizarre, alors elle se contente de lui serrer la main.

Une voix masculine à l'extérieur :

— Monsieur Sullivan ?

Freddy Bello et Charles Cox sont à la porte, juste à côté d'elle.

— Oh, dit Spence. Salut, les gars. Vous logez à la résidence Holmby cette année ?

— Affirmatif, lance Charles.

— Vous avez le plus cool parent d'internat, dit-elle en adressant un sourire à Sullivan.

Ce dernier rougit mais proteste :

— Je ne suis pas fan de ce terme. Vous avez déjà des parents.

— C'est juste que *responsable de la supervision de la résidence*, c'est un peu long, explique Freddy.

— En parlant de cool, reprend Sullivan, c'est quoi cette musique ?

Spence tend l'oreille. Une voix mélancolique qu'elle ne connaît pas s'échappe d'une des chambres.

— C'est Elliott Smith, indique Freddy.

— Il faudra que j'emprunte ce CD.

C'est ce qui est génial avec Sullivan. Il ne se contente pas de faire découvrir l'art aux jeunes. Il veut aussi tout savoir de ce qu'ils écoutent. Spence apprécie beaucoup ce trait de sa personnalité.

— Monsieur Sullivan, dit Charles, on pense qu'il y a peut-être des rats dans les cloisons.

— Ah bon ?

— Il y a une odeur horrible dans la salle commune. Et on entend des petits bruits de cavalcade.

Charles entraîne déjà le prof vers la salle, mais Freddy s'attarde.

— C'est cool de te revoir, dit-il.

Il se tient devant elle, un bras appuyé en hauteur contre le mur. Il est tellement beau que c'en est ridicule. Mais ça ne l'intéresse pas de toute façon. Un petit copain à Chandler qui la détourne de ses objectifs c'est la dernière chose dont elle ait besoin. Elle s'est promis de ne pas tomber là-dedans cette année. Déjà parce qu'après le lycée, elle devra partir et donc rompre, et puis les lycéens ont largement prouvé leur immaturité, on sait ce qui les intéresse.

Freddy tient un exemplaire du dernier numéro de *L'Héritage de Chandler*. La une comporte un article au sujet de la démission de la professeure Douglas en tant que directrice du département de littérature, après deux décennies passées à ce poste.

— Incroyable que Douglas se retire, hein ? demande Spence.

— Ouais. Elle dirigeait le département depuis avant notre naissance.

— Bizarre comme le temps passe.

— C'est profond ce que tu dis, la taquine-t-il.

Elle lui arrache son journal des mains, lui donne un coup avec et lit une citation de Douglas à voix haute.

— « J'ai envie de me consacrer entièrement à l'enseignement. Et, bien sûr, au Cercle. » (Elle lui rend l'exemplaire.) Je pensais postuler cette année.

Le visage de Freddy s'éclaire.

— C'est vrai ? Au Cercle ? Moi aussi.

— Toi ?

Freddy grimace. Mince, elle n'a pas voulu dire ça. Ce n'est pas qu'il ne soit pas assez intelligent, simplement... c'est un sportif. Un perchiste, qui plus est. Il doit déjà être assez occupé comme ça.

— Il faut que j'aille défaire ma valise, déclare-t-il.

— Tu es encore avec Charles cette année ? demande Spence.

Freddy souffle une mèche de devant ses yeux.

— Eh ouais. Pourquoi changer quand ça marche, hein ?

— J'imagine.

Spence songe à tout ce qui a l'air de marcher et qu'elle aimerait changer quand même. Comme son incapacité à tomber amoureuse. L'an dernier, les rumeurs les plus absurdes ont couru quand elle a rompu avec Chip Whitney. Alors que la raison était simple : elle ne l'aimait pas. Et elle se soupçonne d'être incapable de ressentir ça pour qui que ce soit.

— Et toi, tu partages ta chambre avec quelqu'un cette année ? interroge Freddy.

— Non, j'ai pris une chambre individuelle. Je suis trop méticuleuse pour avoir une colocataire. Elles me détestent parce que je nettoie tout derrière elles. Je suis bizarre.

Elle hausse les épaules.

— Tu utilises le mot « méticuleuse » au milieu d'une conversation normale, donc oui, clairement, tu es bizarre.

— Tais-toi, le sermonne-t-elle en souriant. Au moins, je suis propre. Vous venez à peine d'emménager ici et ça pue déjà. Inutile de se demander pourquoi il y a des rats. Commencez par vous laver.

— J'en ai entendu de bonnes au sujet du temps que tu passes sous la douche par des filles de l'an dernier. Et, apparemment, elles rêvent toutes de te voler tes produits de luxe ou je ne sais quoi.

— Ça, c'est un coup bas. Moi, je ne sais rien de tes petites manies de salle de bains.

Un léger malaise s'installe entre eux tandis qu'elle se l'imagine sous la douche.

Il croise son regard et rougit.

— Bon euh, je, à plus, lance-t-il avant de disparaître rapidement.

Spence quitte la puanteur de la résidence Holmby. Dans la salle commune, Sullivan et tous les garçons de dernière année traquent les rats.

En retrouvant l'air libre, elle se met à réfléchir à ce qu'elle va proposer à Douglas. Il faut que ce soit fait avant le Labor Day, le premier lundi de septembre, et déposé dans sa boîte entre 18 heures et 20 heures. Comme tout chez Douglas, le timing est précis et décisif. Parce que les élèves de Chandler n'ont de réel temps libre qu'entre 18 heures et 20 heures. C'est le moment où ils peuvent aller au foyer pour jouer au ping-pong, regarder *Friends* ou foncer à l'épicerie-cafétéria déguster des *grilled cheese* et des barquettes de frites en se racontant les derniers potins.

Spence fera l'impasse sur tout ça pour rendre à temps une scène de sa pièce en cours d'écriture. Elle terminera cette scène de Madame X. Ce sera grandiose. Il faut qu'elle accède au second tour des admissions. Quand Douglas la verra, elle comprendra qu'elle a des choses à dire.

RAMIN GOLAFSHAR

— Je peux vous aider ? demande une fille avec de longs cheveux bruns ondulés.

Les yeux rivés sur le plan de Chandler, Ramin et sa mère tentent de trouver la résidence. Ramin a beau avoir examiné cette carte avant sa venue, il est quand même perdu. Il lève la tête. La fille arbore un tee-shirt rouille et or qui dit « À VOTRE SERVICE ».

— Euh, nous cherchons la résidence Wilton Blue, dit la mère de Ramin avec son accent prononcé.

Le grand sourire de la fille s'élargit comme une grimace grotesque.

— Oh, c'est tout là-haut. Vous devez gravir la colline, passer les arbres, et là vous trouverez la résidence des garçons de deuxième année.

— D'accord, merci, abrège la mère de Ramin.

— Au fait, moi, c'est Sarah. On est dans la même promo. Tout le monde m'appelle Brunson. Ici, la moitié du campus s'appelle Amanda, Sarah, Jennifer, Matt ou Ben, donc mieux vaut nous appeler par nos noms de famille, ou un diminutif. Tu comprends, hein ?

— Je comprends, Brunson, rétorque sèchement Ramin.

— Oh, attends, je suis malpolie, comment tu t'appelles ? Pas Matt, Ben ou Jennifer, j'imagine.

Il lui donne son nom en le prononçant à l'américaine. « Rae-meen » au lieu du bien plus gracieux « Ra-mine ». Il se sent tellement bête d'avoir laissé cette fille lui faire tout un cours sur son nom alors qu'il n'a même pas été capable de lui expliquer que la première syllabe du sien rime avec *Shah* et la deuxième avec *queen*.

— Eh bien, Ramin, reprend Brunson, laisse-moi te dire que la résidence Wilton Blue n'est pas aussi terrible que tout le monde le dit. N'écoute pas les rumeurs, d'accord ?

— Quelles rumeurs ? demande-t-il nerveusement.

— Oh, tu sais...

Il veut lui dire que *non, il ne sait pas*, *c'est pour ça qu'il demande*, mais il se tait et elle continue.

— C'est juste qu'on dit que pour les nouveaux qui arrivent directement en deuxième année à Chandler... c'est toujours un peu difficile.

— Oh, je vois. Parce que la plupart des élèves se connaissent déjà de la première année.

— Juste pour que tu le saches, ici on appelle la première année la « troisième division ». C'est très déroutant quand on débarque.

— D'accord, merci, dit-il pour couper court à la conversation.

— Enfin bon, c'est sûr qu'arriver dans une école où tout le monde se connaît déjà est difficile, poursuit Brunson. Mais ici, c'est surtout dur parce que votre résidence est tout là-haut. (Elle désigne la colline.) Quand Chandler a fusionné avec Plum, ils ont transformé ce qu'ils ont gardé du campus de Plum en résidence pour les garçons. Ce n'est pas juste, si tu veux mon avis. Vous êtes loin de la nourriture, de la lumière et de tout le confort moderne. Mais bon, au moins, en cinquième et sixième divisions, ce sera beaucoup mieux.

Il s'efforce de sourire.

— En plus, continue-t-elle, c'est une bonne excuse pour remplir ton emploi du temps d'activités extrascolaires et échapper à ton dortoir. Je suis en quatrième division, moi aussi. C'est la deuxième année.

— Oui, tu me l'as déjà dit.

— Enfin bref, loger dans une résidence pourrie peut être salutaire. Moins on passe de temps dans sa chambre, mieux c'est. Ça va te donner envie de faire des tas d'activités. Moi, je fais du soutien aux élèves, je suis aussi pigiste à *L'Héritage de Chandler*, membre du comité pour l'album de promo et…

— Brunson !

Par miracle, elle est coupée dans son élan par une fille qui lui fait signe.

— On va y aller, déclare Ramin.

Brunson ne fait déjà plus attention à lui de toute façon. Elle discute du malencontreux accident de tir à l'arc d'un dernière année avec un groupe de filles.

— Attendez, sérieux ? dit-elle aux filles. Heureusement qu'il n'était pas inscrit au tir au fusil !

Puis, avisant une nouvelle arrivante timide, sans perdre de temps elle s'exclame :

— Je peux t'aider ?

Ramin emmène sa mère vers la colline indiquée par Brunson. Devant les bâtiments de cours étincelants, il joue les guides touristiques.

— Là c'est le studio artistique Harbor, le réfectoire Oxford, le bâtiment des sciences Beckett, ici c'est le gymnase Jordan, il y a même une patinoire dedans !

— D'où sais-tu tout ça ? s'étonne sa mère.

— J'ai regardé le site web. Ah, et là-bas, c'est la chapelle.

Le trajet depuis le centre du campus jusqu'au sommet de la colline leur demande une bonne dizaine de minutes. Ils passent devant des groupes de filles assises sur la pelouse à manger des muffins en prenant le soleil. Des garçons qui jouent au frisbee ou tapent dans des balles en tissu. Tous ont l'air tellement insouciants.

Ramin et sa mère arrivent au sommet trempés de sueur à cause de la côte et de la chaleur insoutenable en ce premier week-end de septembre. Ici, on sent la nette différence entre les deux parties du campus. La partie principale contient des bâtiments spectaculaires dont certains, quasi centenaires, sont magnifiquement rénovés. Les plus récents, eux, ont été construits par un architecte dûment primé. Ancien ou nouveau, chaque bâtiment du campus principal de Chandler brille d'une grandeur et d'une somptuosité aveuglantes. De grandes étendues verdoyantes s'étirent de tous les côtés, accueillant des gens joyeux sur leurs pelouses factices. Là-bas, le soleil brille de mille feux. Alors qu'ici, où il s'apprête à vivre, tout est sombre. Les arbres ne laissent pas vraiment passer la lumière.

Il aperçoit un panneau indiquant : « WILTON BLUE ».

— C'est là, dit-il en désignant l'escalier qui descend vers le sous-sol.

Sa mère secoue la tête d'un air désapprobateur.

— Tu ne vas tout de même pas vivre dans une cave ?

— Arrête. Pourquoi tu ne vois toujours que le négatif ? On ne pourrait pas se concentrer sur le positif, de temps en temps ?

Elle lui prend les mains pour les embrasser.

— Bon. Le point positif, c'est que je suis très fière de toi. Ton père et moi, on ne savait même pas que cette école existait.

Le cœur de Ramin se serre un peu. Il admire ce père qui s'est toujours bien occupé de sa famille dans un pays instable. Toutefois, il lui arrive de se demander s'il n'est pas secrètement soulagé que son fils unique soit parti pour l'Amérique. Au moins, maintenant, son père n'aura plus à subir sa présence, source de la honte familiale.

— Tu as trouvé cet endroit tout seul, poursuit sa mère, impressionnée par ce qui l'entoure. Tu nous as convaincus de t'y inscrire. Et te voilà.

Il retire rapidement ses mains tremblantes de celles de sa mère, pas très enclin à songer aux raisons qu'il avait de fuir sa vie.

— Je peux y aller tout seul, dit-il.

— Mais je veux voir où tu vas vivre. Je veux t'aider à t'installer chez toi.

— Ce n'est pas chez moi.

Les larmes lui montent aux yeux. Son cœur s'émiette doucement. Il *doit* lui dire au revoir ici, dehors. Où les autres ne les voient pas. Il ne peut pas se permettre de laisser sa nouvelle classe le voir pleurer et serrer sa mère dans ses bras.

— D'accord, dit-elle. Bon, on se quitte ici alors.

Il hoche tristement la tête.

Elle l'embrasse et le serre fort contre elle. Comme si elle avait peur de le lâcher. Son anxiété est palpable. Les hommes dans sa vie ont tendance à mourir après l'avoir quittée. Son père (le grand-père de Ramin), mort pendant la Révolution. Son frère (l'oncle de Ramin), mort à la guerre contre l'Irak. Pas étonnant qu'elle soit angoissée. Elle doit sentir la peur de son fils, qui ne veut pas se séparer du pull en laine de son ex-copain malgré la chaleur étouffante. Il tenait à le porter quand même. Il avait besoin d'être enveloppé dans Arya aujourd'hui, même si Arya lui a brisé le cœur. Et sa mère se doute forcément que c'est le pull d'Arya, puisque c'est elle qui lui achète tous ses vêtements, d'ordinaire.

— Ne t'inquiète pas, tu vas y arriver, le rassure-t-elle.

À quoi pensait-il en s'inscrivant dans un endroit pareil, traînant derrière lui toute sa douleur jusque dans ce lieu privilégié ? Il n'arrivera jamais à s'intégrer. Dans quelques mois, c'est sûr, il sera de retour en Iran. Comment pourrait-il un jour ressembler à ces garçons qui les dépassent, tout sourire et débordant de potentiel ?

— Je ne sais pas, dit-il, agrippé au revers de son pull.

La brise d'été semble souffler le parfum du seul amour qu'il ait jamais connu, le répandant depuis son pull dans tout le campus. Ce pull. C'est l'une des rares possessions qui lui restent d'Arya. Ça et leurs livres adorés. Il ferme les yeux et prie en silence pour que l'odeur d'Arya ne disparaisse jamais.

Descendu au sous-sol, il est soulagé que sa mère ne soit plus là. Sombre, sans fenêtres, ça n'aurait fait que la tracasser un peu plus. Sa mère s'inquiète pour tout et développe des tics superstitieux très embarrassants. Elle n'y peut rien, c'est un réflexe. Dès qu'elle entend parler de mort, de maladie ou de malchance, elle se mord les deux mains et fait semblant de cracher par terre. Et Ramin a beau aimer sa mère plus que tout au monde, la voir faire semblant de cracher dans tous les coins de sa chambre, à son arrivée à Chandler, est bien la dernière chose dont il ait besoin. C'est déjà compliqué de débarquer en quatrième division alors que tout le monde se connaît déjà et que les amitiés et alliances sont formées. Sans compter que son camarade de chambre, Benji Pasternak, lui a écrit durant l'été sur du papier à lettres monogrammé, oblitéré au Cap d'Antibes où il passait ses vacances avec sa mère ; sa mère qui a remporté un Oscar l'an dernier pour la réalisation de ce film sur la crise des otages américains en Iran, une coïncidence plus que fâcheuse.

Il trouve sa chambre facilement. Deux étoiles comportant les noms *Benji Pasternak* et *Rameen Golafshare* sont collées sur la porte. Parfait, ils ont mal orthographié son nom *et* son prénom. Il n'a pas la force de corriger au stylo.

Manifestement déjà installé, Benji a étalé ses affaires partout. Il a posé une couette gris acier sur le lit du haut, un équipement de lacrosse près de la porte et des posters aux murs : Dave Matthews Band, Jimi Hendrix et l'affiche de *Hostages*, le fameux film de sa mère. On y voit l'actrice colombienne vedette affublée d'un tchador, qui jette un regard mauvais au spectateur. Si Arya était là, ils en rigoleraient. Mais sans lui, Ramin n'y trouve rien de drôle.

Assis au bord du lit du bas, il ouvre la valise qui contient ses livres. Des livres qu'ils ont lus ensemble. Qu'ils se sont lus l'un à l'autre. Il trouve celui qu'il cherche : le recueil de poésie de Hafez appartenant à la mère d'Arya.

Parce que la femme que j'aime vit en toi.

Le mot *femme* a été rayé et remplacé par le mot *homme* dans l'écriture d'Arya.

Je m'approche de ton corps par mes mots.

Et je pense à toi tout le temps, voyageuse.

Le mot *voyageuse* est rayé. Remplacé par le nom de Ramin.

Parce que celle que j'aime te suit. Où que tu ailles, Hafez sera toujours avec toi.

Hafez rayé. Remplacé par *Arya.*

Ramin a les yeux qui brûlent. Il effleure les mots sur la page. Ce sont les mots qui l'ont aidé à sortir d'Iran. Il suivait les actualités américaines au sujet de l'Iran et il savait quel genre de récit plaisait à l'Amérique. L'Amérique voulait le sauver. Et lui, il voulait survivre. Ça s'est bien goupillé. Il a rédigé une dissertation détaillant tout ce qu'il avait traversé, avec tous les détails sordides. Il a envoyé sa candidature à douze internats et a été accepté par trois. Seul Chandler lui offrait la bourse scolaire dont il avait besoin.

Ses yeux parcourent l'écriture d'Arya de droite à gauche. Si belle. Presque de la calligraphie. Il a encore sur la langue le goût de l'instant où Arya a rayé ces mots pour les remplacer par les siens. Ils étaient nus. Au bord du lac. Leur lac. Ils n'étaient entourés que d'étoiles et de ciel. Un lieu vierge de la violence des hommes.

Il cache vivement le livre au moment où la poignée de la porte se met à tourner. Benji déboule dans la chambre, tout en bras, en jambes et en cheveux blonds. Il tient une de ces étranges balles tissées main que Ramin a vues sur le campus.

— Salut ! s'exclame Benji en jouant avec sa balle. Content de te rencontrer enfin.

— Moi aussi, répond-il avec un sourire.

— Dis, si tu veux bien m'expliquer comment on prononce ton prénom, que je le sache une fois pour toutes.

Ramin débat avec lui-même pendant une seconde. La prononciation correcte, ou la version facile pour les Américains ? Il choisit la facile.

Benji répète quatre fois :

— Ramin, Ramin, Ramin, Ramin. Pigé ! fait-il avec un grand sourire. Sincèrement, j'aime beaucoup. C'est carrément mieux que de porter le nom d'un clébard de fiction.

Ramin rit même s'il ne connaît aucun chien, réel ou fictionnel. En Iran, les gens n'ont pas de chien. Enfin, en général.

— J'espère que ça ne te dérange pas que je prenne le lit du haut, continue Benji. En bas, je fais de la claustrophobie.

— Oh, pas de problème, répond-il, sans vouloir le contrarier.

Un long silence s'installe entre eux. Comment va-t-il occuper le temps passé avec Benji ? Que pourraient-ils bien avoir en commun ?

Dans un élan désespéré, Ramin désigne l'affiche du film *Hostages*.

— J'ai adoré.

Pourvu que Benji ne pose pas de question, puisqu'il n'a évidemment pas vu ce film – et, avec un peu de chance, il ne le verra jamais.

— Ah oui ? Incroyable. Parce qu'apparemment pas mal d'Iraniens ont mal réagi. Ou des Persans ? Je ne sais pas comment on doit t'appeler. Comment tu veux que je t'appelle ?

— Comme tu veux.

— Il faudra que je dise à ma mère que tu as aimé. Je ne comprends pas pourquoi ça dérange tellement les gens qu'une Iranienne soit jouée par une chanteuse colombienne. Où est la différence si on a la même tête, hein ?

— Oui.

Ramin s'efforce de sourire tout en se maudissant silencieusement.

— En plus, elle est bonne, tu trouves pas ?
— Oui, répète-t-il en se détestant de plus belle.

Ce soir-là, il suit Benji dans la salle commune où les garçons du sous-sol de Wilton Blue, comme dans toutes les résidences du campus, se présentent assis en cercle. M. Court, le très âgé et très dur de la feuille superviseur, anime la conversation.

— Bien, les enfants, présentons-nous et partageons une anecdote amusante. Je commence. Je suis M. Court. Je sais que vous les jeunes avez tendance à appeler votre superviseur votre « parent », mais je suis trop vieux pour ça.

— C'est notre arrière-grand-père d'internat, chuchote Benji à Ramin, trop distrait par les mots « anecdote amusante » pour rire.

Il n'a aucune anecdote amusante à raconter. *Salut, je m'appelle Ramin et mon petit copain m'a brisé le cœur. D'où je viens, je pourrais être tué pour ce que je suis. Et on a mal orthographié mon nom sur la porte de ma chambre. Et la mère de mon coloc a été primée pour un film raciste sur mon peuple.* Les ténèbres forment un gros nuage noir au-dessus de lui.

— Et si nous commencions par nos délégués, qui seront responsables du fonctionnement de la résidence cette année ? suggère M. Court.

— Salut. Moi, c'est Toby King, déclare un type massif aux cheveux bien rasés sur les côtés et aux muscles saillants sous ses vêtements. Je fais du lacrosse et du football, comme Seb, mon pote. (Toby tape dans la main de

Seb.) Ah, et évitez de me demander un autographe de mon père, OK ?

— Qui est son père ? demande Ramin à Benji.

— Bah, le père de Toby King, c'est Toby King.

Devant le visage sans expression de Ramin, Benji ajoute :

— Le joueur de football américain. Le porte-parole de Nike. Le philanthrope.

Ramin hoche la tête comme s'il savait de quoi il s'agissait, mais le football américain n'atteint pas l'Iran.

Le délégué suivant se présente. Il est encore plus costaud que Toby et ne porte pas de tee-shirt.

— Salut, Seb Parker. Je suis en MN ici, donc je suis nouveau, comme certains d'entre vous. Mais j'ai fait ma première année ici, ensuite j'ai passé trois ans au lycée de Montgomery et me revoilà.

— Pardon ? Parlez plus fort, voulez-vous, dit M. Court.

Seb élève la voix.

— Je dis que je suis nouveau, mais…

— Oh ! Les nouveaux à Chandler, levez la main !

Ramin est le seul. Super. Il veut demander à Benji ce que signifie « MN », mais ce dernier est occupé à rigoler avec un gars en polo. Alors Ramin se tourne vers son autre voisin, un garçon japonais aux cheveux un peu longs devant, qui arbore un tee-shirt de David Bowie.

— Qu'est-ce que c'est, MN ?

— C'est une année de mise à niveau, explique le garçon. En général, les sportifs qui ont un mauvais dossier dans leur ancien lycée viennent faire une année de MN ici, pour pouvoir entrer dans une meilleure université.

C'est donc pour ça que Seb paraît plus vieux. Il devrait déjà être à l'université.

C'est au tour du voisin de Ramin.

— Bonjour, je m'appelle Hiro Fukuda. Je viens de Tokyo. Ah, et je suis allergique aux noix.

— Bonjour, je m'appelle Ramin Golafshar, et je, euh, je viens d'Iran.

— Salut, moi c'est Benji Pasternak, et je suis le champion en titre de footbag du campus.

Une fois que M. Court a fait répéter chaque élève, les garçons se mettent à tester son audition pour rigoler.

— Je m'appelle Matt Mix, et je suis monté comme un cheval.

— Qu'avez-vous dit ? demande M. Court.

— Je m'appelle Matt Mix et j'adore monter à cheval.

Tout le monde rit, sauf Ramin et Hiro qui échangent des regards comme deux personnes piégées dans un mauvais rêve. Matt Mix tape dans la main de ses potes.

Cette nuit-là, une fois tous les autres couchés, Ramin sort en douce de sa chambre. Seules les visites aux sanitaires sont autorisées, et c'est exactement ce qu'il a prévu de faire. Il a bien trop la frousse d'y aller devant tous les autres, et encore plus de s'y laver. Les douches ne possèdent même pas de rideaux pour préserver l'intimité, seulement une rangée de jets et quelques savonnettes. Le couloir est plongé dans le noir. Ramin pousse la porte battante. Quatre cabinets. Quatre urinoirs. Six douches. Le tout à partager entre douze quatrièmes divisions et deux délégués. Sauf quand on a tellement peur de partager cet espace qu'on doit se réveiller au milieu de la nuit pour aller aux toilettes et se laver.

Il entre, sa serviette à la main, soulagé de ne trouver personne. Les yeux clos sous le jet, il inspire la vapeur par le nez en repensant aux douches prises avec Arya, qui adorait les savonner tous les deux jusqu'à ce qu'ils ressemblent à deux masses mousseuses.

Ensuite il s'enveloppe dans sa serviette et jette un œil dans le couloir. Personne. Mais en posant la main sur la poignée de porte, il la découvre enduite d'une substance visqueuse. Il sursaute, stupéfait. L'odeur est caractéristique. Il ne la reconnaît que trop bien de ses séances de plaisir intime et de caresses avec Arya.

Son cœur s'emballe. Il a déjà vécu la brutalité des garçons ; il croyait y échapper en venant ici. Et maintenant, le voilà confronté à une nouvelle réalité tout aussi douloureuse : les brutes sont partout. Dégoûté, il s'essuie la main sur sa serviette et jette un coup d'œil dans le couloir, mais il n'y a personne.

Impossible de dormir cette nuit-là. Il lit leur recueil de poésie, ces vers qu'ils ont parcourus des heures durant. Ces vers qui étaient leur langage amoureux.

Le dimanche, Ramin fait profil bas, la tête enfouie dans ses livres. Il écrit une lettre à ses parents pour leur faire savoir que tout va bien. Le lendemain est un jour férié, le Labor Day. Ramin et les garçons du sous-sol de Wilton Blue se rendent au studio artistique Harbor pour assister au premier rassemblement de l'année. Le brouhaha est assourdissant tandis que les professeurs tentent en vain de faire asseoir les élèves surexcités. Ramin se retrouve de nouveau entre Hiro et Benji, ce qui lui convient très bien. Toujours mieux que d'être à côté d'un de ces délégués monstrueux qui ont l'air d'avoir dix ans et quarante kilos de plus que lui.

Le directeur, Berg, prend le micro :

— Bienvenue, communauté de Chandler. Comme vous le savez tous, notre établissement d'exception a été fondé au tournant d'un siècle, et il se trouve que nous approchons du tournant d'un nouveau siècle. Dans un an, Chandler aura cent ans. Pas mal, n'est-ce pas ?

L'assistance éructe de joie.

— J'ai un bon pressentiment pour cette année, et j'espère que vous aussi. Nous avons de nombreuses bonnes nouvelles à vous annoncer aujourd'hui, mais pour commencer, veuillez vous lever pour l'hymne de l'école, qui sera chanté par nos chers Sandmen.

L'assemblée se lève.

Six élèves, quatre garçons et deux filles, montent sur scène et entonnent l'hymne que Ramin connaît pour l'avoir entendu en cliquant sur le site internet du lycée. Il chante tout bas au début, pour que sa voix soit couverte par celle des autres.

— *Aux collines verdoyantes de notre école*, chante-t-il. *Où la vérité nous rendra libres. Portons nos couleurs. Chantons-le en chœur.*

Contrairement à lui, Sarah Brunson, la fille avec le tee-shirt de guide qui l'a prévenu hier au sujet du bizutage dans la résidence des deuxièmes années, chante à tue-tête et extrêmement faux, dans la rangée de derrière.

— *Quand tu entends ce chant, réponds fort et fièrement !*

Sur scène, les Sandmen se rapprochent du public pour la partie échange de la chanson.

— *Ô Chandler*, clament-ils.

— *Mon Chandler*, répond le public.

— *Ô académie*, poursuivent-ils.

— *Chère académie*, fait écho le public.

Cette exaltation lui donne une sensation de liberté. Au milieu de la cacophonie, sa voix se noie, alors autant chanter de bon cœur. Ce qu'il fait pour la fin de l'hymne.

— *Nous t'appartenons. À toi seulement. Et pour l'éternité-é-é-é-é-é.*

Toute l'assemblée marque une pause, le temps de trois battements, avant de hurler !

— *L'éternité !*

À la fin, Ramin se rassoit en même temps que la foule, fasciné par la fille qui prend le micro. Elle faisait partie du groupe de chanteurs, mais se démarquait de ses camarades. Elle a une lueur dans les yeux et dans le sourire difficile à ignorer.

— Bonjour tout le monde, je suis Amanda Priya Spencer, se présente-t-elle.

Ramin sourit en l'entendant prononcer son nom avec tant d'aisance et de fierté revendiquée.

Le public se met à scander :

— Spence, Spence, Spence !

— Du calme, vous tous, fait-elle, radieuse. On est tous super contents d'être *enfin* en 1999 et de faire la fête comme Prince nous l'a conseillé. C'est pourquoi je suis là pour vous inviter à fêter ça avec les Sandmen !

Spence désigne ses collègues qui inclinent la tête.

— Deux places se libèrent dans notre groupe cette année, et nous voulons les meilleurs pour les remplacer. Et s'il vous plaît, les filles, ne faites pas attention au nom très masculin du groupe. C'est un vestige de l'époque où Chandler n'était pas un établissement mixte.

Un groupe de garçons, incluant Seb et Toby, se met à siffler. Certains scandent :

— Des filles, des filles, des filles !

— J'ai adoré faire partie de ce superbe groupe, poursuit Spence en les ignorant. Nous vous garantissons un moment d'exception, ajoute-t-elle avec un accent britannique appuyé.

Les garçons ne s'arrêtent pas de crier pour autant. Hiro se penche vers Ramin et chuchote :

— Les garçons des lycées privés sont des hommes des cavernes. L'évolution s'est arrêtée là.

Sur scène, Spence ne se laisse pas démonter.

— Tous, venez participez aux auditions. Sopranos, barytons, ténors, venez. Venez tous !

— Je peux venir sur elle, commente Seb.

Presque tous les garçons éclatent de rire.

— Pas si je le fais d'abord, rétorque Toby.

Ramin et Hiro restent de marbre. Les ricanements menaçants des autres font frissonner Ramin. Il repense à la nuit dernière et au sperme sur sa poignée de porte. On dirait un cauchemar tant ça semble impossible.

Derrière eux, Brunson s'en prend aux perturbateurs.

— Vous êtes vraiment dégueulasses.

Ramin lui sourit en la remerciant silencieusement. Il s'est peut-être trompé à son sujet, hier.

Ensuite, l'assemblée reprend.

Dans son sermon, le prêtre du lycée, le Père Close, leur enjoint d'être ouverts aux nouvelles expériences cette année.

— Pour citer la grande Karen Carpenter, dit-il, « il y a des merveilles dans presque tout ce que je vois ».

Ramin prend note de sa flamboyance avec fascination.

Un professeur, M. Sullivan, annonce que la pièce à monter cet hiver sera *Angels in America*.

— La pièce homo ? demande Toby sous les rires des autres.

Les yeux rivés au sol, Ramin voudrait s'échapper, mais il veut aussi en savoir plus sur cette pièce.

Une autre professeure, Mme Song, annonce que le département d'histoire a prévu deux voyages pour le printemps, un à Rome, l'autre au Caire, que les places sont limitées et ouvertes seulement aux sixièmes divisions.

— Merde, lâche Toby. Les Italiennes sont trop bonnes.

S'ensuivent les annonces concernant le sport, les clubs et les nouveaux professeurs. Ramin tente de se concentrer sur toutes les options étourdissantes qui s'offrent à lui, mais Seb et Toby se servent de chaque nouvelle pour faire des commentaires sur les filles (celles qui sont bonnes) et les garçons (gays).

En fin d'après-midi, il se rend à sa première expérience professionnelle. Chaque élève s'en voit attribuer une, même ceux dont les parents ont fait des donations à l'école, et elles démarrent la veille de la rentrée. Lui est de corvée de cuisine. En entrant, l'odeur lui donne la nausée.

— Tiens, prends ça, dit une voix grave derrière lui.

Un garçon, grand, aux cheveux longs et bruns, lui tend un tablier. Ramin en a le souffle coupé.

— Prends-le, insiste le garçon.

Mais il est pétrifié. Stupéfait. Ce n'est pas qu'il ressemble à Arya, pas tout à fait. Il est bien plus costaud, ses cheveux sont plus longs, son nez plus large. Mais ses yeux. Ces yeux marron… Ils ont la même intensité que ceux d'Arya, l'étincelle qui donnait à Ramin l'envie d'y plonger.

— Ça va ? s'inquiète le garçon. Je sais que la corvée de cuisine est un peu traumatisante au début. C'est la pire. Mais ça forge le caractère, ajoute-t-il avec ironie.

Ramin s'esclaffe, ramené au présent. Il saisit le tablier.

— Au fait, moi c'est Freddy. Freddy Bello.

— Est-ce qu'on t'appelle Bello ? demande-t-il nerveusement.

— Non, ce truc de nom de famille est réservé aux prénoms génériques. Je suis le seul Freddy du campus, d'ailleurs en vrai c'est Frederico.

— Et je suis le seul Ramin.

— Cool. Enchanté, Ramin. Bon courage pour la cuisine. Ce n'est pas si terrible, tu verras. Il suffit de jeter tous les restes dans ces poubelles, et déposer la vaisselle dans les bacs sur le tapis roulant. Puis de rentrer chez toi et de prendre une douche.

Chez lui ? Ce sous-sol n'est pas chez lui.

— Ravi de te rencontrer, Freddy.

Freddy. Un prénom si positif. Quant à *Bello*, ça veut carrément dire « beau ». Le prénom d'Arya rappelle à Ramin les opéras tragiques que sa mère adore. Peut-être est-il en train de passer de la tristesse à l'optimisme ?

Il regarde Freddy s'éloigner vers le réfectoire mais détourne rapidement les yeux, comme s'il était en faute. Il sait ce que ça pourrait lui coûter. Le responsable de la cuisine, un type baraqué aux bras et au cou tatoués, lui donne les mêmes instructions que Freddy.

Ramin vide les plateaux des élèves à la poubelle puis les dépose ainsi que la vaisselle dans les bacs. Il travaille une heure avant d'être autorisé à manger à son tour.

Dans le réfectoire, les options de repas de la journée s'accompagnent des informations sur les calories et les allergènes. *Parmigiana de poulet, 500 calories, contient des produits laitiers, du blé et de la volaille*. Il croise le regard de Spence qui discute avec Freddy occupé à remplir son assiette.

— Cool, hein ? demande-t-elle à Freddy en désignant le menu. J'ai lancé une pétition l'an dernier pour ajouter le nombre de calories et les ingrédients. Ça aide les gens qui ont des allergies.

— Très utile, répond Freddy avec un sourire. J'ignorais que le poulet au parmesan contenait des produits laitiers et de la volaille.

— Tu es trop con, rétorque Spence, qui ne le pense clairement pas.

— C'est quoi la soupe du jour ? interroge-t-il.

— Oh, tu sais, c'est toujours les restes de la veille dans de l'eau chaude.

— Appétissant.

— SPENCE ! TU JOUES ? l'interpelle un groupe de filles.

Pendant que Spence s'éloigne vers les filles qui jouent aux cartes, Ramin observe Freddy garnir son plateau. Va-t-il se tourner vers lui ? Mais non.

Ramin se sert du poulet et du riz puis part en quête d'une table libre à l'avant de la salle. Spence et ses copines jouent aux cartes sans toucher à leur assiette. Plus loin, Freddy et quelques garçons mangent sans se parler. Voir Toby et Seb à sa table le déçoit profondément. Freddy n'est sûrement pas comme ces types, sûrement pas…

Il s'apprête à s'asseoir à une table libre quand Toby se lève pour l'en empêcher.

— Territoire des dernières années.

— Oh.

Ses mains tremblent si fort que son soda éclabousse son plateau.

— Il n'y avait personne, donc…

— Territoire des dernières années, répète Toby. Ça veut dire que seules les dernières années mangent ici. Tu es en sixième division ?

— Non, je suis nouveau, en…

— Je sais qui tu es, abruti. Je suis ton délégué. Apprends les règles.

— Du calme, Mussolini, lance Freddy à Toby.

Ramin pousse un soupir de soulagement. Il est peut-être différent, finalement.

Il file vers le fond de la salle. Derrière lui, il entend Toby donner une tape à l'arrière du crâne de Freddy.

— Je vois qu'on a bien suivi le cours sur la Deuxième Guerre mondiale, l'an dernier.

Ramin s'assied à la seule table libre de ce côté-ci. Alors qu'il s'attaque à son poulet particulièrement fade, une femme en blouson de cuir et jean vient s'asseoir à côté de lui.

— Ramin Golafshar ?

Ramin est frappé de stupeur. Pas par son charisme, ses cheveux en brosse, ni même sa tenue et ses bottes de moto, qui sont frappants en eux-mêmes. Mais c'est la première personne à prononcer son nom correctement.

— Tu es Ramin Golafshar, non ?

— Oui. Pardon, je n'ai pas le droit de m'asseoir ici ?

Elle part d'un rire grave et généreux.

— Eh bien, techniquement c'est la place des enseignants, mais nous n'allons pas te virer si tu as envie de manger ici. Nous ne protégeons pas notre territoire aussi farouchement que certains élèves.

— Merci, dit-il en se détendant un peu.

— La bouffe est horrible, hein, déclare-t-elle.

Il se prend à rire. C'est la première personne avec laquelle il arrive à se détendre un peu depuis son arrivée.

— C'est vrai que ce n'est pas le khoresh gheymeh de ma mère.

— J'adore le khoresh gheymeh.

Il n'en croit pas ses oreilles.

— J'avais une amie iranienne qui m'en faisait. Elle achetait les frites de chez McDonald et les étalait sur le ragoût. Je suis sûre que ta mère ne fait pas ce genre de choses.

— Ah non, glousse Ramin. On n'a pas de McDonald à Téhéran.

— Un point pour toi. Je suis la professeure Douglas, au fait. Hattie Douglas. En général, on m'appelle juste Douglas.

— Ramin. Oh, vous le saviez déjà. Pardon, mais comment ça se fait ?

Elle repousse son plateau sur le côté.

— Je voudrais que nous parlions de la dissertation que tu as soumise pour ton inscription à Chandler.

— Oh.

C'est bien la dernière chose qu'il souhaite. Il a écrit ce qui avait le plus de chance de le faire entrer dans un tel endroit, et il ne veut plus jamais revivre ni reparler de ce qu'il y a dedans.

— Comme tu le sais peut-être, j'étais directrice du département de littérature jusqu'à cette année. Gérer le personnel est un travail ingrat. Désormais, je peux me dédier entièrement au Cercle, dont tu as sûrement entendu parler.

— Le Cercle ? Je ne me rappelle pas. J'ai lu les brochures et j'ai assisté à l'assemblée de ce matin, mais…

— Oh, nous ne faisons pas ce genre de publicité pour le Cercle. C'est un peu particulier. Mais les élèves en parlent entre eux, généralement, et j'ai pensé que tu étais au courant.

— Personne ne m'adresse tellement la parole.

Ce n'est pas tout à fait vrai, pourtant c'est la sensation qu'il a.

— C'est bien moins mystérieux que ça n'en a l'air, reprend-elle. C'est un atelier d'écriture, et souvent, ça devient plus que ça. Presque comme une famille, disons. Mais en premier lieu, il s'agit d'écrire et de s'exprimer. J'ai remarqué en lisant ta dissertation que tu as une plume particulière, et que tu as beaucoup à dire.

Il sourit. Lui qui craignait qu'elle ne l'interroge sur son passé, voilà qu'elle lui offre un avenir.

— Ça a l'air cool.

Il s'entend prononcer le mot « cool » par surprise. Benji l'utilise beaucoup, et ça ne lui ressemble pas, à lui, mais peut-être est-il en train de changer ?

— Normalement, il faut rédiger un texte pour soumettre sa candidature au Cercle, mais si ça te dit, j'aimerais examiner ta candidature en me basant sur ta dissertation d'admission.

— Bien sûr. Merci.

Si le coup de la poignée gluante était un cauchemar, là, c'est un rêve. L'occasion d'écrire, et de se faire des amis. C'est tout ce qu'il demande.

— Peux-tu me donner tes date, heure et lieu de naissance ? demande la professeure Douglas.

Un peu troublé par la question, il répond du mieux qu'il peut.

— Le 3 mars à Téhéran. Mais je ne sais pas à quelle heure. J'ai déjà demandé à ma mère, elle dit qu'elle ne s'en souvient pas. C'était le matin, cela dit.

— Ce n'est pas grave. Ça me suffit largement pour savoir que tu es Poisson.

Il sourit.

— J'avais un ami qui s'intéressait beaucoup à l'astrologie.

Elle se penche vers lui et demande chaleureusement :

— L'ami dont tu parles dans ta dissertation ?

Il hoche la tête. Depuis son arrivée ici, c'est avec Douglas qu'il se sent le plus à l'aise. Pourvu que ce ne soit pas leur dernière entrevue.

— Va voir ta boîte à lettres demain, après les cours. Et, s'il te plaît, quoi que je décide, n'arrête pas d'écrire.

Il jette un coup d'œil dans le réfectoire. Il ne perçoit que des yeux brillants et des voix joviales. Aux murs sont fixées des plaques de bois avec les noms des élèves qui ont accompli de grandes choses. Honneurs sportifs et prouesses artistiques. Il est venu dans cette école pour être libre et à cet instant, pour la première fois, il se dit que c'est possible.

SARAH BRUNSON

— On joue à cache-cache ! ordonne le fils de trois ans de *Madame*[1] Ardant, en se jetant au cou de Brunson.

C'est comme ça en général qu'elle est accueillie à la garderie pour son expérience professionnelle. Avec des câlins et des cris de joie des enfants. S'occuper des petits, c'est son truc et heureusement, puisqu'elle a quasiment élevé sa sœur toute seule.

La fille de M. et Mme Plain se joint au câlin.

— La dînette ! la dînette !

— J'ai une idée, déclare Brunson. Une dînette cache-cache.

Elle installe le service à thé en bois, qui a l'air aussi vieux que l'école, et leur explique les règles du jeu en leur servant un thé imaginaire.

— Faites très attention à votre tasse quand vous trouvez votre cachette, dit-elle aux enfants captivés. C'est du thé oolong, c'est très spécial.

1. En français dans le texte (NdT).

Elle appuie sur le *oo* de *oolong* et les enfants répètent avec gourmandise.

Elle se sent légère et heureuse. Le premier jour s'est particulièrement bien passé. En tant que quatrième division, elle a pu choisir les cours et les profs qu'elle voulait, et elle a eu tout ce qu'elle demandait. Ça n'a pas été une surprise puisqu'elle a choisi les cours les plus exigeants. Pas comme ces gens qui vont chez les profs qui ont le A facile. Elle, elle a pris études américaines avec Colbert, Première Guerre mondiale avec Song et trigonométrie avec Shilts.

Quand son travail avec les enfants se termine, elle a rechargé ses batteries d'innocence et de joie. Ensuite, elle se rend à la rédaction de *L'Héritage de Chandler*, à l'étage du bâtiment Humanitas où ont lieu les cours de littérature. Les murs des couloirs sont décorés de citations tirées des lectures obligatoires. « Tous les animaux sont égaux mais certains sont plus égaux que d'autres », de *La Ferme des animaux*. « Je n'entends pas mourir sans lutte ni sans gloire, ni sans quelque haut fait dont le récit parvienne aux hommes à venir », de l'*Iliade*. « Je n'aime pas le travail, nul ne l'aime ; mais j'aime ce qui est dans le travail l'occasion de se découvrir soi-même », d'*Au cœur des ténèbres*.

En passant d'une citation à l'autre, elle note un détail qu'elle n'avait jamais remarqué auparavant. Ce ne sont que des livres écrits par des hommes blancs. Toutes les lectures requises pour les entrants de Chandler sont des livres écrits par des hommes, et presque tous sont blancs.

D'accord, il existe bien quelques profs qui parviennent à ajouter une femme écrivain par-ci par-là. Douglas le fait. Et d'accord, tout le monde, l'an dernier, a lu Maya Angelou avant sa venue et son discours pour le Jour de la diversité culturelle. Mais c'était exceptionnel. Brunson rêve d'un jour où les murs seront couverts de citations de femmes comme elle. Si elle arrive à entrer dans le Cercle, ça pourrait très bien se produire. Ça pourrait être le début du reste de sa vie.

Même si elle n'est pas sélectionnée, elle continuera à tirer parti de toutes les opportunités que l'école peut lui offrir. Son père rembourse encore les factures d'hôpital de sa mère, et, bien que Brunson reçoive *beaucoup* d'aides financières, cet établissement reste la chose la plus coûteuse dans leur vie, sans compter le cancer. Si Brunson doit mener ses parents à la faillite *et* rater tous les anniversaires de sa sœur, il faut que le jeu en vaille la chandelle. Et surcharger son emploi du temps d'activités et de cours est le seul moyen qu'elle ait trouvé pour éviter de faire face au torrent d'émotions qui gronde en elle.

Elle entre dans le bureau de *L'Héritage* où six élèves se disputent au sujet des pantalons à pattes d'eph… n'importe quoi.

— Je suis désolé, mais je refuse d'admettre l'existence de cette mode, et encore moins d'écrire à ce sujet, proteste Brodie Banks, le journaliste le plus prolifique de la rédaction. Et puis les articles de mode, c'est pour les filles.

La rédactrice en chef, Amanda Barman, pointe une règle dans la direction de Brunson.

— D'accord, dans ce cas, Brunson, tu l'écris.

— Écrire quoi ? demande-t-elle en récupérant un carnet et un stylo dans son sac à dos.

— Un article sur cette nouvelle tendance années 70 qui s'est emparée de tout le campus.

Brunson pousse un gros soupir.

— Sérieusement ?

— Oh, attendez, serait-ce le bruit d'une quatrième division mécontente qui parvient à mes oreilles ? Parce que tu sais que les nouveaux se bousculent au portillon pour avoir leur nom dans *L'Héritage*.

— C'est bon, je vais l'écrire. Mais, sincèrement, ce n'est pas vraiment une tendance. C'est juste quelques théâtreux qui s'habillent comme des figurants de *La Fièvre du samedi soir*.

— Tu as mieux à nous proposer ? interroge Barman.

Rien ne lui vient, et puis de toute façon, c'est ça, *L'Héritage*. Un journal rempli d'articles aussi ridicules que complaisants, rédigés et publiés par des gens qui veulent juste pouvoir écrire « journalisme » sur leur lettre de candidature pour l'université.

Une fois sa tâche terminée, Brunson trouve Amanda de Ravin, Rachel Katz et Jane King devant le foyer des élèves, occupées à noter les garçons dans l'album de la promo.

— On ne devrait pas aller au courrier ? propose Brunson, qui n'éprouve aucun intérêt à noter les garçons.

Peut-être que si c'était des filles, OK, ça l'amuserait un peu.

— Les lettres doivent être distribuées à l'heure qu'il est.

Elles sont toutes candidates au Cercle et toutes les quatre ont passé un entretien avec Douglas. Dans le bureau du courrier, elles dépassent l'immense tableau d'affichage couvert de tracts annonçant activités, fêtes, émissions de radio des élèves, clubs et auditions pour *Angels in America*. Au-dessus flotte une grande banderole qui dit : « Préparez vos couleurs pour la nuit de Lowell. 16 octobre. Mettons ces violettes à genoux ! »

— Rien dans la mienne, dit Katz en jetant un coup d'œil à sa boîte à lettres métallique.

— Chez moi non plus, ajoute Rav.

— Pareil, conclut Jane.

Devant sa propre boîte vide, Brunson dit :

— D'accord, pas de panique, les filles. Le courrier n'a peut-être pas encore été distribué.

Elles se rendent au guichet.

— Hé-ho ! crie Jane. Il y a quelqu'un ?

Beth sort de la salle du courrier, chargée d'une pile de catalogues et d'enveloppes.

— Ah, salut, dit-elle doucement.

— On se demandait juste si les lettres du Cercle de Douglas avaient déjà été distribuées ou non, dit Brunson avec un sourire forcé.

— Je ne pourrais pas te dire, déclare Beth avant de tenter une plaisanterie : Mettre son nez dans le courrier est un crime fédéral.

— Est-ce qu'au moins tu peux nous dire combien de personnes ont été admises ? insiste Brunson, au désespoir. Tu sais à quoi ressemblent les invitations, non ? Des enveloppes crème avec un sceau rouge. J'en ai vu une l'an dernier.

— Je ne les ai pas vues passer, se contente de dire Beth.

Puis, après un instant de contact visuel tendu entre elles, elle marmonne :

— Il faut que je retourne travailler maintenant.

— Bon, moi j'ai fait le calcul, déclare Brunson à Katz, Jane et Rav. En moyenne, sont admises au Cercle quatre personnes. Mais en 95, il n'y a eu que deux élèves. Le maximum c'est douze, en 97, mais apparemment, c'était trop agité et Douglas a dit qu'elle ne prendrait plus jamais autant de monde.

Katz hausse les épaules.

— Je déteste la salle du courrier. C'est trop stressant.

Elle n'a pas tort. Le stress se concentre dans cette pièce : des élèves espérant recevoir des colis de leurs parents, ou des lettres de leur amour d'été, attendant de découvrir par quelle grande université ils ont été recalés, ou encore essayant de décider quelle couleur de sweat commander par correspondance. Ils semblent toujours tous se décider pour le vert sapin de toute façon, alors pourquoi passent-ils autant de temps à feuilleter ces catalogues ? Tout en y réfléchissant, Brunson tire sur son propre sweat vert sapin commandé par correspondance.

Avec ses copines, elles passent une demi-heure dans le magasin du lycée à regarder les tee-shirts de Chandler, les mugs et les fournitures scolaires. Les élèves font leurs achats grâce à leur code d'étudiant, puisqu'il n'y a pas d'argent sur le campus, seulement un code qui ajoute la dépense directement à la facture de leurs parents. Brunson n'achète jamais rien au magasin. Obliger ses parents à payer encore *plus* est bien la dernière chose qu'elle souhaite. Même si ce ne serait pas difficile de se servir du code de quelqu'un d'autre. La plupart des parents d'élèves n'examinent probablement pas leurs factures en détail. Mais Mary Crane s'est fait prendre l'an dernier, et elle a été virée sans cérémonie. Le vol fait partie des quelques délits donnant lieu à un renvoi immédiat.

Au bout d'un certain temps, elles retournent au courrier.

— Toujours rien, dit Jane.

— Pareil, dit Katz.

— Elle ne s'est peut-être pas encore décidée ? suggère Rav.

Mais il y a une lettre dans la boîte de Brunson. Son cœur gonfle. Oui, c'est une enveloppe crème. Avec un cachet en cire rouge.

— Les filles, souffle-t-elle. Merde alors.

— Brunson, t'as réussi ! se réjouit Jane avec sincérité.

Elle prend soin de ne pas briser le cachet en ouvrant l'enveloppe. Elle sait déjà qu'elle la gardera toute sa vie. Elle a réussi. Elle a hâte de l'annoncer à ses parents et sa sœur. Ils lui manquent tellement. Pourvu qu'ils comprennent l'importance de cette lettre. Elle se demande fugacement si c'est Beth qui l'a déposée dans sa boîte. Et si Beth a révisé son jugement la concernant quand elle a vu que Douglas l'avait choisie.

— Waouh, dit-elle. Regardez.

Elle laisse les filles lire la lettre rédigée sur un papier crème. *Bienvenue dans le Cercle. Nous nous réunirons ce dimanche à 10 heures du matin, au rez-de-chaussée de MacMillan. Veuillez amener un cahier et un stylo (pas de crayon à papier).*

— Pas de crayon à papier ! s'exclame Katz avec un rire triste qui trahit sa déception. Bon, qui veut noyer son chagrin dans une barquette de frites ?

Les trois filles se dirigent vers la cafétéria pour se réconforter dans le gras. De son côté, Brunson s'attarde au courrier, à la recherche d'autres élèves détenant une enveloppe crème à cachet rouge. Elle aperçoit rapidement Amanda Spencer qui en tient une. Elle ignorait que Spence écrivait, mais ça ne l'étonne pas que cette fille réussisse tout.

Puis elle voit Freddy Bello ouvrir l'enveloppe à la hâte. Ça, c'est une surprise. Elle a toujours pris Freddy pour un sportif, pas le genre intello. Mais soit.

Ensuite elle remarque Beth, et son cœur se serre. Elle croyait pouvoir échapper à sa première année désastreuse à Chandler, mais comment faire si Beth fait aussi partie du Cercle ?

Spence, Freddy et Beth se regroupent en se montrant leurs lettres. Spence tient aussi un colis de provisions sous le bras.

— Waouh, alors c'est nous quatre, dit nerveusement Brunson en évitant le regard de Beth.

Ramin s'approche sans rien dire, maladroitement, la même lettre à la main.

— Nous cinq, corrige Freddy. Salut, Ramin. Tu te souviens de moi ? Freddy.

— Oui, je me souviens, fait Ramin avec un geste de la main. Salut tout le monde.

— Rebonjour, dit Brunson. Félicitations. C'est rare que les nouveaux entrent dans le Cercle. D'habitude, ils ne sont même pas au courant de son existence. Comment tu l'as su ?

— Oh, je n'en savais rien.

— Dans ce cas, comment tu es entré ? questionne Spence.

— La professeure a lu ma dissertation dans mon dossier d'inscription, explique-t-il. Et elle m'a... invité, je crois.

— Impressionnant, lance Freddy. C'est classe. Tu as été pris du premier coup, et sans passer le test !

— De quoi parlait ton texte ? demande Brunson avec curiosité.

— Sacrément intrusif comme question, lance Beth. Tu aurais envie que tout le monde sache de quoi parlait *le tien*, peut-être ?

Brunson trouvait sa question innocente, mais à présent elle rougit d'embarras. Non, *personne* ne doit savoir de quoi parlait le texte soumis pour son inscription à Chandler. Évoquer la maladie de sa mère est beaucoup trop douloureux.

Elle n'a pas le temps de présenter ses excuses à Ramin car Spence lui coupe la parole :

— Elle t'a fait passer l'entretien, au moins ?

— Elle est venue me parler au réfectoire hier. C'était étrange. Elle m'a demandé ma date de naissance. Et même l'heure.

— Elle m'a demandé la même chose, répond Spence. Elle a dit que j'avais une concentration de signes d'eau, c'est sûrement pour ça que j'ai une si grande sensibilité.

— Elle a dit que j'étais d'un signe d'eau aussi, ajoute Freddy. Poissons.

— Scorpion, lance Spence.

— Cancer, dit Brunson. Signe d'eau aussi.

— Moi aussi, renchérit Beth.

— Je me demande si c'est comme ça qu'elle nous choisit, s'interroge tout haut Brunson.

— Oui, c'est ça, pas parce qu'on écrit bien, ricane Beth.

Brunson veut se corriger, mais elle est trop secouée par la façon dont Beth semble prendre tout ce qu'elle dit de travers. Peut-être est-elle encore blessée par leur relation tendue de l'an dernier, et cette horrible remarque qu'elle avait faite au sujet de ses cheveux. Si seulement elle savait comment s'excuser, et arranger la situation, mais elle n'est douée ni pour les excuses, ni pour les conflits.

— Sinon, qu'est-ce que tu as reçu dans ton colis de provisions ? demande-t-elle à Spence pour changer de sujet.

Puis, coupant l'herbe sous le pied de Beth, elle ajoute avec légèreté :

— Ignore ma question si c'est trop intrusif.

Beth se mord la lèvre.

— Mes parents m'ont sûrement envoyé des vêtements pour se racheter de leur absence pour ma rentrée.

Elle ouvre le carton, en sort un papier de soie rose pâle qui révèle deux magnifiques robes de grand couturier.

— Waouh, fait Brunson. Dior ?

— Gaultier. Je suis sûre que ma mère les a eues gratuitement, précise-t-elle rapidement, gênée.

Spence va jeter la boîte quand quelque chose en tombe : le dernier numéro de *Vogue*.

Brunson et Freddy se penchent en même temps pour ramasser le magazine, mais c'est elle qui l'attrape. En couverture, la mère de Spence porte un col roulé rouge très moulant.

— Oh, waouh. Ta mère est magnifique.

— C'est vrai, dit Spence avec un sourire, en récupérant le magazine.

— Ça doit faire bizarre d'avoir une mère célèbre.

La mère de Brunson est l'exact opposé d'une top-modèle connue.

— Pour moi ce n'est pas bizarre, parce que j'ai toujours connu ça, explique Spence avec une certaine tristesse dans la voix. Ce qui est bizarre, c'est d'être si souvent dans un fuseau horaire différent, mais on se parle autant que possible.

Quand elle est à l'internat, la mère de Brunson l'appelle une fois par semaine, le lundi soir. Elle met un point d'honneur à tout savoir sur ses cours, ses amis et ses activités. Brunson évite d'en parler aux autres. Elle ne veut pas que Spence se sente mal. Ce qui est très bizarre, quand on y pense. La fille dont la mère se bat contre le cancer depuis dix ans ne veut pas que la fille dont la mère est top-modèle se sente mal…

— Enfin bref, on peut parler d'autre chose, si ça ne vous dérange pas ? demande Spence.

— Tu veux parler de comment tu croyais que je ne serais jamais accepté dans le Cercle ? la taquine Freddy avec un grand sourire.

— Hein ? s'indigne Spence. Je n'ai jamais dit ça !

— Tu étais choquée d'apprendre que j'avais postulé.

— Oui, c'est vrai, parce que tu es médaille d'or des Jeux olympiques, pas parce que tu n'es pas assez bon.

— Médaille d'argent. Et c'était les Jeux olympiques de la Jeunesse.

— Quand même, impressionnant. Quoi qu'il en soit, on est tous manifestement assez doués. Puisqu'on y est.

Brunson jette un coup d'œil à Beth en se demandant si cette dernière la trouve assez douée.

— Comment s'est passé ton premier jour en cuisine ? demande Freddy à Ramin.

— Pas trop mal, je crois.

— On est tous les deux de corvée de vaisselle, explique Freddy aux autres avant de lever la main pour taper dans celle de Ramin.

Le garçon l'observe sans bouger.

— Tope là, glousse Freddy. Aux cuisines, on est liés à la vie à la mort.

Ramin s'exécute avant de demander à Freddy :

— Tu n'as pas d'origine iranienne ?

— Non. Pourquoi ?

— Oh, c'est juste que tu ressembles un peu à quelqu'un que je connaissais chez moi, en Iran.

— Né et élevé à Miami, dit Freddy. Ma mère est brésilienne. Et mon père est de Cuba. Et, pitié, ne me demande pas de t'avoir des cigares.

— Dis-moi que personne ne fait ça, s'indigne Spence.

Freddy énumère la liste des garçons qui lui ont demandé des Cohibas, en général pour les offrir à leur père à Noël.

Une fois qu'il a terminé, Ramin dit, dans un espagnol impeccable :

— *Au moins, personne ne m'a jamais demandé de lui ramener un tapis persan.*

— Attends, l'interrompt Freddy en anglais, comment ça se fait que tu parles aussi bien espagnol ?

— Mon père m'a fait apprendre cinq langues. Il dit qu'on ne sait jamais quand un pays ou une civilisation va s'effondrer, et que donc il faut être prêt à s'intégrer ailleurs.

— Je suis trop jalouse, pleurniche Spence. Si je parlais espagnol, je pourrais avoir un rôle dans la pièce que la Señora Reyes monte à la chapelle. Il paraît qu'elle fait García Lorca cette année. Vous imaginez ? Jouer *La casa de Bernarda Alba* dans la langue originale !

— Mais tu vas avoir le rôle principal dans la pièce de l'hiver, de toute façon, intervient Beth. Je n'ai pas vu *Angels in America*, mais je doute que Sullivan l'aurait choisie s'il n'y avait pas un superbe rôle pour toi.

Brunson se crispe. Dans un autre monde, elle aurait adoré passer les auditions pour jouer dans cette pièce qu'elle adore. Mais son cœur, qui se met à battre la chamade, lui rappelle qu'elle ne peut pas être dans cette pièce. Dans aucune pièce.

La cloche de la chapelle retentit.

— Je dois y aller, déclare Spence. Répétition des Sandmen. On cherche deux chanteurs, si jamais l'un d'entre vous sait tenir une note…

— Négatif, lance Freddy.

Brunson aimerait tellement savoir chanter. Ce serait le moyen d'ajouter une activité de plus à son emploi du temps, tout en passant du temps avec Spence. Mais elle chante faux, donc elle se contente de répondre :

— Moi aussi, je dois y aller. J'ai soutien.

— C'est ton expérience professionnelle ? demande Ramin.

— Non, ça c'est la garderie.

— Oh, tu as trop de chance ! s'exclame Spence. Ça a l'air sympa. Moi je suis encore au tri du courrier.

— Ah, moi aussi ! dit Beth. D'ailleurs, j'y retourne.

— Corvée de courrier, à la vie à la mort, fait Spence en imitant à la perfection Freddy.

Tout le monde rit. Beth et elle se tapent dans la main avec enthousiasme. Où était *cette* Beth l'an dernier ? Elle qui passait son temps avec son casque sur les oreilles et qui lui accordait à peine trois mots. Si Beth est capable de laisser derrière elle la personne qu'elle était… alors peut-être qu'elle aussi.

— Je dois retrouver des gars pour une partie d'Ultimate, les informe Freddy en se tournant vers Ramin. Tu peux venir si ça te dit.

— Oh, je, euh… Je ne sais pas ce que c'est. Et… je sais que tu es copain avec mes délégués et, euh, ils ne sont pas très sympas.

— C'est qui tes délégués ?

— Toby King et Seb, euh, je ne me rappelle pas son nom. Il est en MN cette année, et il est… grand.

— Ce ne sont pas mes potes, corrige Freddy, pensif. Pas vraiment.

— De toute façon je dois aller réviser, dit Ramin en s'éloignant.

Spence et Freddy sortent à sa suite et Brunson se retrouve seule avec Beth.

— C'est un peu gênant, dit-elle.

Beth mâchonne une mèche de cheveux en disant :

— Oui.

— Mais c'est pas obligé d'être comme ça tout le temps, reprend Brunson avec un sourire forcé.

— Clairement.

Brunson remonte ses cheveux en chignon.

— Bon, il faut que j'aille travailler.

— Oui, moi je retourne trier le courrier.

Avec un signe de la main maladroit, Beth fait demi-tour.

Il y avait seulement deux personnes que Brunson voulait éviter à tout prix cette année : Beth est l'une des deux. Maintenant, elle va devoir faire encore plus d'efforts pour éviter l'autre.

Brunson traverse la pelouse devant la chapelle en direction de l'infirmerie pour son travail de soutien aux élèves.

— Sympa ton haut, Brunson ! lui crie Laurie Lamott, une de ses camarades membre du conseil de discipline des élèves, comme elle.

— Merci, Laurie. Le tien aussi !

— C'est vrai que tu es au Cercle ? On t'a vue avec une de ces enveloppes cachetées au courrier.

— Oui, c'est vrai. C'est fou, hein ?

Elle sourit, endossant à merveille le rôle de la fille populaire incroyablement douée et pas le moins du monde menaçante qu'elle veut être.

Au loin, elle aperçoit la professeure Douglas qui discute avec le principal Berg. Brunson croise le regard de Douglas qui se contente de lui accorder un signe de tête avant de reporter son attention sur Berg. Ils parlent tout bas, mais leur langage corporel trahit un échange tendu. Ils agitent les mains, se pointent du doigt.

Brunson songe à l'article qu'elle a rédigé l'an dernier, dans le journal du lycée, mettant en lumière la coïncidence troublante voulant que tous les directeurs de Chandler possèdent un nom de famille monosyllabique. *Du journalisme de haut vol...* Mais cette année sera différente. Elle s'est inscrite ici pour compter, et les membres du Cercle comptent.

Une fois le principal parti, Douglas se dirige vers Brunson, qui s'aperçoit qu'elle a passé les quelques dernières minutes à la fixer.

— Alors, comment te sens-tu ? demande la prof, les yeux sur l'enveloppe.

— Surexcitée. Et terrifiée. J'avais le bon signe astrologique, c'est ça, hein ?

— Et tu as produit un texte magnifique.

Brunson sourit. L'an dernier, elle a piqué *Informations complémentaires* sur le bureau de Beth et l'a lu pendant l'une de ses nombreuses nuits d'insomnie. C'était la première fois qu'elle se retrouvait dans les pages d'un roman. C'était aussi effrayant qu'exaltant. Mais ce n'est pas sur *cette* partie du livre qu'elle a basé sa rédaction ; elle n'était pas prête. Elle a écrit au sujet d'une autre partie qui semble gravée au fer rouge dans sa mémoire : la relation de l'héroïne avec sa mère malade. Sa façon de veiller sur elle. Et lorsqu'elle explique enfin à sa mère à l'hôpital qu'elle aime une femme, mais que sa mère est trop assommée par les médicaments pour répondre. Brunson n'a pas parlé de sa propre mère dans sa rédaction, mais elle sait qu'elle a écrit sur la maladie avec plus de profondeur que la plupart des filles de son âge.

— Cancer, souffle-t-elle. C'est mon signe astrologique, et c'est aussi là-dessus que j'ai écrit. C'est drôle, non ?

— Je ne suis pas certaine que *drôle* soit le mot juste concernant le cancer, répond Douglas avec compassion.

— Oh, pardon. Votre mère...

Elle se tait sans formuler plus avant la question.

— Cancer du côlon, précise Douglas l'air de rien. C'est allé très vite.

— Elle a lu votre roman ?

Douglas secoue la tête.

— J'aurais bien voulu.

Brunson décèle la tristesse dans sa voix, l'émotion qui vient gratter sa façade de marbre.

— Je n'avais rédigé qu'un premier jet quand le diagnostic est tombé, et je n'aime pas montrer mes premiers jets à qui que ce soit.

Le regret perce dans sa voix. Le même regret que celui de Brunson, de ne rien avoir dit à sa propre mère, du moins rien qui compte.

— Je suis désolée, dit-elle.

— De l'eau a coulé sous les ponts, conclut Douglas.

Ce n'est pourtant pas ce qui transparaît.

— Oui, dit Brunson.

Une hésitation gênée flotte entre elles.

— Je dois aller au soutien psychologique. Mais vraiment, merci. Je ne vous décevrai pas.

— Ce n'est pas ce qui m'intéresse, répond Douglas en la regardant droit dans les yeux. Ne *te* déçois pas.

Brunson relaye Rachel Katz au soutien psychologique, à l'infirmerie.

— Quelqu'un est venu ? demande-t-elle à Katz.

— Personne. Est-ce que tu as déjà reçu quelqu'un ici, toi ?

— Non.

À la vérité, aucun élève en crise ne vient jamais voir un autre élève pour se faire aider, et elle comprend très bien pourquoi. Même si les conseillers sont censés garder le secret, ça reste des élèves. Et la rumeur court vite. Pourquoi les élèves se parleraient-ils à cœur ouvert si toute l'école risque de le découvrir ? Surtout quand l'école en question emploie un vrai psy, le docteur Geller, qui, d'après l'expérience qu'en a Brunson, est excellent.

Mais c'est une activité qui fera bonne impression sur ses candidatures à l'université. Elle passe le temps en écrivant cet article stupide sur les pattes d'eph et les chemisettes à manches courtes. Demain, elle pourra obtenir quelques témoignages d'étudiants victimes de cette mode.

Une fois ses heures terminées, elle retourne enfin à la nouvelle chambre qu'elle occupe au sous-sol de chez Mme Song, sur le campus. Contrairement à la majorité des profs ici, Mme Song n'est pas un parent d'internat. Elle vit dans une magnifique maison avec sa fille et, chaque année, un chanceux a le droit d'occuper son sous-sol. Brunson fait partie des cinq élèves du campus ayant décidé de ne pas vivre en résidence cette année. On appelle ça des « hébergements étudiants » puisque les profs les hébergent chez eux. Mme Song et Millie, sa fille de onze ans, ne sont pas à proprement parler ses colocataires, puisqu'elles dorment deux étages au-dessus, mais elles sont gentilles et de bonne compagnie à la fin d'une journée bien remplie. De plus, il y a toujours du kimchi et des bibimbap maison tout prêts dans le réfrigérateur des Song. Et à dire vrai, à peu près n'importe quoi serait mieux que la tension permanente de son logement de l'an dernier.

— Un Scrabble ? propose Millie en déboulant dans le sous-sol.

— Seulement si tu promets de ne pas me massacrer.

Sans perdre de temps, Millie dépose le plateau de Scrabble. Brunson se redresse. Elle a démarré sa journée en jouant avec des enfants et la termine en jouant avec une autre. Rien ne la rend plus heureuse.

Le dimanche matin, Brunson passe en revue toutes les combinaisons de hauts, bas, chaussettes et chaussures possibles avant de se décider pour un simple tee-shirt bleu nuit, un jean noir et des sabots. Elle ne veut pas avoir l'air d'en faire trop pour le Cercle.

La décision suivante concerne l'heure d'arrivée. Si elle arrive trop tôt, elle prend le risque de se retrouver seule avec Beth, donc non. Si elle arrive en retard, elle prend le risque d'agacer Douglas. Hors de question. Alors, elle se rend à MacMillan et se cache derrière un arbre. Elle observe les élèves sur la pelouse, tapant dans des balles, prenant le soleil ou lisant Homère, Shakespeare et Orwell. Quelqu'un au deuxième étage du bâtiment a ouvert une fenêtre d'où se déverse la voix de Cat Stevens.

Brunson entre dans MacMillan mais attend que la cloche de la chapelle sonne 10 heures pour toquer à la porte de Douglas. À sa grande surprise, elle est la dernière à arriver.

— Ah, dit Douglas en ouvrant. Nous sommes au complet.

— Oh, pardon. Je croyais être à l'heure.

— Tu l'es.

Tout le monde est rassemblé, debout dans son salon. Il n'y a que deux chaises, sur lesquelles personne n'ose s'asseoir.

— Vous pouvez vous installer, vous savez. On n'est pas dans un musée.

Douglas prend l'une des chaises.

C'est Freddy le premier à s'asseoir par terre. Puis Spence et Beth, et enfin Ramin. Brunson, dernière arrivée, est également la dernière à s'asseoir. Elle jette un coup d'œil à la chaise libre. Si elle la prend, elle sera au-dessus des autres. Sinon, il restera une chaise étrangement vide dans la pièce.

— Je crois que je vais m'asseoir par terre aussi, décide-t-elle en s'écartant des autres, séparée d'eux par des tas de livres posés à même le sol.

Elle doit pousser *La Chambre de Giovanni* pour se faire une place, son sac à dos sur les genoux dans l'espoir qu'il étouffe un peu les grondements de nervosité de son estomac.

— Bienvenue au Cercle, dit Douglas. Je suis très contente de notre groupe, cette année. Vous êtes tous d'un signe d'eau, donc je pense que vous barboterez très bien ensemble.

Beth est la seule à rire à la blague ringarde.

— Commençons par discuter de ce qu'est ou n'est pas le Cercle. Dites-moi ce que vous avez entendu, et je vous dirai si c'est vrai ou faux.

Personne ne parle.

— L'an dernier, j'ai choisi un groupe du signe du feu, ils n'arrêtaient jamais de parler, reprend Douglas. Je constate que les choses seront différentes à présent. Amanda Spencer ou Freddy Bello, nos dernières années, vous voulez bien commencer ?

— En bien, c'est un atelier d'écriture, dit Freddy.

— Vrai. Je suis sûre que ce n'est pas la seule chose que vous ayez entendue.

— En première année, une de mes déléguées disait que c'était un culte satanique, glousse Spence.

— Faux. Et merci beaucoup pour ton honnêteté. En revanche, c'est peut-être bien un sabbat, car l'art de créer est une forme de sorcellerie. J'appuie spécialement sur le mot « art ».

— Bon, je continue, poursuit Spence. J'ai aussi entendu dire que ça pouvait être votre couverture pour convertir des gens à la Scientologie.

Douglas hausse un sourcil.

— Celle-là, je ne l'avais pas encore entendue.

— Je crois que c'est parce que Tom Cruise avait été pressenti pour jouer dans le film tiré de votre livre.

— Un film qui n'a jamais vu le jour et un homme que je n'ai jamais rencontré. Mais si vous craignez d'être convertis, rien ne vous empêche de voir si vous trouvez L. Ron Hubbard dans ma bibliothèque.

Brunson observe les livres qui couvrent tous les murs. Il y a des étagères partout et des livres entassés par terre, des montagnes de livres inclinés les uns sur les autres comme autant de tours de Pise.

— Bon, continue Douglas. Nous avons donc établi que ce n'était ni un culte de quoi que ce soit, ni une branche de la Scientologie. Et nous savons également que c'est un atelier d'écriture. Quoi d'autre ?

— C'est un refuge, lance Beth en regardant ouvertement Brunson.

Douglas bondit pratiquement de sa chaise.

— Aha ! Développe, Beth.

— Oh, je ne sais pas trop. C'est juste un endroit où nous sommes… en sécurité.

Ramin a l'air d'avoir envie d'ajouter quelque chose, mais comme il reste muet, Brunson intervient :

— C'est un endroit où nous pouvons explorer notre personnalité sans nous inquiéter de nous tromper ou qu'on se moque de nous ou…

Elle se tait, les yeux sur Douglas, dans l'attente d'un signe lui indiquant qu'elle est sur la bonne voie. Mais la prof ne lui adresse aucun « aha » encourageant comme elle l'a fait pour Beth, alors elle se dégonfle.

— J'apprécie ce que tu viens de dire. (Douglas s'accroupit au niveau de Brunson.) Explorer notre personnalité. Quel est le meilleur moyen de le faire ?

S'ensuit un long silence que Douglas comble en disant :

— Le Cercle ne se soucie pas des bonnes ou des mauvaises réponses. Dites ce qui vous vient à l'esprit. Comment explore-t-on qui nous sommes ?

— En écrivant ? propose Ramin, nerveusement.

Douglas se relève d'un bond et pointe l'index sur Ramin.

— En écrivant. Dites-m'en plus.

— Eh bien, tout ce que nous écrivons reflète qui nous sommes, s'aventure Spence. Un peu comme une peinture qui en dit plus long sur le peintre que sur le sujet.

— Ah. Donc, en un sens, même la fiction n'en est pas vraiment, car elle reflète la vérité de l'auteur.

Brunson songe à l'article ridicule qu'elle vient de rendre au sujet de la mode disco sur le campus. En aucun cas il ne reflétait sa réalité ni n'explorait sa personnalité. Elle ne veut pas contredire le groupe, toutefois elle ne peut pas s'empêcher d'ajouter :

— L'écriture *de qualité* explore notre personnalité. L'écriture *authentique*. Mais tout n'est pas bon et authentique. Par exemple, je viens juste d'écrire l'article le plus débile du monde pour *L'Héritage* sur les gens qui s'habillent comme les Bee Gees. Ça ne reflète pas qui je suis.

Enfin, Douglas se tourne vers Brunson et lui adresse un « Excellent » plein d'entrain, avant d'ajouter :

— C'est pour cela que nous sommes ici. Pas seulement pour écrire, mais pour écrire avec notre cœur et avec notre âme. C'est bien, on avance. (Elle fait les cent pas dans la pièce en continuant à parler.) Vous allez écrire énormément. Vous écrirez durant nos séances. Vous écrirez en dehors de nos séances. Vous écrirez tellement que vous serez réveillés en pleine nuit par vos idées, par des phrases que vous saurez tout à coup comment arranger, par des images qui tiendront à être transcrites en mots.

Brunson observe les autres membres du Cercle échanger des regards timides. Elle pourrait sûrement écrire une histoire rien que sur ces regards et ce qu'ils signifient. Ou, plus précisément, ce qu'elle *croit* qu'ils signifient.

— Nous allons nous y atteler immédiatement. Vous avez tous apporté un cahier et un stylo.

Ils sortent leurs affaires.

— Avant de nous mettre à créer, j'aimerais que vous signiez notre Code d'Honneur du Cercle, reprend Douglas. Veuillez écrire les phrases suivantes, dater et signer, s'il vous plaît. *Je m'engage à la créativité et à l'exploration de ma personnalité. Je m'engage également à respecter mes camarades d'étude. J'ai conscience que tout ce qui se passe dans le Cercle reste dans le Cercle.*

Douglas s'exprime lentement afin que tout le monde puisse noter.

— À présent vous signez, datez, et vous rendez vos feuilles. Pourquoi, à votre avis, ai-je demandé d'apporter un stylo et non un crayon à papier ?

Les élèves se regardent sans rien dire.

— Vos signes d'eau ont du mal à ouvrir la bouche, n'est-ce pas ? Sarah, à ton avis, pourquoi je déteste les crayons à papier ?

— Je, euh...

Réfléchis, Brunson, réfléchis.

— Parce que vous ne voulez pas que nous effacions notre travail.

— Fantastique. Merci. Et Amanda, selon toi, pourquoi je ne veux pas que vous effaciez vos écrits ?

— Je dirais que c'est parce que vous ne voulez pas que nous butions sur un mot ou une phrase pendant des heures ?

— L'auto-correction est l'ennemi de la créativité, explique Douglas. Il sera toujours temps de se relire et de réécrire. En fait, c'est à ce moment-là que l'écriture devient excellente. Mais vous ne pouvez pas corriger et réécrire quelque chose qui n'existe pas. Et croyez-moi, vos textes n'existeront pas si vous les corrigez en les produisant. Il faut lâcher prise. C'est pareil pour tout ce qu'on entreprend. On s'entraîne, encore et encore, mais quand il faut s'y mettre pour de bon, il faut tout lâcher et se faire confiance. N'est-ce pas, Freddy ?

— Oh, je ne sais pas trop, répond Freddy. Je commence tout juste à écrire. Je ne suis qu'un athlète.

— *Qu'un athlète* ? répète Douglas. L'écriture, c'est un sport. C'est comme jouer d'un instrument. Ça requiert un entraînement sans fin et la capacité à lâcher prise. J'imagine que tu as passé des heures incalculables au saut à la perche, Freddy.

Il acquiesce.

— Mais j'imagine aussi que quand vient le moment de concourir, on doit mettre tout ça de côté et se fier à son instinct.

— Oui, je crois bien.

Douglas se tourne vers Spence.

— Amanda, je pense qu'il en va de même au théâtre. On répète encore et encore, mais le soir de la représentation, on sait que les répliques viendront d'elles-mêmes, et on laisse l'émotion prendre le dessus.

— Oui, c'est exactement ça, confirme Spence.

— Parfait, eh bien pour l'écriture, c'est la même chose. Vous allez écrire plus que vous n'avez jamais écrit. Votre entraînement vous servira. Mais quand je vous demanderai un texte, je ne veux pas que vous vous arrêtiez, que vous remettiez en question ce qui vous vient, ni que vous écartiez quoi que ce soit. C'est pour cela que nous écrivons au stylo. (Elle reprend son souffle.) Bien, chacun d'entre vous m'a fait parvenir une production. Vos écrits étaient, de manière générale, vivants et émouvants. C'est la raison de votre présence ici. Mais aujourd'hui, je voudrais que vous les réécriviez depuis le début. Le but n'est pas d'en faire une copie carbone, mais de voir où le processus va vous emmener la deuxième fois.

Brunson remue nerveusement et croise les bras autour d'elle. Elle met tant d'énergie à tout faire à la perfection qu'elle n'a aucune idée de comment faire pour repenser son propre travail.

— Pour ma part, j'aime bien écouter de la musique en écrivant, poursuit Douglas. Donc je vais passer un de mes disques préférés. Je vous donne une heure, ce qui est très long quand on est concentré.

Douglas se dirige vers sa platine et met *Little Earthquakes* de Tori Amos. Bien sûr, elle utilise toujours des vinyles. Tout chez elle transpire la nostalgie d'un autre temps. Brunson a déjà entendu des filles passer ce CD l'an dernier, mais les paroles ont une nouvelle résonance cette fois. *Just what God needs*, chante Tori, *one more victim*[2]. Brunson a envie de trouver l'inspiration, mais rien de génial ne lui vient. Elle passe la majeure partie du temps imparti à observer la pièce. Douglas griffonne dans un cahier, l'air de se trouver dans un état méditatif. Allongée sur le ventre, Spence écrit avec les jambes croisées en l'air. Freddy a jeté un sweat de Chandler sur sa tête pour qu'on ne le voie pas écrire. Assis sur un coussin, Ramin est tout recroquevillé sur

2. Littéralement : « Juste ce dont Dieu a besoin, une victime de plus. » (NdT)

son cahier. Quant à Beth, elle mâchonne ses cheveux *et* son stylo en même temps.

La première chanson mène à la seconde, puis à la troisième, et quand la face A se termine, Douglas leur demande de continuer à écrire pendant qu'elle retourne le disque. *Give me life, give me pain, give me myself again*[3], chante Tori dans le dernier morceau.

Une fois la chanson terminée, Douglas pose son cahier et se lève.

— Posez vos stylos et rendez-moi vos textes.

Brunson observe les mots qu'elle a réussi à sortir. Douglas lui a dit de ne pas se décevoir, or c'est exactement ce qu'elle vient de faire. Elle n'éprouve pas la moindre fierté envers son travail tandis qu'elle arrache les pages comme les autres pour les tendre à Douglas.

— Je vous les rendrai la semaine prochaine. En attendant, je veux que vous fassiez connaissance. Ce lycée est parfois difficile pour les élèves. Vous avez tous quitté vos proches. À partir de maintenant, je veux que vous formiez une famille. D'accord ?

Brunson marmonne un « d'accord » mais, après ce qui s'est passé l'an dernier, elle voit mal comment Beth pourrait faire partie de sa famille.

Elle qui croyait que le Cercle changerait sa vie et la transcenderait… Après une seule séance, elle commence à se demander si ça ne sera pas exactement comme pour *L'Héritage de Chandler*, le soutien psychologique

3. Littéralement : « Rends-moi la vie, rends-moi la douleur, rends-moi à moi-même. » (NdT)

et le comité pour l'album de promo. Juste une activité extrascolaire de plus pour impressionner les universités.

Chandler, ce n'est peut-être qu'un moment à passer avant le vrai commencement de sa vie ?

FREDDY BELLO

— Si un mec a l'oreille gauche percée, ça veut dire qu'il est homo, dit Seb.

Instinctivement, Freddy passe une main sous sa crinière et serre le petit clou dans son lobe gauche.

— C'est la droite, corrige Bud Simonsen. Définitivement la droite.

Freddy ne sait vraiment pas pourquoi il fait du vélo avec ces types. Traîner avec eux, c'est toujours la même chose. Ça débat de quelle fille de Chandler est la plus sexy et quel garçon est le plus gay, et quand ils ne sont pas d'accord, ils se plaquent au sol jusqu'à ce que l'un d'entre eux crie grâce. C'est peut-être pour ça que faire partie du Cercle a tant d'importance pour lui. C'est une chance de prouver qu'il vaut mieux que le simple sportif qui se projette dans les airs et traite les filles comme des objets.

— Mec, c'est la gauche, insiste Seb.

— Impossible, réplique Charles. C'est l'oreille droite. Si l'oreille droite est percée, ça veut dire que le gars est gay.

Charles sourit à Freddy en disant ça. C'est son colocataire, il sait très bien que Freddy s'est fait percer l'oreille cet été, et il défend son pote. Même si Freddy ne voit pas pourquoi il aurait besoin d'être défendu. Surtout que Charles ne sait même pas qu'il aime les filles *et* les garçons, mais qu'il ne sort avec personne parce qu'il a promis à ses parents de se concentrer sur les cours et l'entraînement. La dernière fois qu'il a foiré une compétition, c'était parce qu'il venait d'avoir le cœur brisé. Ça ne doit pas se reproduire.

— C'est la gauche, rétorque Seb de plus en plus agressif, poussant Charles assez fort pour le faire tomber de vélo.

— Va te faire foutre, crache Charles en remontant en selle.

Ils sont cinq à se diriger vers la ville. Freddy et Charles ont été rejoints par Toby King et Bud Simonsen. Et Toby a amené Seb Parker.

Toby, à quelques mètres devant les autres, se retourne :

— Ce que je veux savoir, moi, c'est qu'est-ce que ça veut dire si un mec a les *deux* oreilles percées ?

Ils n'ont même pas besoin de répondre à la question parce que cette perspective est tellement atroce qu'ils éclatent tous de rire.

— C'est peut-être comme pour les mouchoirs, reprend Bud. Les gays portent des mouchoirs d'une certaine couleur dans leur poche gauche ou droite, ça dépend de ce qu'ils, euh… ce qu'ils aiment faire au pieu.

— Merde, lance Seb, *comment* tu sais ce genre de trucs ?

Charles vient immédiatement à la rescousse de Bud.

— La mère de Bud, c'est Melody Simonsen, la créatrice de mode. Il a grandi entouré de gays.

— Vous savez au milieu de qui j'ai grandi ? enchaîne Bud. De top-modèles.

— Oh merde ! s'exclame Seb. T'as déjà vu Cindy Crawford à poil ?

Ils se mettent à débattre de la mannequin la plus sexy, puis rapidement, de la fille du lycée la plus sexy.

— C'est Spence, sans conteste, déclare Bud.

— C'est sa mère qui est indienne, ou son père ? questionne Seb.

— On s'en fiche, non ? dit Freddy.

L'an dernier, quand il a entendu quelques filles parler de lui en employant les mots « Latin lover », il s'est senti tellement mal.

— Il a juste posé une question, rétorque Toby. Assez bête d'ailleurs, puisque George Spencer, c'est une légende à Chandler et Shivani Lal une top-modèle hyper connue.

— Il n'y a pas de question bête, réplique Seb en agitant le doigt.

— Sa mère a été mannequin pour ma mère, en fait, les informe Bud. Elle est hyper belle. Mais Spence est plus sexy.

Ils sont enfin arrivés à destination : Mikey's Deli, en plein centre. Ils attachent leurs vélos devant.

— On se magne ? demande Charles. On n'est pas censés être là sans avoir signé le registre de sortie.

— C'est clair, rétorque Toby, comme s'ils allaient virer cinq sportifs pour avoir acheté des Doritos. Sans nous, ils devront dire adieu à la coupe de football et de lacrosse.

— La nuit de Lowell serait un carnage pour Chandler, ajoute Bud.

Tout ça pour des Doritos. Un peu plus tôt, ils se sont dit que ça craignait qu'il n'y ait de Doritos ni à la cafétéria, ni au magasin du lycée, ni même à l'épicerie, alors que ce sont les meilleures chips du monde. En entrant chez Mikey, ils foncent sur les chips. Chacun s'empare de plusieurs paquets de Doritos, jusqu'à vider entièrement le rayon.

— Salut, Mikey, dit Bud. Tu n'aurais pas d'autres Doritos en stock, par hasard ? Sauce ranch, si possible, c'est mes préférées.

— Salut, Mikey, enchaîne Toby. Tu nous vendrais pas ces magazines là-haut ? Ceux dans des enveloppes kraft.

— Ne poussez pas le bouchon, les jeunes. Qui paye ?

Freddy a de l'argent, mais pas assez pour autant de paquets.

— Moi j'ai ça, dit Charles, qui sort un billet de cent dollars comme si de rien n'était.

Mikey range les Doritos dans des sacs plastiques et les garçons se dirigent vers la sortie jusqu'à ce qu'il les interpelle :

— Hé, les gars !

— Quoi ? fait Charles.

— Reposez les clopes.

Freddy jette un regard interloqué aux autres.

— Reposez-les, j'ai dit.

Bud s'avance, l'air hautain et agacé.

— Pardon, *toi* tu nous accuses, *nous*, de t'avoir volé ?

Mikey décroche son téléphone.

— Je peux appeler votre lycée si vous voulez. Il doit bien y avoir un vieux proviseur prétentieux qui sera ravi d'apprendre qu'il y a des voleurs à l'étalage à…

— Non, s'il vous plaît ! s'écrie Freddy.

C'est la première fois qu'il ouvre la bouche depuis qu'ils ont quitté le campus. Si ça c'est pas le signe qu'il ne fréquente pas les bonnes personnes… Il se tourne vers eux.

— Les mecs, si l'un de vous… Si quelqu'un a pris quelque chose, rendez-le.

Il panique. La transpiration commence à s'amonceler sur son front. Il n'a pas la richesse ni l'influence suffisantes pour se sortir d'une telle situation, et il pourrait effectivement être viré du lycée. Plus grave encore : il pourrait être viré du Cercle.

— Jetez un œil par là, indique Mikey en désignant des caméras.

— Merde, jure Toby qui sort deux paquets de Camel de son caleçon.

Seb sort trois paquets de Marlboro Light de son blouson et les dépose sur le comptoir.

— Tu étais au courant ? demande Freddy à Charles.

Il a du mal à croire que son coloc soit un voleur.

— Promis, je ne savais rien, répond Charles.

Toby sort une liasse de billets pour les tendre à Mikey.

— Sans rancune ?

Le vendeur secoue la tête avec dégoût.

— J'en veux pas de votre sale fric.

Alors que les garçons sortent du magasin, il leur crie :

— Ce que je veux, c'est qu'on raye votre maudite école de la carte !

Le retour au campus se fait dans une ambiance très différente. On n'entend que les feuilles mortes craquer sous les roues et les Doritos sous les dents. Alors qu'ils se rapprochent du lycée, Freddy finit par parler :

— C'était vraiment débile.

Toby hausse les épaules.

— On s'en fout, il s'est rien passé. Et maintenant on sait qu'il a des caméras.

Ils descendent de vélo sur le campus et saluent leurs amis au passage. Freddy aperçoit Ramin assis sur la pelouse, occupé à écrire. Sa main se déplace de droite à gauche, il doit écrire en persan.

— Salut, Ramin.

— Oh, salut, répond-il rapidement en retournant à son journal.

— On se voit à la prochaine réunion du Cercle ?

Ramin ne lève même pas les yeux.

— Oui.

— Ça va ?

Ramin regarde Seb et Toby. Freddy se rappelle avoir déclaré que ce n'était pas ses amis, mais le revoilà avec eux. Il aurait peut-être dû dire qu'il *voudrait* ne pas être leur ami, mais il ne sait pas qui fréquenter d'autre. Il est arrivé l'an dernier, en cinquième division, et c'était facile de se retrouver dans le groupe des sportifs.

— Tu connais ce blaireau ? demande Toby tandis qu'ils s'éloignent.

— Ils sont au Cercle ensemble, dit Charles.
— La secte lesbienne de Douglas ? glousse Seb.
— C'est juste un atelier d'écriture, se défend Freddy.
— Pourri, reprend Seb. Une secte lesbienne, ça aurait été plus marrant.
— Je dois aller voir Stade, lance Freddy. À plus.
— Plus, dit Bud, comme si faire une phrase entière c'était pas assez cool.

Le coach Stade l'attend devant le gymnase Jordan.
— Tu es en retard, lance-t-il en tapotant une montre invisible.
— Désolé, dit Freddy, un Dorito dans la bouche.
— Et tu manges des cochonneries. Enfin, Freddy. Ne perds pas ton objectif !
Il a entendu tellement de coachs répéter ces mots, l'objectif étant une médaille olympique. Fut un temps, il voulait atteindre ce but plus que tout. C'est lui qui a dû convaincre ses parents de le laisser sauter à la perche au départ. Ils ont réorganisé toute leur vie autour de cette lubie puérile qui est devenue son identité.
Il se change dans le vestiaire désert. Stade a déjà installé la barre sur le terrain de basket, ainsi que des haies et une barre de traction. Tout ce dont il a besoin.
— Étire-toi, ordonne Stade. Il faut détendre un peu ces ischios.
Il a des problèmes avec ses muscles ischio-jambiers. Beaucoup de crampes. Il doit aussi travailler son extension de bras quand il plante la perche dans le butoir. Ils

vont sûrement passer une heure là-dessus aujourd'hui. Courir, présenter, piquer, sauter, enrouler, répéter. Il songe à Seb, Toby, Charles et Bud pendant que Stade lui parle de l'exercice.

— Dynamique, dynamique, dynamique ! insiste Stade.

Le truc, c'est que les autres font des sports d'équipe. Lacrosse, aviron, football. Il est considéré des leurs parce qu'il est un athlète, mais son sport est solitaire. Il s'entraîne seul en général, et ça n'a pas changé à Chandler puisqu'il n'y a aucun autre perchiste sur le campus. Il lui arrive de s'échauffer avec les coureurs que Stade entraîne, mais, la plupart du temps, il est seul avec le coach.

— Tractions ! lance Stade. On commence par des tractions L et des I.

Il court à la barre, s'accroche et lève les jambes en L, puis les redescend à la verticale pour former un I.

Son corps est habitué à former des lettres, depuis le temps. Mais peut-être que, dorénavant, il pourra aussi utiliser son cerveau pour transformer ces lettres en histoires.

— Du nerf ! hurle Stade. Donne-toi à fond, Freddy.

S'entraîner seul, c'est vraiment pourri. Il n'a jamais eu l'impression de faire partie d'un groupe. Ça pourrait enfin être le cas, grâce au Cercle.

Le dimanche matin, ils se retrouvent tous assis par terre chez la professeure Douglas pour leur deuxième séance du Cercle.

— Ravie de vous retrouver.

Elle leur rend leurs textes de la semaine dernière.

Il attrape le sien en priant pour trouver des compliments. À la place, il constate que sa rédaction est presque entièrement barrée au marqueur noir si épais que les mots ne sont plus visibles en dessous. Son estomac se tord. Un seul mot a été épargné : *appartenir*. Il est entouré chaque fois qu'il apparaît : cinq au total. *Appartenir, appartenir, appartenir, appartenir, appartenir*. Il a écrit qu'il songeait à laisser tomber le saut à la perche mais qu'il avait peur car sans ça, il n'était pas sûr de trouver sa place. Il déglutit en voyant son texte. Est-il le seul à avoir déçu la prof au point qu'elle a eu besoin de tout barrer ?

Il jette un coup d'œil à Spence qui tient son texte également couvert de marqueur. Le seul mot restant est : *parfaite*. Entouré à chaque occurrence.

Idem pour Ramin, dont le mot est : *peur*.

Celui de Brunson : *survie*.

Celui de Beth : *pardon*.

— Vous avez tous fourni un excellent travail pour votre premier devoir, déclare Douglas.

Spence s'esclaffe.

— C'est pour ça que vous avez barré presque tout ? On dirait un document censuré par la CIA !

Ça n'a pas l'air de faire rire la prof qui demande :

— Tu pensais que ta première tentative serait... *parfaite* ?

Spence hausse les épaules en jetant un coup d'œil à ce mot entouré partout dans son texte.

— J'imagine que non, marmonne-t-elle.

— Vos textes étaient bons. Nous savons déjà que vous écrivez tous bien. Toutefois, vous n'avez pas creusé *assez* profond, reprend Douglas. Vous n'étiez pas libres. Vous ne racontiez pas la vérité, la vérité tout entière.

Tout le monde se regarde.

— Mais ce que j'ai trouvé intéressant, c'est ce qui se cachait sous chacun de vos textes. C'est pour cela que cet atelier existe. Déterrer ce qui est enterré et lui permettre de s'exprimer.

— Comment on fait ça ? interroge Brunson d'une voix tremblante.

— Eh bien…

Douglas passe de sa chaise au sol pour se mettre au niveau des étudiants.

— Pour commencer, mon travail est de vous aider à découvrir ce qui vous consume. J'ai lu et relu vos textes, et j'y ai cherché des motifs. Dans chacun, un mot apparaissait plus souvent que les autres. Vous remarquerez que j'en ai entouré chaque occurrence.

Freddy relit son mot. *Appartenir*. Il croyait être sincère en écrivant. Il songe bien à laisser tomber la perche, de temps en temps. Mais peut-être n'a-t-il pas tout dit dans ce texte. Par exemple, son impression de n'avoir sa place nulle part parce que ses parents viennent de deux cultures différentes, et lui ont appris trois langues différentes. Ou parce qu'il aime autant les filles que les garçons, et qu'il ne sait pas à qui en parler ?

— Et donc, on fait quoi avec ces mots ? demande Spence.

— Vous prenez conscience que ce sont des mots qui vous hantent, explique Douglas. Et vous creusez davantage pour savoir *pourquoi*.

— D'accord, mais vous avez dit qu'on n'était pas libres, reprend Spence. Moi je me suis sentie libre en écrivant. Pour de vrai.

Douglas hoche la tête.

— J'en suis sûre. Ça n'a peut-être pas atteint ton stylo. Ressentir et traduire ces sentiments en mots, ce sont deux choses différentes. Et c'est ce que nous allons apprendre à faire, ensemble. Donner une voix à ces émotions que nous enterrons au fond de nous. Des émotions si complexes que nous n'avons pas l'habitude de leur donner corps.

— Mais comment on fait ? insiste Beth.

— On s'entraîne, pour commencer. Comme je l'ai dit, nous allons écrire ensemble tous les dimanches. Mais je vous donnerai aussi des outils pour travailler entre les séances.

La professeure sort cinq tas de fiches cartonnées à carreaux qu'elle leur distribue.

— J'aimerais que vous gardiez en permanence ces fiches sur vous, ainsi qu'un stylo. Elles tiennent dans une poche arrière de pantalon, donc vous n'avez aucune excuse. (Elle se lève et parle en agitant les mains.) Notez toute observation qui vous semble pertinente. Chaque pensée qui vous vient, surtout si elle a un rapport à votre mot. Écrivez les pensées que vous voulez garder pour vous. Les idées fugaces. Les pensées secrètes. Creusez jusqu'à toucher le fond. C'est compris ?

— Je crois, dit Freddy, pas très sûr.

— Nous avons tous des manières différentes de nous sentir libres. Il n'y a pas de bonne ou de mauvaise façon d'être créatif. La créativité est notre but. C'est notre pouvoir, et nous avons le devoir de l'utiliser de manière responsable.

Il entend ce qu'elle dit, mais se sent pourtant accablé devant ce premier devoir entièrement raturé. C'est comme si les juges avaient décidé de ne pas noter son saut à la perche.

— Des questions ? demande Douglas.

Personne ne dit rien.

— Bien, alors écrivons. Aujourd'hui, j'aimerais examiner comment chacun prend un chemin différent à partir des mêmes stimuli, et vit une expérience diamétralement opposée. Personne ne peut jamais raconter exactement la même histoire.

— Dans ce cas, comment ça se fait que j'aie l'impression de toujours revoir le même film quand je vais au cinéma ? objecte Spence.

Douglas pointe le doigt sur elle.

— Aha. Excellente remarque. Personne ne raconte jamais exactement la même histoire, toutefois on peut copier celle de son voisin. Ainsi que son style. Et sa voix. Quand la créativité devient une industrie, on trouve d'innombrables copies de ce qui a déjà eu du succès.

— Et c'est mal ? intervient Brunson. De vouloir être comme les autres ?

— Pas nécessairement. Mais préférerais-tu avoir du succès grâce à ton authenticité, ou pour avoir copié quelqu'un d'autre ?

Freddy songe aux sportifs décérébrés avec qui il traîne. Ils apprennent à se comporter en s'inspirant les uns des autres, jusqu'à finir par tous se moquer des mêmes choses, convoiter les mêmes filles et porter les mêmes sweats.

— Mais n'arrivera-t-il pas un moment où toutes les histoires auront été racontées ? spécule Beth.

— Combien de touches possède un piano ? lance Douglas.

— Quatre-vingt-huit ! s'écrie fièrement Spence.

— Exact, pourtant les compositeurs créent de nouvelles mélodies depuis des siècles. Et combien de mots la langue anglaise comporte-t-elle ?

Tout le monde rit.

— Vous voyez, poursuit Douglas, si les compositeurs parviennent à trouver de nouvelles histoires à nous raconter avec seulement quatre-vingt-huit touches, nous, en tant qu'écrivains, nous n'avons aucune excuse. Alors, écrivons. Aujourd'hui, il me faut un volontaire.

Freddy ferme les yeux en priant pour qu'elle ne l'appelle pas. Il a vraiment l'impression d'être un imposteur ici.

— Oh, bon, d'accord, dit Spence en se levant. Je serai votre cobaye. Qu'est-ce que je dois faire ?

Douglas sourit.

— Ferme les yeux et choisis un livre dans la bibliothèque.

Spence s'exécute et titube vers l'une des étagères. Elle manque de trébucher sur les piles de livres par terre, mais Freddy les dégage de sa trajectoire. Puis elle passe le doigt sur les dos des livres jusqu'à en trouver un qui lui convienne.

— Celui-ci.

— Très bien. Maintenant, tu peux nous lire la première ligne.

Spence ouvre les yeux. Elle tient *Anna Karénine* de Tolstoï.

— « Toutes les familles heureuses se ressemblent. Chaque famille malheureuse, au contraire, l'est à sa façon[4]. »

— Très bien, dit Douglas en lui prenant le livre des mains. Tu peux te rasseoir, Amanda.

Spence s'assied si près de Freddy qu'il perçoit le parfum fruité de son shampoing.

— Je vais vous relire cette ligne, si vous voulez bien la noter. Vous passerez l'heure à écrire un texte commençant par cette phrase. Ça peut être tout ce que vous voulez. Et préparez-vous à faire part de votre travail au groupe.

Douglas met un nouveau disque. Cette fois, c'est *Court and Spark* de Joni Mitchell. Tandis que la musique démarre, Freddy se prend à écrire une histoire depuis le point de vue de ses parents. Son père a tant sacrifié pour son entraînement et ses déplacements, et sa mère travaille sans relâche pour tout payer. Plus il creuse leur point de vue, plus il s'aperçoit qu'il ne pourra *jamais* abandonner le saut à la perche. Sinon, leurs sacrifices auront été vains.

L'heure s'écoule si vite qu'il a du mal à le croire quand il entend Douglas annoncer :

— Posez vos stylos. Rendez-moi vos textes.

---

4. Traduction de Boris de Schloezer, Stock.

Ils arrachent les pages et les lui tendent.

— Nous nous revoyons dimanche prochain. J'aimerais que vous passiez la semaine à remplir ces petites fiches. Emmenez-les partout. Vous savez ce qui me plaît avec ce concept ?

— Elles sont petites ? suppose Beth.

— Exactement. Aucune pression : vous les remplissez et c'est fini. C'est un excellent moyen de s'entraîner à écrire. C'est comme un sprint. On n'est pas obligé de faire à chaque fois un marathon d'écriture.

Elle regarde Freddy qui se demande si elle passe son temps à faire des métaphores sportives, ou si c'est sa façon de le mettre à l'aise dans le groupe. De l'aider à *appartenir*.

— Encore une chose, reprend Douglas. Je voudrais que vous passiez du temps ensemble. Tous les cinq.

— À faire quoi ? lâche Brunson.

— Ce que vous voulez. Mais emmenez vos fiches. Je veux que chacun trouve un petit sujet de rédaction pour les autres. Ça peut être n'importe quoi. Parler de sa couleur préférée, de son film préféré. Écrire une histoire qui commence par un mot précis, ou parler d'une saison. Inutile de me le rendre, mais s'il vous plaît, faites cet exercice. Vous pouvez y aller.

Le groupe s'attarde devant MacMillan.

— On pourrait le faire tout de suite ? suggère Freddy. On va au foyer, ou à la cafète…

— Je ne peux pas, dit Brunson. Brodie Banks est à un mariage à Londres ce week-end, j'ai promis de le remplacer dans son émission de radio.

— Dégoûtée de faire l'impasse sur les frites de la cafétéria, enchaîne Spence, mais les auditions pour la pièce ont lieu cet après-midi, je dois me préparer.

Après avoir discuté de leurs emplois du temps respectifs, ils s'aperçoivent que leur seule disponibilité commune sera le samedi matin, principalement à cause des activités extrascolaires de Spence et de Brunson.

— On pourrait aller en ville à vélo, propose Freddy, qui préférerait largement fréquenter ce groupe plutôt que les types avec qui il traîne d'habitude.

— Je n'ai pas de vélo, intervient doucement Ramin.

— Moi non plus, déclare Beth.

— Je peux en emprunter au moins un de plus, lance Spence.

— Oui, moi aussi, conclut Freddy.

Ils décident de se retrouver à la chapelle le samedi matin. Ramin est le premier à partir, avec un signe de tête. Puis Brunson et Beth, laissant Freddy et Spence seuls.

— Tu retournes à Holmby ? demande-t-elle. J'y vais aussi.

Il comptait aller voir si on jouait au frisbee sur la Grande Pelouse, mais décide de changer de plan, pour passer un peu plus de temps avec Spence.

— Pourquoi tu vas à Holmby ?

— Oh, juste pour voir Sullivan, dit-elle.

C'est bizarre qu'elle rende visite à un prof comme si c'était un ami, mais il ne relève pas. Ce n'est pas comme s'ils ne venaient pas de chez Douglas. C'est comme ça, à Chandler.

— Je dois décider quel rôle choisir pour l'audition d'*Angels in America*. Harper est le rôle féminin principal, mais j'ai entendu dire que Sulivan allait peut-être faire jouer Hannah *et* l'ange à la même personne. Ce serait un excellent défi. Et puis, quand aurai-je l'occasion, sinon, de jouer une mère mormone quadragénaire *et* un ange qui bégaye ?

— Je n'ai absolument rien compris à ce que tu viens de dire, mais c'était captivant, plaisante-t-il.

Spence lui donne un coup dans le tibia.

— Tu as toujours été un petit malin, ou tu t'es entraîné ?

— Je te donne le numéro de ma mère. Je suis sûr qu'elle a un avis sur la question.

Arrivé dans Holmby, en voyant la porte de Sullivan au fond du couloir, une remarque qu'a faite Bud l'an dernier lui revient en mémoire. Il disait que si Spence avait cassé avec Chip Whitney, c'était parce qu'elle était peut-être secrètement *en couple* avec Sullivan. Les garçons avaient tous trouvé ça très marrant, mais Freddy avait prévenu Bud de ne pas porter de telles accusations sans preuves. On lui avait rétorqué de s'acheter un sens de l'humour, et on était passé à autre chose.

Mais maintenant qu'il accompagne Spence dans Holmby, il ne peut s'empêcher d'y penser.

— Au fait, tu ne m'as jamais dit comment ça s'était passé avec les rats, dit Spence.

— Oh, ce n'était pas des rats. Apparemment, quelqu'un avait planqué de la nourriture dans le plafond. C'était en train de pourrir.

— Dégoûtant.

— Oui, enfin, on a eu de la chance qu'il n'y ait pas des rats, à cause de ça justement.

Elle s'esclaffe.

— Sur ce, à plus tard ! lance-t-elle avant de frapper à la porte de Sullivan.

Le prof ouvre et la salue. Elle entre, il referme la porte derrière eux. Freddy s'efforce de ne plus y penser. Les élèves rendent visite aux profs en classe ou dans leurs bureaux, tout le temps. Ils peuvent rencontrer le principal, les conseillers d'orientation, et les coachs en tête à tête. Sullivan est un peu le coach de Spence. Combien de fois Freddy s'est-il retrouvé seul avec Stade ?

Pourtant, un détail ne cesse de tourner dans sa tête : Sullivan était pieds nus quand il a ouvert la porte.

Cette pensée est rapidement suivie d'une autre : est-ce qu'il est jaloux parce qu'il a *lui aussi* envie d'être seul avec elle ?

BETH KRAMER

— Personne ne reçoit autant de colis de provisions que Bud Simonsen, déclare Spence. Regarde !

Le paquet adressé à Bud est marqué d'un logo qu'elle n'a jamais vu. Bang & Olufsen. Elle risque de se trahir si elle demande ce que c'est.

— Les parents de Bud lui ont envoyé les enceintes les plus chères au monde, *évidemment*, poursuit Spence comme si ses propres parents n'en avaient pas les moyens.

Beth dépose un billet orange dans la boîte de Bud afin de lui faire savoir qu'un colis l'attend au guichet. Puis elle se tourne vers Spence.

— Bang & Olufsen, ça fait studio de porno scandinave, non ?

Spence émet un rire complice et se rapproche.

— Pour ça, il faudra interroger Fletcher. Apparemment, il aurait une immense collection de porno.

— Mais non ! ? s'exclame Beth.

Son cœur bat la chamade tandis qu'elle tente de rester concentrée sur le tri du courrier. Et de ne pas manger ses cheveux. Elle a besoin de savourer cet instant. Non seulement ses heures au courrier se chevauchent avec celles de Spence ce matin, mais en plus elles vont traîner ensemble après. Une situation inimaginable l'an dernier.

Spence roule les catalogues de vente par correspondance pour les faire entrer dans les boîtes.

— Je le sais parce que Whistler a gardé son fils un soir, et le petit a demandé *Les 101 Dalmatiens*, alors elle est allée chercher le DVD et, enfin, tu imagines la suite…

Beth est prise d'un fou rire.

— S'il y a une leçon à en tirer, c'est de ne *jamais* fouiller dans les affaires des adultes.

— Je n'ai jamais vu un porno, reprend Spence. Et toi ?

Le visage de Beth s'empourpre. On dirait une question piège, comme si on lui demandait si elle était vierge. Ce qu'elle est, évidemment. Ça doit se voir à sa tête qu'elle n'y connaît rien au sexe. Elle n'est même pas sûre de savoir comment une fille perd sa virginité avec une autre fille. Et à qui poser la question, de toute façon ?

— Non, souffle-t-elle. C'est dégueu.

— Ah, *merci*. Franchement, j'ai trop de respect pour la réalisation et les acteurs pour regarder ce genre de conneries. Moi, je prends mon pied en regardant les films de Satyajit Ray.

— Cool, répond Beth, qui n'a jamais entendu parler de cette personne.

Déjà qu'elle ne connaissait pas la marque des enceintes.

— C'est l'heure d'aller retrouver les autres, non ? demande Spence quand 10 heures approchent. J'ai emprunté le vélo de Rooney pour toi.

— Oh, merci, on y va ?

Quand Jane King arrive pour prendre son service au courrier, Beth fait en sorte de marcher très près de Spence en donnant une pile de lettres à Jane.

— Salut, Jane.

— Oh, salut, Beth.

— Tu connais Spence ?

— Euh, je crois qu'on n'a jamais été présentées, balbutie Jane. Tu étais trop bien dans *A Chorus Line*, l'an dernier !

— Jane est à Carlton avec moi, précise Beth.

Elle ne peut s'empêcher de sourire d'un air suffisant devant Jane, qui la prenait pour une externe.

Spence passe un bras autour des épaules de Beth qui hallucine.

— Tu as trop de chance d'habiter avec Beth. C'est la meilleure.

Elle n'a jamais pensé être la meilleure à quoi que ce soit. Mais tout ça pourrait changer. Non seulement elle a été choisie par Douglas, mais en plus Spence a l'air de l'apprécier.

Elles enfourchent les vélos et pédalent vers la chapelle. Tous ceux qu'elles rencontrent en chemin saluent Spence ou semblent captivés par sa présence. Beth se sent moins invisible.

Elles croisent M. Plain, qui a monté une tente sur la pelouse devant le bâtiment Humanitas.

— Qu'est-ce que vous faites ? interroge Spence.

Beth a entendu certains élèves appeler M. et Mme Plain « professeurs Ken et Barbie », à cause de leurs looks de jeunes Californiens.

— Je veux que les étudiants de Chandler prennent un peu plus conscience de leurs privilèges, explique le prof. Donc je vais dormir ici pour les faire réfléchir au problème des sans-abris.

Avant de faire remarquer l'absurdité de cette idée, Beth préfère s'assurer de ce que Spence en pense.

— Super cool, répond Spence.

Elles reprennent leur route vers la chapelle, où Beth se délecte de voir la tête de Brunson quand *elle* arrive en compagnie de Spence.

— On est tous là, déclare Freddy. Où vous voulez aller ?

— On n'a qu'à aller en ville, non ? propose Brunson.

— Oui, on verra une fois là-bas, tranche Spence.

Durant le kilomètre de forêt qui les sépare de la ville, Beth ne s'est jamais sentie aussi libre. Mais à la seconde où ils en sortent, ce sentiment s'évapore. La nouvelle personne qu'elle était en train de devenir en traînant avec Spence disparaît. Ici, en ville, elle est la fille de sa mère, la petite fille à son papa. Une *locale*.

— Allons chez Toppings, suggère Spence en attachant son vélo devant le bureau de poste.

— Ça n'ouvre qu'à midi, précise Beth.

Elle en sait quelque chose. Elle a fait l'ouverture du magasin tout cet été, et l'été précédent. La dernière chose dont elle ait besoin, c'est qu'on lui rappelle qu'elle servait des glaces aux élèves de Chandler.

— Si on pouvait éviter Mikey's Deli, ce serait parfait, dit Freddy.

— Oh oh, tu nous caches quelque chose, le taquine Spence. Ne t'en fais pas, on va te tirer les vers du nez.

— Je n'ai rien à cacher, bégaye Freddy, qui ment très mal. J'ai juste été malade avec leur charcuterie, une fois.

Beth aurait tant à raconter sur Mikey et son épicerie, vu que c'est un copain de poker de son père. Mais elle s'abstient. Impossible de parler de sa ville sans dire à quel point les habitants détestent Chandler.

— Beth peut nous servir de guide, suggère Brunson. C'est sa ville après tout, non ?

Elle rougit jusqu'aux oreilles. Brunson était-elle *vraiment* obligée de le faire remarquer ?

— Presque tout est fermé, dit-elle avec l'envie pressante de s'arracher un cheveu. On devrait peut-être rentrer au campus.

— On n'arrive pas à se concentrer au campus, proteste Spence.

— Oui, difficile de se sentir libre, comme Douglas le voudrait, avec tous les gens qu'on connaît là-bas, embraye Freddy.

Le truc, c'est qu'*elle* connaît tout le monde ici. La plupart de ses anciens camarades de classe ont des petits boulots dans les boutiques, livrent des pizzas, servent des glaces ou emballent les courses au supermarché. Ils tondent les pelouses en été, ramassent les feuilles en automne et déblayent la neige en hiver. Pour eux, les saisons sont autant d'occasions de travailler. À Chandler, les saisons s'alignent sur la mode, les émissions de télé et les vacances, un mot récurrent sur le campus.

— Si on était à Philadelphie, reprend Brunson, je vous emmènerais manger le meilleur sandwich de votre vie.

— Si on était à New York, je vous emmènerais manger des sushis, enchaîne Spence.

— Je n'ai jamais mangé de sushi.

C'est la première fois que Ramin ouvre la bouche. Il est tellement discret.

— C'est le meilleur plat au monde, s'extasie Spence. Il y a un restaurant à Manhattan où on n'a même pas besoin de commander. On mange juste ce que le chef nous donne. Si un jour on y va, je vous promets que je vous invite !

Ah, voilà. L'argent. Une des raisons pour lesquelles Beth aime Chandler, c'est qu'il n'y a pas d'argent sur le campus. Du moins, pas d'argent liquide. Seulement des codes d'étudiant. Mais ces codes ne fonctionnent pas en ville, un rude rappel qu'elle n'est pas des leurs. Elle n'imagine même pas l'addition pour cinq au restaurant de sushis préféré de Spence. Sûrement plus que ce qu'elle a gagné cet été.

— Si on était à Miami, lance Freddy, moi je vous inviterais à manger les meilleurs plats cubains de votre vie.

— Je ne suis jamais allé dans un restaurant cubain non plus, intervient Ramin.

— Je ne parle pas de restaurant. Je parle de chez moi. Mon père a laissé tomber son côté macho pour devenir le chef cuisinier de la maison.

— Mon père aussi nous fait la cuisine, dit Brunson.

— Mais fait-il la *ropa vieja*, et la *prova de amor* ? renchérit Freddy avec un sourire malicieux.

— Preuve d'amour ? demande Ramin qui rougit.

Freddy s'esclaffe.

— C'est le meilleur dessert brésilien. Mon père a appris à préparer tous les plats que ma mère aimait petite. C'est ça, les hommes Bello.

— Du calme, lui dit Spence avant de se tourner vers Ramin. Et toi, où est-ce que tu nous emmènerais, si on était à Téhéran ?

— Oh, balbutie Ramin. Mais, euh, vous n'iriez *jamais* à Téhéran, si ?

Percevant le désarroi de Ramin, Beth se sent moins seule. Lui aussi est un outsider.

Spence les surprend tous en disant :

— En fait, mon père est allé à Téhéran, et j'adorerais y aller aussi. Il a essayé en vain de convaincre Kiarostami de venir tourner un film à Hollywood, et il a eu un visa pour visiter le pays. Il a dit que c'était l'un des endroits les plus beaux et les plus accueillants du monde.

— C'est possible, répond Ramin. Il y a beaucoup de belles choses. La nourriture, la musique, les sites archéologiques.

Il a clairement envie d'en dire plus, mais il se tait.

— Dites, on peut se décider ? demande Brunson en sueur.

Ce mois de septembre est encore étouffant.

— Allons à la pizzeria, suggère Freddy. Je sais qu'ils sont ouverts, et je mangerais bien une de ces énormes calzones pour le petit déjeuner.

— Je ne dis jamais non à une pizza, conclut Spence.

Freddy et elles ouvrent la marche jusqu'à Mamma Mia.

L'odeur du restaurant ramène Beth à son enfance. Au moins une fois par semaine, sa mère l'emmenait chercher des pizzas pour le dîner.

Brunson se jette sur une table et tout le monde s'entasse sur les banquettes. Beth s'assied en dernier, pour être le plus loin possible de Brunson.

Une fois installé, Freddy demande :

— Alors, qu'est-ce que vous pensez du Cercle ?

— C'est un peu bizarre de passer presque toutes les séances à écrire, commente Spence. Elle ne pourrait pas en profiter pour nous *enseigner* des choses ?

— Elle nous apprend peut-être à écrire…, la taquine Freddy.

— Très drôle. Je prends aussi les cours d'écriture de scénario avec Sullivan. Ça n'a rien à voir. Il passe tout le cours à nous parler des différentes sortes de scènes, de pièces, et pourquoi elles fonctionnent. Et on écrit sur notre temps libre.

— C'est peut-être la différence entre les profs d'écriture hommes et femmes, hasarde Brunson. Lui, il veut entendre ce qu'*il* a à dire, tandis qu'elle veut entendre ce que *nous* avons à dire.

— C'est un peu dur, mais possible, glousse Spence.

— Est-ce qu'il vous parle de dramaturges femmes, au moins ? insiste Brunson.

Spence secoue la tête d'un air triste, quand arrive Bobby Rinaldi, qui porte un tablier Mamma Mia par-dessus son tee-shirt Nirvana.

— Qu'est-ce que ce sera ? demande-t-il.

Quand c'est au tour de Beth, elle écarte les cheveux de son visage et dit :

— Rien pour moi, Bobby. Juste un verre d'eau.

— Oh, on se connaît, non ? note le serveur.

Elle s'enfonce dans la banquette, cherchant à fuir cette preuve insupportable qu'elle était déjà invisible au collège.

— Oui. Beth Kramer. J'étais à…

— Ah oui, je me souviens, coupe-t-il. Tu as été prise à Chandler, non ?

Elle acquiesce timidement, gênée que ses camarades de Chandler sachent d'où elle vient, mais aussi que ses anciennes connaissances soient au courant qu'elle est à Chandler maintenant.

Quand le serveur s'éloigne, Brunson se tourne vers Beth :

— Tu as de la chance d'être si près de chez toi. J'aimerais bien voir mes parents et ma sœur plus souvent.

Beth s'efforce de sourire. Quand cette fille va-t-elle enfin arrêter de rappeler à tout le monde qu'elle est une locale ?

— Ce n'est pas la faute de Sullivan s'il n'y a presque pas dramaturges femmes, reprend Spence.

— Ça sortait de nulle part, ça, plaisante Freddy.

— Je ne fais que répondre à Brunson, tête de nœud. Sur le cours de Sullivan. Parce qu'elle a raison, même si ça me déprime. Il n'y a vraiment pas beaucoup de femmes autrices de théâtre parmi lesquelles choisir, ce qui est nul, mais…

Brunson se penche en avant.

— Lorraine Hansberry, Lillian Hellman, Wendy Wasserstein. Je suis sûre qu'il y en a encore plus.

— Waouh, dit Spence. J'ignorais que tu en connaissais un rayon sur le théâtre. Tu as passé l'audition pour *Angels* ?

Brunson secoue la tête, lèvres pincées.

— En parlant de super écrivains, intervient Freddy. À votre avis, pourquoi Douglas n'a écrit qu'un seul livre ?

— Aucune idée, répond Spence.

— Ça a peut-être été éprouvant ? suppose Ramin. Ou elle préfère simplement enseigner ?

— Vous savez pourquoi le film tiré du livre n'a jamais été réalisé ? lance Spence. J'ai demandé à mon père. Il connaît le producteur qui avait ce projet. Apparemment, ils exigeaient que le personnage principal soit hétéro pour faire le film, ce qui est complètement débile puisque c'est *précisément* une histoire lesbienne.

Beth se tortille sur son siège en entendant les mots « histoire lesbienne » dans la bouche de Spence.

— En tout cas, le livre est génial, déclare Brunson. Vous l'avez lu ?

— Non ! s'exclame Spence. Impossible de mettre la main dessus. Ils ne l'ont pas à la bibliothèque de Chandler. Il est épuisé. Comment on fait pour le trouver ?

Brunson jette un coup d'œil à Beth avec un sourire penaud.

— Ma coloc de troisième division l'avait.

— Tu as lu mon livre ? s'étonne Beth, tendue.

— Bah quoi ? C'est grave ? Ce n'est pas comme si j'avais lu ton journal intime.

Bobby vient déposer leur commande au milieu de la table avec une pizza pepperoni supplémentaire.

— J'ai dit à mon père que tu étais là, Beth. Il a insisté pour vous offrir une pizza.

Spence se sert une part sans attendre.

— Merci, dit Beth, touchée. Et remercie ton père.

— Mince, c'est brûlant, dit Freddy qui a croqué dans sa calzone.

Le fromage et l'œuf dégoulinent sur son assiette.

— J'ai toujours trouvé dégoûtant tout ce qui est sandwich au petit déjeuner, remarque Spence. Pour moi, le petit déjeuner, c'est le petit déjeuner, et le déjeuner, c'est le déjeuner, tu vois.

— Merci de commenter ce que je mange, lance Freddy.

Beth prend note de la fluidité avec laquelle Freddy et Spence se lancent des piques. Si seulement elle pouvait redevenir aussi insouciante et décontractée. Mais elle a trop de ressentiment en elle. Comment Brunson a-t-elle osé lire un de ses livres et ne pas se rendre compte à quel point c'est malpoli ? Elle annote tous ses livres, souligne des passages. Donc *si*, dans un sens, c'est comme si on lisait son journal intime. C'est extrêmement intrusif. Par réflexe, elle porte une main à sa tête. Mais elle ne peut pas s'arracher de cheveux devant tout le monde. Ils le remarqueraient. Ils la prendraient pour une cinglée.

— Et si on sortait ces fiches ? suggère Freddy. On est là pour ça, non ?

— Bonne idée, approuve Spence. Moi, j'ai un sujet : écrivez quelque chose que vous ne supportez pas.

— Qu'on viole ma vie privée, lance Beth, vexée. Ça, je ne supporte pas.

— C'est bon, Beth, je suis désolée, d'accord ? fait Brunson. Ce n'était qu'un livre. Je ne pensais pas que c'était secret, sinon je ne l'aurais jamais lu. Promis.

— Vous savez ce que je déteste, moi ? intervient Spence pour détendre l'atmosphère. Les titres de chanson avec un nom propre dedans. Je ne sais pas pourquoi.

Freddy paraît outré.

— Euh, « Martha My Dear » ? Tu ne peux quand même pas détester les Beatles.

— Je ne déteste pas les Beatles ! En revanche, je hais cette chanson.

— D'accord, « My Sharona » ?

Au tour de Brunson d'intervenir :

— Non mais tu as écouté les paroles ? *I always get it up for the touch of the younger kind*[5] ? C'est carrément de la pédophilie !

— Oh. Je crois que je n'avais jamais trop fait attention aux paroles, en effet, s'excuse Freddy.

— Ça vous arrive d'écouter de la musique actuelle ? demande Ramin en souriant.

— Bienvenue à l'internat, lui dit Spence. Ici, on ne s'entend que sur les vieux rockers blancs.

— C'est drôle. J'avais un ami en Iran qui nous achetait tous les derniers CD au marché noir. Lauryn Hill. Ricky Martin. Destiny's Child. La qualité sonore n'était

5. Littéralement : « Les caresses des plus jeunes m'excitent toujours. » (NdT)

pas toujours optimale et les jaquettes étaient de mauvaises photocopies, mais j'adorais toute cette musique.

— C'est une excellente histoire à noter dans tes fiches, commente Spence. On se met à écrire ?

Tout le monde lui obéit. Elle est si facile à suivre. Beth s'agrippe à son stylo. En haut de la fiche, elle écrit les mots « Ce que je trouve insupportable ». Il y a tellement à dire. Mais ses pensées refusent de passer de sa tête à sa main. Les mots restent coincés en elle. Pendant ce temps, ses camarades du Cercle écrivent à toute allure.

— Fini, dit Brunson.

— Moi aussi, fait Ramin.

Tout le monde pose son stylo, les fiches sont remplies. Seule celle de Beth est restée vierge.

— Alors, on se dit ce qu'on a écrit ou on passe à la suivante ? questionne Freddy.

— Je ne sais pas si vous avez très envie de m'entendre parler de ma haine de la nourriture molle, déclare Brunson. Sérieusement, rien que de penser à des bananes trop mûres, ça me rend malade.

— Beurk, fait Spence.

En levant les yeux, Beth aperçoit le père de Bobby quitter sa cuisine pour venir vers eux. C'en est trop. Cette impression d'être prise entre deux mondes et de n'appartenir à aucun lui est insupportable. Elle range rapidement ses fiches dans son sac et se lève d'un bond.

— Euh, je ne me sens pas très bien, lance-t-elle.

— Mince, qu'est-ce qu'il y a ? demande Spence.

— J'ai juste... Je crois qu'il faut que je retourne à ma chambre. J'irai rendre le vélo, Spence.

Devant les expressions inquiètes des autres, elle se dirige vers la sortie. S'asseoir en bout de table était clairement la meilleure décision. Ça rend la fuite plus facile.

Une fois dehors, elle enfourche le vélo et se met en route vers le campus. Mais soudain, l'envie lui prend de faire demi-tour. Elle a déjà signé le registre de sortie, elle a le droit d'être en ville. Et sa maison n'est qu'à quelques rues...

Son père travaille le week-end, mais sa mère est là à son arrivée.

— Beth ! Quelle bonne surprise.

Beth saute de vélo droit dans les bras de sa mère pour la serrer fort contre elle.

— Hé, qu'y a-t-il ?

Mais elle n'a pas envie d'en parler. Que dire, de toute façon ? Que son ancienne camarade de chambre, qui lui adressait à peine la parole l'an dernier, maîtrise l'art de l'insulte passive-agressive à la perfection ? Qu'elle n'arrive pas à s'intégrer et qu'elle n'y parviendra peut-être jamais ? Qu'elle croyait s'en sortir en écrivant et que maintenant elle n'y arrive même plus ? Parce qu'il n'y a pas que sa sexualité cachée au fond du placard. Ses émotions y sont aussi.

— Rien, tout va bien, ment-elle. J'ai juste oublié des trucs dans ma chambre, j'en ai besoin.

— J'aurais pu te les amener. Qu'est-ce qu'il te faut ?

Elle entre, suivie de près par sa mère.

— Beth, que s'est-il passé ? Je te connais.

— Rien, promis. Arrête de me suivre, s'il te plaît, implore-t-elle.

Hors de question de laisser une chance à sa mère d'énumérer tout ce qui lui déplaît à Chandler. Ses parents détestent jusqu'à l'idée de l'existence de cet endroit. Ils détestent que les élèves viennent dans leur ville pour les mépriser. Ils détestent que l'école ait droit à une exonération d'impôts alors que ça devrait être le contraire.

Que faire ? Peut-être devrait-elle tout simplement laisser tomber le Cercle. Ou l'école, carrément. Dans sa chambre, elle est accueillie par tous les objets estampillés Chandler. C'est elle qui les a exposés pour l'inspirer, quand l'internat n'était qu'un but lointain et pas encore sa réalité. Elle porte la main à son crâne. Chaque cheveu qu'elle arrache l'aide à se détendre un peu plus. Elle ferme les yeux et... c'est forcément le produit de son imagination, parce qu'elle croit entendre la voix de Spence.

Suivant le son, elle trouve Spence qui bavarde avec sa mère dans le couloir couvert de photos très gênantes d'elle petite.

— Salut, dit-elle avec un sourire tremblant.

Spence lui adresse un signe de la main.

— Coucou. Je... j'ai voulu te suivre, mais tu allais trop vite. Et ensuite j'ai vu le vélo devant cette maison, alors je me suis dit que j'allais frapper, et te voilà.

Le cœur de Beth bat la chamade.

— Me voilà. C'est ma maison. C'est ma mère.

— Elizabeth Kramer, dit sa mère en tendant une main à Spence.

— Vous avez une très belle maison.

Pitié. Beth sait parfaitement à quoi ressemble la maison de Spence, puisqu'elle figurait dans l'*Architectural Digest*. Elle est magnifique, tout comme sa mère.

— Vous voulez quelque chose à grignoter, les filles ?

— On vient juste de manger de la pizza, explique poliment Spence.

— De la pizza à 10 heures du matin. Vous vivez vraiment n'importe comment à l'internat, les filles.

— En fait, on y retournait, dit Beth en prenant une grande inspiration.

Qu'est-ce qui lui a pris de fuir le Cercle, Chandler, Spence ?

— Au moins, laissez-moi vous offrir quelques cookies Kramer maison.

— Maman, ne t'embête pas.

— Pas du tout, je viens de les faire. Tes préférés.

— Merci, maman.

Elle jette un rapide coup d'œil à Spence afin de s'assurer que cette dernière ne soit pas en train de mourir d'ennui.

— Je ne sais pas ce qu'est un cookie Kramer, déclare cette dernière. Mais je n'ai jamais connu de cookie que je n'aime pas, donc…

Sa mère sourit.

— Une femme comme je les aime !

Se tournant vers Beth, elle ajoute :

— J'avais commencé à tout installer pour ta prochaine visite à la maison, mais je ne m'attendais pas à te revoir si tôt, alors...

Elle sort un bout de papier du bottin et le tend à sa fille en disant :

— Voici ton premier indice. Bonne chance.

— Qu'est-ce que c'est ? questionne Spence.

— Une chasse au trésor, explique Beth, un peu gênée. C'est un truc qu'on faisait quand j'étais petite.

— Ça a commencé à l'anniversaire de ses sept ans. J'avais organisé une chasse au trésor pour qu'elle trouve son cadeau. Elle a adoré.

Beth est rouge d'embarras. La mère de Spence doit probablement l'emmener à des avant-premières pour son anniversaire.

Sa mère quitte la pièce en la laissant examiner l'indice. *Trouve la brèche sans te fendre la poire*. Spence lit pardessus son épaule.

— La brèche ?

— C'est le mug préféré de mon père, explique Beth. Il est ébréché et on passe notre temps à lui dire qu'il va finir par se fendre la lèvre avec, mais il refuse de s'en débarrasser.

Elle emmène Spence jusqu'au mug ébréché où elle trouve l'indice suivant. Puis le suivant, jusqu'à ce que tous les indices les mènent à un gigantesque sachet de conservation rempli de cookies. Beth tend le sachet à Spence en chuchotant :

— Tu n'es pas obligée d'être gentille avec ma mère, tu sais.

— *La mienne* m'a tout de même appris les bonnes manières, répond Spence avec un grand sourire.

— Ce sont juste des cookies aux flocons d'avoine avec des raisins secs et des pépites de chocolat. Et de la cannelle. Et de la noix de coco.

Sa mère revient.

— Tu les as trouvés ! Bien joué.

— Merci, madame Kramer, dit Spence. C'était super sympa de voir d'où vient Beth.

Surprise, Beth se prend à sourire. Elle a toujours vu sa maison comme un endroit que l'on quitte, pas d'où l'on vient.

— Ça va ? demande Spence, une fois leurs vélos récupérés.

— Oui, c'est juste que…

— Tu peux me le dire. On est dans le Cercle.

— C'est juste que…

Elle s'apprête à tout lui révéler au sujet de Brunson. Leur absence de communication l'an dernier. Les tensions qui ont abouti à cette absurde histoire de filet pour cheveux. Comme c'est bizarre de se retrouver avec elle dans le Cercle cette année. Mais soudain, elle s'aperçoit que pour dire la vérité à Spence, elle va devoir expliquer qu'elle s'arrache les cheveux à cause de cette anxiété qui ne s'en va jamais. Et elle n'est pas prête à s'aventurer sur ce terrain.

— C'est juste que j'avais vraiment très mal au ventre, prétend-elle à la place.

Spence éclate de rire.

— Ben ça, si je devais aller aux toilettes en urgence au restaurant alors que ma maison est à quelques rues, j'aurais *définitivement* fait comme toi.

Beth rit à son tour.

En passant les grilles du campus, elle se sent un peu plus détendue dans sa nouvelle vie. Enfin, elle commence à avoir la sensation d'y avoir une place.

AMANDA SPENCER

— Tu veux venir avec moi au studio artistique ? demande Spence à Beth en arrivant sur le campus. Sullivan va afficher la distribution d'*Angels*, je meurs d'impatience.

— Tu vas avoir le rôle principal, c'est sûr, la rassure Beth.

— En fait, je lui ai demandé de *ne pas* me le donner. Je préfère largement n'importe quel rôle intéressant au premier rôle, explique-t-elle tandis qu'elles s'arrêtent devant la porte vitrée où Sullivan est en train d'afficher le casting.

Les élèves du cours de théâtre se ruent vers la porte et obstruent la vue. Elle entend quelques cris de joie s'élever. Connor Emerson, qui porte un polo de bowling et un pantalon pattes d'eph, s'écrie :

— Merde, je suis Prior Walter ! C'est le rôle principal ! Merde ! Trop bien !

Sloane Zimmerman n'a pas l'air ravie.

— Ce n'est pas juste du tout, proteste-t-elle. Il y a déjà trois fois plus de rôles masculins que féminins dans cette pièce. Prendre une seule fille pour deux rôles, c'est n'importe quoi.

— Hé, Connor, lance Dallas Thompson, on est amants !

Les deux garçons se rejoignent et font mine de s'embrasser avec leurs mains sur la bouche.

— Oh, Prior, dit Dallas.

— Oh, Louis, grogne Connor.

— Oh, grandissez, grommelle Jennifer Whistler.

Puis, jetant un œil à la liste, elle ajoute :

— Oh merde !

Les élèves déçues s'éloignent en tapant du pied dans leurs chaussures compensées, beaucoup sont en larmes. Beth se tourne vers Spence :

— C'est toujours aussi dramatique, l'affichage de la distribution ?

— Bienvenue chez les acteurs, plaisante Spence.

— Saluez Belize, annonce Fuad Sani.

Il bondit sur un banc et déclame des répliques de la pièce :

— *Le pauvre blanc qui a écrit l'hymne national savait ce qu'il faisait. Il a posé le mot* libre *sur une note si haute que personne ne peut l'atteindre.*

Quelques élèves l'applaudissent, dont Wrigley Overstreet qui dit :

— Hé, moi je joue Roy Cohn. Mon père a connu le vrai Roy Cohn. Bizarre, hein ?

Whistler s'approche de Spence :

— Dis, je voulais que tu le saches, moi je pensais vraiment avoir un second rôle. C'est toi qui méritais de jouer Harper.

Spence parcourt la liste. Il y a deux rôles en face de son nom : Hannah Pitt et l'Ange. Elle a eu exactement ce qu'elle voulait.

— Félicitations ! dit-elle à Whistler. C'est toi qui as le premier rôle féminin !

Secrètement, c'est elle qu'elle félicite. Elle a expressément demandé ces deux rôles à Sullivan. Elle veut se lancer un défi.

— Je suis ton mari, Whistler, dit Finneas Worthington.

— Quelle chance...

Alors qu'elles s'éloignent sur leurs vélos, Spence dit à Beth :

— Je te laisse, je dois aller au cours de danse des dernières années. Je peux ramener le vélo à Livingston pour toi, si tu veux.

— Ah oui, fait Beth en descendant de vélo. Ou je peux le faire, mais c'est plus facile si tu peux l'emmener, ou...

— Beth. Je l'ai emprunté. Je peux aller le rendre. (Elle saisit les deux guidons.) Merci de m'avoir tenu compagnie.

— Oh, non, merci à *toi,* glousse nerveusement Beth.

Spence lève le sachet de cookies.

— Tu es sûre de ne pas vouloir en prendre pour toi ? Pour les distribuer aux filles de Carlton ?

— Sincèrement, j'adore ces cookies, mais ils me rappellent trop la maison. Et je suis là pour, tu sais...

— Être une nouvelle personne ? termine Spence.

— Exactement, confirme Beth, ébahie.

— Ne change pas trop quand même, parce que Beth Kramer est déjà une personne plutôt intéressante.

— Intéressante ? répète Beth. Le *National Geographic* est un magazine *intéressant*. Les sermons du Père Close sont *intéressants*.

— D'accord, d'accord, tu es plus qu'intéressante, glousse Spence. Tu es...

— Différente ? Unique ? Bizarre ?

— Stop. Tu es cool. C'est juste que tu ne le sais pas encore.

— Oh. Ça, j'en sais rien.

Mais Beth sourit jusqu'aux oreilles.

Quand Spence arrive au gymnase, toute la classe de dernière année est déjà rassemblée. Whistler fond sur elle.

— Hé, tu ne m'en veux pas, hein ?

Elle pourrait lui révéler qu'elle avait demandé ces rôles, mais elle ne veut pas lui gâcher son plaisir.

— Sérieusement, Whistler ? Je suis trop contente pour toi. Et en plus, j'ai deux super rôles.

— D'accord, c'était pour être sûre. Au moins, on aura quelques scènes ensemble.

Spence hoche la tête. Au loin, elle aperçoit Freddy en compagnie d'un groupe de sportifs. Bud, Toby, Charles et le nouveau MN qui ressemble à Jean-Claude Van Damme. Aucune idée de ce qu'ils se racontent mais, tout à coup, Toby plaque Freddy au sol.

— Votre attention, les terminales, déclare Sullivan en tapotant un micro.

— LES TERMINALES ! hurle Charles en imitant Sullivan avant de bondir sur Toby et Freddy.

— Bon, je sais que vous êtes tous impatients de danser le fox-trot, mais calmez-vous, les sixièmes divisions, reprend Sullivan.

— LES SIXIÈMES DIVISIONS ! hurle à son tour Laird Tyson en se joignant à la mêlée.

Toute l'équipe de lacrosse l'imite, suivie par l'équipe d'aviron et celle de football, jusqu'à ce que tous les garçons de la promo soient allongés sur le pauvre Freddy.

Sullivan s'efforce de rire.

— C'est bon, vous vous êtes bien amusés ?

— NON ! hurlent les garçons en chœur, sauf Freddy qui a l'air plutôt mal en point.

— Parfait, dans ce cas, je vais plutôt m'adresser au sexe plus raffiné, dit le prof.

— SEXE ! crient la moitié des garçons.

Spence adresse un hochement de tête encourageant à Sullivan, comme si elle s'excusait pour le comportement de tous les garçons.

— TOUS COLLÉS DIMANCHE ! crie Sullivan.

Les garçons pigent immédiatement. Ils se démêlent à la hâte et s'asseyent par terre.

— Ah, enfin la paix. Bon, comme vous le savez probablement, la tradition à Chandler veut que les dernières années prennent un cours de danse de salon une fois par mois. À la fin de l'année, vous et votre cavalier ou cavalière danserez au dernier rassemblement. Un jury constitué de moi-même, du président Fletcher, de Mme Plain et de Madame Ardant parcourra la salle et vous tapera sur l'épaule pour vous signifier votre élimination.

Whistler, qui continue de rôder autour de Spence, lui chuchote :

— C'est comme dans *Grease* ! Tu sais, la scène avec Cha Cha, la meilleure danseuse de St Bernadette !

— « Avec la *pire* des réputations », termine Spence en même temps que Whistler.

— Cette année, vous apprendrez cinq danses. Le fox-trot. La valse. Le swing. La rumba. Et le cha-cha.

Spence et Whistler ricanent au mot *cha-cha*.

— On commence par le fox-trot. Madame Ardant et moi allons vous faire une démonstration.

Madame Ardant, qui s'était faite discrète dans un coin de la salle, avance pour rejoindre Sullivan.

Une fois leur impeccable fox-trot exécuté, elle prend le micro.

— Les pas de base sont simples. Le plus difficile est de se synchroniser avec son partenaire.

Sullivan reprend le micro.

— Allez, c'est parti. Les filles, formez une ligne le long du mur. Et les garçons, faites pareil de l'autre côté. À notre signal, vous avancerez et danserez avec la première personne en face de vous. Quand nous dirons « changez », vous trouverez la personne la plus proche.

Spence se lève pour se mettre en ligne. De l'autre côté du gymnase, les garçons se tiennent serrés les uns contre les autres. Les voir tous ici lui donne le tournis. Elle a passé les trois dernières années à les éliminer tous l'un après l'autre pour leurs commentaires stupides ou méchants.

À sa gauche, Amira Khan et Lashawn Alvarez parlent avec animation.

— Franchement, je n'en croyais pas mes yeux, dit Amira.

— C'est typique du professeur Ken, approuve Lashawn.

— Croire que dormir sous une tente au milieu de *ce* campus revient à être sans-abri…

Ah, elles parlent de M. Plain.

— Non mais, sérieusement, le pire c'est quand j'ai vu Mme Plain lui apporter à manger dans un tupperware.

Amira est morte de rire.

— J'attends l'hiver avec impatience. Je te parie qu'il sera de retour bien au chaud à Livingston dès qu'il fera un peu trop froid.

Spence sait qu'elle ne devrait pas écouter leur conversation. Mais elle aime bien Amira et Lashawn. Elles étaient proches en troisième division, et Amira est la seule autre Indo-Américaine de l'internat. Alors elle se surprend à dire :

— Vous êtes vaches, les filles. M. Plain est de bonne foi.

Amira et Lashawn se tournent vers elle. Comme elles restent muettes, Spence a l'impression de devoir combler le silence.

— Enfin, je sais, je comprends, hein. Vraiment. Mais s'il arrive à faire réfléchir une seule personne à la condition des sans-abris, c'est peut-être une bonne chose, non ?

Leur regard exaspéré est sans équivoque.

— Vous savez ce que je pense ? reprend Amira.

Spence prie pour que la danse commence, mais les garçons mettent tellement de temps à s'organiser…

— Je crois que les gens dans ce lycée se sentent coupables d'être qui ils sont, poursuit Amira. Et ils font tout ce qu'ils peuvent pour tenter d'alléger leur culpabilité. M. Plain qui dort dehors sous sa tente ne le fait pas pour réveiller les consciences. Il le fait pour se dédouaner de ressembler à Ken et d'enseigner dans un endroit comme celui-ci. Honnêtement, cette école tout entière a besoin d'un bon changement de perspective, et ce n'est pas en regardant un prof camper sur la pelouse que ça va arriver.

— Ça s'appelle du militantisme performatif, embraye Lashawn.

Une pensée désagréable traverse Spence. Était-elle sympa avec Beth juste pour se sentir mieux dans sa peau ? Elle a bien vu comme Beth était contente en sa compagnie. Pourtant, elle apprécie sincèrement cette fille. C'est peut-être un peu des deux…

— Ça part quand même d'une bonne intention, argumente-t-elle faiblement.

— Ça part toujours d'une bonne intention. Ton pote Sullivan est bien intentionné quand il ne se préoccupe pas de la couleur de peau pour ses castings. Mais, la plupart du temps, il ne sélectionne *qu'une seule* personne non blanche par pièce, enchaîne Amira, amère. Je ne dis pas que tu ne mérites pas ces rôles, ajoute-t-elle en s'adoucissant un peu.

Spence sent le rouge lui monter aux joues.

— C'est vrai que je déteste être la seule non-blanche dans ces pièces. C'est beaucoup de pression et on se sent vraiment isolée. Je suis contente que ce ne soit pas le cas dans *Angels in America*. Mais je trouve quand même qu'on a de la chance que Sullivan enseigne ici.

— Pour *Angels* c'est super, mais ça se résume à un spectacle. On aurait plus de chance si Sullivan s'apercevait que ce genre de casting revient surtout à s'approprier le mérite du talent d'une fille indienne, tout en continuant à distribuer des blancs dans quasiment tous les autres rôles.

Elle a raison, Spence le sait très bien. Amira a passé l'audition de *Roméo et Juliette* en première année. Elle était vraiment douée, mais elle n'a pas été prise. Cela dit, les troisièmes divisions ne sont jamais retenues. Sauf Spence, bien sûr. Elle n'a plus jamais revu Amira aux auditions, après ça. Elle aurait eu un rôle si elle avait persisté, c'est certain.

— Désolée, dit Amira. Je sais comme tu aimes ce type.

Spence n'apprécie pas, mais elle ne relève pas. Elle aurait l'air de se défendre. Elle a appris ça de sa mère, qui ignore toutes les rumeurs absurdes des tabloïds.

Heureusement, Sullivan et Madame Ardant s'approchent du micro en même temps pour dire :

— PARTEZ !

Filles et garçons s'avancent les uns vers les autres, beaucoup ignorant manifestement la personne placée en face d'eux. Le MN fond droit sur Spence.

— Je crois qu'on est partenaires, dit-il d'un air charmeur.

— Salut, moi c'est Spence, se contente-t-elle de répondre.

— Je sais qui tu es. Seb. J'ai fait ma troisième division ici. Mais c'était avant ton règne.

— Mon *règne* ?

— Tu es la reine de Chandler. Qui sera ton maharaja ?

Il a l'air tellement fier de connaître ce mot, alors qu'en une seule remarque il a réussi à la traiter comme un objet *et* à être raciste. Il passe les bras autour de sa taille.

— Je ne cherche pas de petit copain, proteste-t-elle en se tortillant pour se dégager.

— Peut-être juste quelqu'un avec qui s'amuser ?

Elle ne prend même pas la peine de répondre et se contente de saisir ses mains et de s'assurer que leurs corps ne se touchent pas en attendant le moment où Sullivan et Madame Ardant crieront « CHANGEZ ».

Elle termine avec Aiden Cameron, un assidu de la salle informatique. C'est l'exact opposé de Seb. Au lieu d'essayer de l'attirer contre lui, il semble effrayé de l'approcher.

— Dansez, les enfants, dansez ! braille Sullivan.

Aiden trébuche tout seul tandis qu'elle essaye de le guider doucement.

Freddy danse avec Whistler à quelques mètres. Elle croise son regard tandis qu'il fait virevolter sa partenaire. Il lui accorde un signe de tête. De tous ceux présents dans cette salle, Spence s'aperçoit qu'il est le seul avec qui elle ait *envie* de danser. Alors, quand les profs crient « CHANGEZ », elle se dirige vers lui, même s'il n'est pas le plus proche.

Il lui prend les mains et la guide d'un pas expert.

— Vous dansez *bien*, monsieur Bello.

— Je vous remercie, mademoiselle Spencer. Ces années de saut à la perche m'ont au moins apporté un peu de coordination.

— Tu as remarqué comme on a l'habitude de laisser tomber les monsieur et madame quand on parle des profs ? On dit Sullivan et Song, et jamais M. Sullivan ou Mme Song.

— Pourtant on dit tous Madame Ardant et Señora Reyes. Pas Ardant et Reyes.

— C'est juste parce qu'on aime prononcer les mots dans une langue étrangère, dit-elle en repensant à ce con de Seb demandant à être son maharaja.

C'est tellement plus facile de parler avec Freddy.

— Est-ce que Beth va bien ? s'enquiert-il. C'était assez bizarre ce matin.

— Oui, ça va aller.

Elle se rapproche un peu de lui. La chaleur de son corps est agréable. Pourvu que Sullivan et Madame Ardant ne leur demandent pas de changer trop vite.

— On devrait réunir encore une fois le Cercle avant demain, non ? On n'a pas fait les devoirs.

— Il y a une soirée chez Sabrina Lockhart ce soir, l'informe Freddy. On pourrait y aller tous ensemble. Ce serait peut-être mieux, pour briser la glace.

— Tu es en train de suggérer d'apprendre à trois quatrièmes divisions comment sortir en douce du campus après le couvre-feu ?

Freddy rougit.

— Ne serais-je qu'un vil corrupteur de la jeunesse américaine ?

Elle éclate de rire.

— Garantissez-vous un moment d'exception pour tout un chacun ? demande-t-elle en prenant l'accent britannique.

— Sérieusement, on y va ?

Il la regarde droit dans les yeux.

Spence est toujours très demandée le samedi soir. Henny Dover l'a déjà invitée à jouer aux cartes, Marianne Levinson veut aller voir avec elle *Femmes au bord de la crise de nerfs*, projeté dans la chapelle. Et les Sandmen se réunissent pour parler des chants de Noël du prochain festival. Mais elle sait déjà qu'elle va faire l'impasse sur tout ça pour aller à la fête avec Freddy.

— Oui, dit-elle. Faisons ça.

RAMIN GOLAFSHAR

— Les crevettes dans le couloir ! hurle Toby dans les parties communes.

Ramin lit son manuel d'histoire américaine assis sur son lit, la tête contre les ressorts du matelas de Benji.

— Les crevettes dans le couloir !

Benji saute du lit du haut en se rattrapant avec les mains.

— Viens. Les crevettes dans le couloir.

— C'est quoi, les crevettes ? s'enquiert Ramin.

— C'est *nous* les crevettes.

Il suit Benji à l'extérieur où Seb et Toby ordonnent aux garçons de s'aligner contre le mur. Les portes des chambres de la résidence ont commencé à développer leurs personnalités. Hiro a affiché un panneau peint à la main indiquant : « INTERDIT AUX ANIMAUX DE LA FERME » en grosses lettres entourées d'une excellente illustration de garçons en tee-shirts de Chandler avec des têtes d'animaux. Matt Mix et son camarade de chambre ont placardé des photos de magazines de mannequins en maillot de bain, sauf qu'ils ont remplacé les visages par ceux des filles de sixième division comme Spence, Rooney et Whistler. Et sur une photo de plage largement évocatrice, ils ont mis la tête de Madame Ardant.

— Nous avons un problème, déclare Toby.

Il les passe tous en revue tel un sergent instructeur et s'arrête devant Ramin avant de continuer :

— Seb et moi avons vu chacun d'entre vous, sales petits quatrièmes divisions maigrichons, sous la douche.

— Une triste vision, renchérit Seb. Pourquoi êtes-vous aussi chétifs ?

Il appuie sa question en bombant son torse nu. Il ne porte qu'un caleçon.

Ramin déglutit, sans oser prononcer le moindre mot. Il doute que quelqu'un ouvre la bouche, quand soudain, Hiro dit :

— La question n'est pas pourquoi sommes-*nous* chétifs. C'est plutôt pourquoi *toi*, tu es si costaud ?

— Pardon ? fait Seb en s'approchant de lui.

— Et la réponse, c'est parce que tu as dû redoubler ta dernière année à cause de tes notes, pas suffisantes pour te faire entrer à l'université. Pourquoi as-tu quitté Chandler au bout d'un an, d'ailleurs ? Pour aller à Montgomery en plus, l'école privée la plus facile d'accès de la région ? Je parie que tu n'arrivais pas à suivre le rythme scolaire d'ici.

— Hiro, ferme-la, souffle Benji.

Mais Hiro est lancé.

— Techniquement, tu es en *septième* division, un niveau qui n'existe pas.

— Hiro, s'il te plaît, implore Benji.

Seb agrippe le garçon par le col de son pyjama et le soulève du sol.

— Répète un peu ça.

— Quelle partie ? demande Hiro. Celle où tu es *vieux* ou celle où tu es *bête* ?

— T'es mort.

Seb le jette si violemment contre le mur que Ramin ressent la douleur comme si c'était la sienne.

Très étonnamment, Toby retient Seb pour l'écarter de sa cible.

— Tout doux. Nous sommes là pour parler des douches, tu te souviens ?

— Ouais, c'est ça, les douches, répète Seb en reprenant son souffle, le regard enragé.

Toby s'approche alors de Ramin.

— Voici le problème. L'un de vous ne prend pas de douche. (Il désigne Ramin et quelques garçons ricanent.) Comment tu t'appelles, déjà ?

Il aimerait avoir l'assurance d'Hiro, mais sa voix chevrote.

— Euh, Ramin.

— C'est trop difficile à se rappeler, crache Toby comme si le nom le dégoûtait. On ne peut pas trouver autre chose ? Genre « Rame ».

— Je te parie qu'il peut même pas ramer, ricane Seb.

— Ouais, et Hiro n'a rien d'un héros, glousse Toby.

Ramin lance un regard de soutien à Hiro.

— Alors, Face de Rat, tu veux nous dire pourquoi on t'a jamais vu dans les douches ?

— Oh, c'est juste que… je me douche après le couvre-feu.

Pourquoi sa voix tremble comme ça ?

— Je ne suis pas sûr de te croire, reprend Toby qui se rapproche pour le renifler. Benji, tu habites avec lui. Est-ce que Face de Rat se douche ?

— Je crois, oui, répond Benji. Mais j'ai le sommeil lourd.

— Est-ce qu'il pue ? demande Seb.

— Je… Je ne crois pas.

Benji lance un regard contrit à Ramin. Il n'a clairement pas le courage de leur tenir tête.

— Dis-le, Face de Rat, ordonne Seb.

— Dire quoi ?

— Dis que tu n'empesteras pas notre résidence.

Il hésite avant de croasser :

— Je n'empesterai pas votre résidence.

Puis Seb approche le nez de ses cheveux et fait semblant d'avoir un haut-le-cœur.

— OK, les mômes, dans vos chambres, aboie Toby.

Les garçons se dispersent, soulagés que les violences de la soirée soient terminées.

De retour dans leur chambre, Benji dit :

— Ne fais pas attention à Seb et Toby. Les délégués qui mènent la vie dure aux plus jeunes, c'est une tradition à Chandler, surtout au sous-sol de Wilton Blue. Je suis sûr que ce sera bientôt mon tour.

Ramin hoche la tête avec un rire forcé.

— Je comprends. Ça va.

Tandis qu'il note chaque détail de ce qui s'est passé dans son journal en farsi, il repense à la visite de Freddy et

Spence dans sa chambre, juste avant l'extinction des feux, pour le prévenir que le Cercle se rendait à une soirée et qu'ils devaient se retrouver au château d'eau. Sur le coup, il leur a répondu que ce n'était probablement pas une bonne idée. Il ne peut pas risquer l'exclusion, définitive comme temporaire. Et il ne peut pas risquer d'attirer l'attention des délégués. Toutefois, en écrivant dans son journal, il sent monter en lui une énergie rebelle, comme si l'écriture lui insufflait du courage. Il n'est pas venu dans ce lycée pour se cacher. Il est venu pour vivre. Alors il sort de son lit sur la pointe des pieds, enfile sa plus belle chemise et son jean, et ouvre la porte.

Il a à peine passé une jambe à l'extérieur, par la sortie secondaire du bâtiment, qu'il entend la voix d'Hiro.

— Qu'est-ce que tu fais ?

Il se fige dans cette position gauche.

— Je, euh, j'avais... besoin de prendre l'air.

— Je ne vais pas te créer d'ennuis, glousse Hiro.

— D'accord. Je vais à une fête. Ne le dis à personne, s'il te plaît.

— C'est d'accord. Si tu m'emmènes avec toi, ajoute Hiro avec un grand sourire.

Il n'a pas tellement le choix. Et puis il aime bien ce garçon qui ne prend même pas la peine d'enlever son pyjama pour aller à la fête, parce qu'il est en soie à motifs cachemire et ressemble plus à une tenue de soirée qu'à une tenue de nuit.

— Alors, où on va ? demande Hiro en savourant sa première bouffée d'air frais.

— Au château d'eau. Selon mes amis, c'est dans le coin, dans le haut du campus, après ces gros arbres et ensuite...

— Je sais où c'est. J'étais là l'an dernier, tu te rappelles ?

— Ah oui.

Ils traversent les bois en silence jusqu'à ce que Ramin n'y tienne plus et demande :

— Comment tu fais pour leur tenir tête comme ça ?

Hiro hausse les épaules.

— Je ne sais pas. Je me suis dit que si je me taisais, ils allaient nous harceler. Et si je parlais, ils allaient nous harceler. Donc autant dire ce que je pense, non ?

— Plus facile à dire qu'à faire.

— Tu es nouveau. Tu apprendras à riposter.

Il acquiesce, pas très convaincu. Il a déjà survécu à des brutes en Iran, mais c'était des brutes qui n'avaient pas de pères célèbres ni le physique de stars de films d'action. Là, c'est différent. De plus, Hiro a l'air d'avoir été éduqué de manière à acquérir confiance en lui, par des parents qui l'encourageaient à s'exprimer au lieu de se cacher.

— Hiro ? Pourquoi as-tu quitté le Japon pour venir ici ?

— Je n'ai pas vraiment eu le choix. Mon père voulait m'offrir la meilleure éducation, et que je parle parfaitement anglais. Il a décidé que Chandler était la solution.

— Que font tes parents ?

— Ma mère est journaliste et mon père banquier. (Il hésite un instant avant de se corriger.) Enfin, il dirige une banque.

— Oh, donc tu es riche, s'entend dire Ramin.

Il a déjà compris qu'on n'était pas censé parler d'argent ici, et il regrette immédiatement. Peut-être croyait-il que tous les étrangers de l'internat étaient venus pour les mêmes raisons que lui : échapper à une vie affreuse grâce à une bourse scolaire ? Ce n'est manifestement pas le cas. Il n'est cependant pas surpris qu'Hiro vienne d'un milieu aisé. C'est peut-être pour cette raison qu'il peut tenir tête aux brutes : parce qu'il sait qu'il est puissant, lui aussi.

Il se détend quand ils atteignent le château d'eau, où un groupe s'est déjà formé. Dans le noir, il distingue les silhouettes de ses quatre camarades du Cercle. Freddy lui fait signe.

— Ramin, salut.

— Salut tout le monde, je vous présente Hiro. J'espère que ça ne vous dérange pas qu'il vienne.

— Ce ne serait pas l'édition limitée du pyjama Comme des garçons ? demande Spence.

— Ah, si, confirme Hiro.

Pendant qu'ils parlent chiffons, Freddy expose la suite des événements à Ramin, Beth et Brunson.

— En gros, deux externes se sont portés volontaires pour nous emmener chez Sabrina.

— Je suis stressée, dit Brunson. Je n'ai jamais fait le mur.

Spence se retourne vers le groupe.

— Il y a un règlement officieux concernant les fêtes. Le lycée ne peut pas virer une centaine d'élèves en même temps en plein milieu de l'année scolaire. Ce serait assez désastreux, comme bilan. Donc ils ont tendance à laisser faire.

Ramin plisse les yeux dans la lumière des phares d'une voiture qui approche.

— Bon sang, Myers, mets tes feux de croisement ! dit Freddy en agitant les bras pour attirer l'attention du conducteur.

— Je ne sais pas comment on fait, répond le garçon, ce qui n'a rien de rassurant. J'ai appris à conduire l'an dernier.

Freddy saute à l'avant et éteint les feux de route.

— Montez tous à l'arrière !

— On risque d'être serrés, observe Spence. Je vais monter à l'avant avec Freddy.

Elle s'assied sur ses genoux et Ramin se surprend à éprouver un pincement de jalousie.

Beth s'installe à un bout de la banquette à côté d'Hiro, Brunson de l'autre, à côté de Ramin. Les deux filles regardent par la vitre et Ramin ne peut s'empêcher de se demander quel genre de passif existe entre elles.

Le chauffeur, que Freddy présente comme Ben Myers, démarre et Spence triture la radio jusqu'à tomber sur une station où le présentateur lit une dédicace :

— Cette chanson nous a été demandée par Belinda qui nous dit : « Salut Joey, mon mari, Patrick, est à l'hôpital et il a besoin qu'on lui remonte le moral. Peux-tu passer "Homeward Bound" de Simon and Garfunkel pour lui, et dis-lui que les enfants et moi l'attendons bientôt à la maison. »

— J'adore les dédicaces, dit Spence avant de fredonner avec la radio.

À la fin du morceau, Myers se gare devant un petit pavillon. Ils sortent et se dirigent vers la maison. Une fille guillerette avec une queue-de-cheval châtain les accueille à la porte.

— Bienvenue au célèbre *Chez Sabrina*[6] !

Spence présente le groupe.

— Oh, mais vous êtes le Cercle ? devine Sabrina.

— Pas moi, intervient Hiro en levant la main.

— Eh bien, félicitations à vous autres. Ça fait quatre ans que je dépose ma candidature et jusque-là je me suis fait jeter, roulement de tambour… quatre fois de suite !

— L'échec rend plus fort, commente Hiro.

— Oh, tu as essayé aussi ?

— Non. Je voulais juste te consoler.

Sabrina émet un rire charmeur, puis, avec le plus grand sérieux, elle ajoute :

— Mes parents ne reviennent que lundi, alors vous pouvez faire la fête, mais interdiction d'entrer dans les chambres, et je ne plaisante pas. Et si vous cassez quelque chose, je vous tue.

Ensuite, avec un grand sourire, elle lève les bras en l'air et s'exclame :

— Amusez-vous bien !

Ramin suit Freddy et Spence à la cuisine. Les invités sont rassemblés autour de deux saladiers de punch qu'ils se servent dans des gobelets en plastique. Une fille hurle :

— SPENCE !

---

6. En français dans le texte.

— Salut, Rooney !

Une demi-heure plus tard, Ramin a avalé un verre entier de punch et rencontré une douzaine de personnes, toutes des sixièmes divisions. Leur appartenance au Cercle impressionne tout le monde. Si seulement ils pouvaient communiquer cette admiration à ses délégués. Peut-être que le harcèlement cesserait.

Il laisse Freddy lui servir un nouveau verre. Peut-être l'alcool dissipera-t-il un peu son appréhension de se faire agresser dès son retour à la résidence.

Sabrina allume la chaîne stéréo et chante :

— *Snoop Doggy Do-o-og !*

On s'entasse dans le salon débarrassé des meubles pour danser. Spence et Freddy l'entraînent sur la piste avec Beth et Brunson.

— Oh, je ne danse pas, proteste Beth.

— Tout le monde danse, dit Spence. Danser, c'est comme respirer ou manger !

— Ou dormir et faire caca, ajoute Freddy. Tout le monde fait caca.

— Il fallait que tu gâches mon analogie, glousse Spence.

Le punch doit lui monter à la tête parce que Ramin se met à danser et à balancer son corps près de ses nouveaux amis. Il se sent si détendu qu'il lève les bras en l'air comme Arya le faisait. Il roule les épaules en arrière en se rappelant toutes ces nuits innocentes et illégales avec lui, à passer de la musique américaine et à danser comme des mamies iraniennes.

— Euh, les gars, dit Spence, Ramin danse hyper bien !

Un cercle se forme autour de lui, les gens tapent dans leurs mains et scandent son nom.

— C'est comme ça qu'on danse en Iran, dit-il. Vous tournez les mains comme ça, et vous roulez les épaules. Mais le plus important, c'est la tête. Il faut toujours faire des têtes bizarres et extatiques, comme ceci…

Il ouvre la bouche et grogne en faisant la démonstration de la tête du danseur persan.

— J'adore ! s'esclaffe Freddy.

Ils se mettent tous à danser à l'iranienne au son du hip-hop.

— Au fait ! crie Ramin par-dessus la musique. Mon prénom se prononce *Ra-mine* ! Ra comme *Shah*, ou comme…

Beth sourit.

— *Pas* possible ! C'est maintenant que tu nous le dis !

Autour de lui, le cercle se resserre. Ils continuent de scander son nom, mais maintenant ils le prononcent comme il faut.

FREDDY BELLO

— Bon, vous avez bien apporté vos fiches ? demande-t-il en sortant les siennes de sa poche.

— Excuse-moi, dit Spence en sortant les siennes de son sac. Est-ce que ce sont des fiches dans ta poche, ou es-tu seulement content de me voir ?

Il rougit. Ils sont tous les cinq sur la terrasse de Sabrina, après avoir dansé jusqu'à l'épuisement. Freddy et Spence sont assis sur un canapé en osier blanc, Brunson dans un fauteuil à bascule. Beth et Ramin, par terre, sont adossés à une rambarde de bois à la stabilité précaire. La musique continue de hurler dans la maison où une bonne dizaine de sixièmes années chantent « No Scrubs ».

— Les deux, répond Freddy avec un sourire malin.

Spence lève son verre.

— Au Cercle.

Beth et Brunson l'imitent à contrecœur et Freddy avale une grande gorgée de punch. L'alcool lui monte rapidement à la tête. Il n'est pas trop du genre à boire, beaucoup trop soucieux de son corps et de sa santé. Son corps, c'est toute sa vie. Grâce à lui, les sacrifices de ses parents seront récompensés. Sauf s'il arrête tout.

— Alors, qui choisit le sujet de la prochaine fiche ? demande Spence. J'ai fait la dernière.

En buvant une nouvelle gorgée, Freddy entend les voix du coach Stade, et de tous ses précédents entraîneurs, lui répéter que l'alcool a privé nombre d'athlètes de l'or olympique.

— J'en ai un, déclare-t-il. Écrivons nos raisons d'être venus à Chandler.

— Hé, les gars, on a besoin de fric pour les pizzas, lance Finneas Worthington qui passe la tête dehors. Cinq dollars par personne si vous mangez.

Heureusement, il a amené du liquide. Beth, Brunson et Ramin affichent une mine coupable.

— Tiens, dit Spence en lui prenant son billet de cinq pour y ajouter un de vingt. On est des sixièmes divisions. C'est normal qu'on vous invite. Si c'est des hawaïennes, je te préviens, je te tue, Finneas, ajoute-t-elle tandis que ce dernier disparaît avec l'argent. Alors, où on en était ?

— Je venais de suggérer d'écrire sur pourquoi nous sommes venus à Chandler, rappelle Freddy.

— Excellent.

Dans la maison, la chanson des TLC laisse place à « Lipstick Vogue » d'Elvis Costello. Freddy s'agrippe à son stylo en écrivant ses raisons d'être ici. Il y avait évidemment la bourse *et* le coach, Byron Stade, qui a un passé de perchiste. Mais ce ne sont pas les raisons premières. En vérité, il voulait un endroit qui lui offre la possibilité d'explorer *d'autres* aspects de lui-même. Où il pouvait décider si devenir un athlète olympique était réellement sa voie. Il écrit en tout petit parce qu'il a tant à dire. Un par un, les autres membres du Cercle déposent leur stylo. Finalement, lui aussi.

— Quelqu'un veut parler de ce qu'il a écrit ? demande Spence.

— Je croyais qu'on n'était pas obligé, proteste nerveusement Ramin.

— C'est vrai. Je me disais juste que… enfin, je crois que Douglas veut qu'on apprenne à se connaître.

— Je n'arrive même pas à me relire, commente Beth, les yeux sur sa fiche. J'ai écrit tellement vite.

— Je crois que *personne* ne pourrait te relire, remarque Freddy en jetant un œil à la fiche de Beth.

— Perso, je ne voulais même pas venir, déclare Spence. J'adorais ça, vivre en ville. Mais Chandler représente tellement pour mon père. Il voulait que son unique enfant fasse la même école que lui, et je crois que je voulais lui faire plaisir.

Elle reprend sa respiration.

— Moi aussi, je suis enfant unique, lui dit Beth avec un sourire.

— Moi aussi, enchaîne Freddy.

— J'ai toujours voulu avoir une sœur, dit Ramin. Mais je n'en ai pas. Ni de frère. C'est beaucoup de pression, vous ne trouvez pas ? D'être tout seul.

— Drôle de coïncidence, non ? fait Beth.

— Oui, enfin, sauf que moi j'ai une sœur, lance Brunson qui se sent exclue.

Puis le sourire le plus chaleureux que Freddy lui ait jamais vu illumine son visage.

— Elle a neuf ans. Elle est géniale. Elle me manque.

La tête d'Henny Dover apparaît à la porte.

— Hé, quelqu'un veut que je lui coupe les cheveux ?

— Faites gaffe ! prévient Spence. Elle me l'a fait l'an dernier et j'ai eu l'air d'un loulou.

— Un loup ? demande Ramin.

— Non, un loulou de Poméranie, glousse Spence. C'était ridicule.

— Où on en était ? demande Freddy une fois qu'Henny est retournée à l'intérieur en titubant.

— Spence nous expliquait qu'on l'a forcée à s'inscrire à Chandler, dit Beth.

— Oh, mince, faites-moi taire. Enfin bref, j'adore cet endroit, donc c'était une bonne idée au bout du compte.

— Ça va te manquer ? questionne Freddy.

— Je ne sais pas. Les gens me manqueront, c'est sûr. Et décrocher un rôle dans toutes les pièces, aussi. Je ne sais pas si je suis prête pour l'échec dans le monde réel.

— Comme si tu n'allais pas décrocher un rôle dans toutes les pièces quand tu seras à l'université, lance Beth.

À la grande surprise de Freddy, Spence répond :

— Je n'irai peut-être pas à l'université. Je veux jouer, moi, alors pourquoi attendre pour débuter ma carrière ?

— Moi non plus je ne suis pas sûr pour l'université, enchaîne-t-il. Je pourrais y aller et continuer le saut à la perche, mais je pourrais aussi me concentrer uniquement sur l'entraînement, ou… Je ne sais pas. La vérité, c'est que toi tu n'iras pas à l'université parce que tu sais *exactement* qui tu es. Et moi je n'irai pas parce que devoir décider de qui je suis me paralyse.

Spence incline la tête.

— Qui dit que je sais qui je suis ? J'ai juste dit que je voulais jouer la comédie. Selon moi, ça signifie précisément que je n'ai *aucune* idée de qui je suis.

— Oh, pitié. Ce que tu fais sur scène…, bégaye-t-il. Être capable de faire ressentir tes émotions aux autres… j'aimerais avoir ce talent.

— Merci, dit-elle doucement. Je crois que je suis plus à l'aise quand je suis quelqu'un d'autre.

— Être quelqu'un d'autre, ça a l'air cool, commente Ramin.

— Oui, ça déchire.

Brunson se penche en avant dans son fauteuil à bascule.

— Moi, j'ai quelque chose à dire. Je ne veux pas avoir l'air d'une grande personne, mais vous savez pourquoi je suis à Chandler ? Pour pouvoir entrer dans une bonne université. C'est pour ça que je fais autant d'activités. Que je travaille si dur en classe. C'est peut-être même pour ça que j'ai voulu être dans le Cercle, parce qu'une lettre de recommandation de Douglas doit valoir des tas d'admissions…

— Je te souhaite bonne chance, coupe Spence. Il paraît qu'elle est vraiment pingre sur les recommandations. Même pour les membres du Cercle.

— Eh bah tant pis, reprend Brunson. Ce que je veux dire, c'est, pourquoi ne pas aller à l'université ? Tu peux être actrice toute ta vie. Mais tu ne peux aller à l'université qu'une seule fois. Et puis vous êtes tous trop intelligents pour ne pas y aller.

Freddy a envie de la croire, mais est-ce que c'est vrai ? Il a passé tant d'années à penser à son corps plutôt qu'à son cerveau. Se lever tôt. Compter les calories. Aller de ville en ville pour les compétitions. Éviter les histoires d'amour, à une terrible exception près, pour rester concentré.

— Je ne sais pas si je suis intelligent. J'ai été pris ici uniquement grâce au sport. Je n'appartiens pas à ce monde, contrairement à vous.

Il n'arrive pas à croire qu'il l'ait dit à voix haute. Mais c'est une bonne chose.

— Ce n'était pas ça, ton mot ? relève Ramin. *Appartenir* ?

— Oui, et c'était quoi le tien ?

Ramin rougit.

— *Peur*.

— Et de quoi as-tu peur ? insiste Spence avant d'ajouter rapidement : Pardon, tu n'es pas obligé de répondre.

— Et toi, de quoi as-tu peur ? lui retourne Ramin.

Elle sourit.

— Mon mot à moi, c'était *parfaite*, donc j'imagine que j'ai peur de ne pas être parfaite.

— L'année dernière, tout le monde disait que Chip Whitney et toi formiez le couple *parfait*, observe Beth.

— Oh, pitié.

Se fait-il des idées ou est-elle en train de fixer Freddy en disant :

— Je ne lui ai plus parlé depuis qu'il est à Princeton. Et, honnêtement, je n'étais pas amoureuse de lui.

Le cœur de Freddy s'emballe.

— Un peu de punch ? demande-t-elle en se levant. Viens m'aider, Freddy.

Ce n'est que quand elle le fait lever qu'il s'aperçoit que le punch lui est monté à la tête. Peut-être parce qu'il ne boit jamais. Mais la sensation n'est pas désagréable. En fait, c'est même assez plaisant. Il a la tête qui tourne un peu.

Dans le salon des Lockhart, Whistler met un CD de Little Richard. « Jenny, Jenny », hurlent les enceintes.

— C'est le quart d'heure Jennifer ! hurle-t-elle. Lâchez-vous, mais *seulement* si vous vous appelez Jennifer !

Spence entraîne Freddy hors du salon tandis que Whistler, Sumpter, Rooney et Harrison se trémoussent.

— Tu dois être en train de vivre un enfer, commente-t-il.

— Pourquoi ? J'adore ces filles.

— Non, je voulais dire... elles passent une chanson avec non pas un, mais *deux* noms propres dans le titre.

Elle éclate de rire.

— Techniquement, c'est le même nom deux fois, mais je te décerne la médaille d'or pour t'être souvenu de ça.

— Ma plus haute récompense jusqu'à maintenant, dit-il en savourant l'aisance de leur flirt.

— Alors... tu veux du punch ?

— Je crois que j'ai besoin de tout *sauf* de plus de punch.

— Pour tout dire, je ne bois pas tant que ça, moi non plus. Ma mère dit que c'est mauvais pour la peau et que ça fait gonfler. Et Sullivan dit que la drogue et l'alcool sont les ennemis de la créativité.

Pourquoi parle-t-elle tout le temps de Sullivan ? Et où l'emmène-t-elle ? Elle ouvre une porte et soudain ils se retrouvent dans le garage.

— Euh, on va voler une voiture ? plaisante-t-il.

— Quoi, tu as un problème avec mon fantasme de Bonnie and Clyde ?

Il flotte une odeur âcre de caoutchouc dans le garage obscur, mais rien n'a d'importance parce qu'ils sont face à face, si proches qu'il sent la menthe et l'alcool dans son haleine. Il devrait l'embrasser. C'est *forcément* pour ça qu'elle l'a amené ici.

— Ça va ? demande-t-elle. On peut y retourner si…

— Non, ça va. Je suis juste… nerveux.

— C'est normal.

Elle se rapproche encore.

Et tout à coup ils s'embrassent. Il y a cette milliseconde, pendant le saut à la perche, où l'on est au plus haut. Mais on ne reste jamais longtemps à cette hauteur. Inévitablement, on finit toujours par s'écraser sur le tapis. C'est pareil pour ce baiser. À la seconde où son cerveau prend le dessus, il ne peut plus en profiter. L'angoisse l'envahit. Comment arriverait-il à la cheville de Chip Whitney ? Et si les rumeurs sur Spence et Sullivan étaient vraies ? Anéantira-t-il tout son travail s'il se laisse distraire par la passion ? Son cerveau est en roue libre. Il se rappelle la première et unique fille avec laquelle il est sorti. Leur rupture qui l'avait mené à sa pire performance de perchiste. La promesse à ses parents, et à lui-même, de ne plus se laisser déconcentrer par l'amour jusqu'aux Jeux olympiques. Les pensées tournent en boucle dans sa tête jusqu'à ce qu'il repousse Spence.

— Je... excuse-moi, dit-il. Je crois qu'on devrait retourner avec les autres, ce ne sont que des quatrièmes divisions et...

— Est-ce que j'ai mal interprété les signaux ? Parce que d'habitude, je suis plutôt douée pour ça.

D'habitude ? Combien de types a-t-elle déjà embrassés ?

— Ce n'est pas toi. Promis. C'est moi.

Elle évite son regard.

— C'est un peu embarrassant. Et ce garage est le lieu le moins romantique du monde, en plus. Qu'est-ce qui m'a pris ?

— Spence, je...

Il veut lui expliquer qu'elle ne s'était pas trompée. Qu'il éprouve bien quelque chose pour elle. Mais c'est trop tard.

— Évitons que ce soit gênant pour les autres, d'accord ? dit-elle en quittant le garage. Restons zen.

— Oui, bien sûr, je peux être zen, dit-il, mortifié.

Il la suit jusqu'au patio où Ramin, Beth et Brunson les attendent en silence.

— Qu'est-ce qu'on a raté ? demande-t-il.

— Rien, répond Brunson.

— Pas tout à fait, corrige Beth. Binnie Teel est sortie en pleurant parce qu'Henny lui a vomi dans les cheveux pendant qu'elle les lui coupait.

— Un moment d'exception pour tout un chacun, ironise Brunson. On peut finir nos fiches ?

— Ah, oui, confirme Freddy en jetant un regard à Spence. On continue, ou tout le monde est crevé ?

Il lui offre une porte de sortie, au cas où elle veuille rentrer chez elle, mais rien dans son comportement ne trahit ce qui vient de se passer dans le garage. À part qu'elle ne pouvait pas détacher son regard de lui jusque-là, et qu'à présent elle refuse de lui accorder le moindre coup d'œil.

— On pourrait peut-être aller dans un endroit plus calme, suggère Brunson. Où on ne serait que tous les cinq.

Le verre de Brunson est toujours plein. Elle n'en a pas bu une goutte. Il admire sa résistance face à la pression sociale, et se sent soudain coupable de les avoir invités à cette fête. Bien sûr que les quatrièmes années allaient se sentir déplacés avec tous ces gens plus âgés qu'eux. Une idée qui peut tout arranger lui vient :

— Je sais où on peut aller.

— Où ça ? demande Brunson.

— Je ne devrais pas laisser Hiro tout seul, commente Ramin.

— Je crois qu'Hiro s'en sortira très bien.

Brunson désigne la fenêtre de la cuisine. Appuyés contre le réfrigérateur, Sabrina et Hiro s'embrassent fougueusement.

— Oh, fait Ramin en se levant pour mieux voir. Eh ben…

Myers les ramène sur le campus, puis Freddy les guide dans les bois. Le craquement des feuilles mortes sous leurs pas accentue le silence. Il tourne arrivé à la rivière, puis tourne une fois de plus à la grosse branche morte. Spence marchant en tête, il la rattrape et murmure :

— Hé, on peut parler ?

— Sérieux, tout va bien. Promis. Ce n'est pas bizarre. Tout le monde est content.

— D'accord.

Pas sûr que tout le monde soit content, en tout cas l'excitation monte quand le clapotement du ruisseau se fait entendre. Il adore cet endroit et, pour la première fois, il est ravi de le partager avec des amis.

Un dernier virage et ils sont au lac.

— Tada !

Les autres observent les eaux ténébreuses, pas très enthousiastes.

— Ce n'est pas dingue, je sais. Mais c'est mon coin.

A-t-il bien fait de les amener ici ?

— Tu nages là-dedans ? interroge Ramin.

— Non, c'est plein d'algues.

— Donc tu viens ici pour..., commence Beth.

— Je ne sais pas.

Comment leur expliquer ? Ne voient-ils pas la beauté du lieu ? Ne sentent-ils que la puanteur des algues ?

— Je dirais que quand j'ai trouvé cet endroit, j'ai eu l'impression d'être moins seul.

— Je comprends, conclut Beth.

— Peut-être que ce lac me ressemble.

Puis, regardant Spence, il ajoute :

— Parce qu'il n'a peut-être pas l'air très engageant au départ, mais plus on le regarde, plus il le devient. Je ne sais pas si je me fais bien comprendre.

Elle lève enfin les yeux vers lui.

— Si, très bien, dit-elle avec un sourire.

— Cool.

Il s'assied et les autres l'imitent un par un, pour former un cercle.

SARAH BRUNSON

— J'en ai un, dit Ramin, fiches sur les genoux. Qu'est-ce que vous préférez à Chandler ?

Tout le monde se met à écrire, sauf elle. Pas encore. Elle prend une grande bouffée d'air du lac. Ce serait si facile de parler de ce qu'elle préfère *le moins* à Chandler, mais ce n'est pas la question. Et elle n'est pas prête à partager quoi que ce soit de ce genre avec eux. Et puis elle s'est promis d'effacer tout ça de sa mémoire. De charger son emploi du temps au point de ne pas avoir une minute pour y penser. Le but du Cercle est d'être sincère et libre, mais certaines choses n'ont pas vocation à être partagées. Alors, elle écrit avec sa tête, et non avec son cœur.

— Quelqu'un veut nous lire sa prose ? demande Spence.

— Je ne sais pas si c'est vraiment ce que je *préfère*, commence Freddy. Mais c'est ce qui m'est venu. Les noms. J'adore les noms ici. J'adore que la moitié des élèves aient des noms de famille de musée. Whitney, Guggenheim. Frick. Franchement…

— Hé, tu oublies le musée Kramer, plaisante Beth.

Brunson éclate de rire. Si seulement elle pouvait remonter le temps et avoir *cette* Beth comme camarade de chambre de l'an dernier.

— Moi, ce que je préfère, c'est les opportunités qu'on nous offre, déclare-t-elle. On peut s'essayer à tellement de choses ici. Tellement d'activités et de clubs. Il existe un club pour chaque centre d'intérêt, pour chaque type de personnalité.

— Est-ce qu'il y a un club pour les personnes gays ? demande Ramin dans un murmure.

— Oh, je ne crois pas, répond-elle, le cœur battant.

— Parce que je suis gay, lâche Ramin.

S'apercevant de ce qu'il vient de dire, il ajoute :

— Et peut-être ivre.

Brunson le regarde, épatée.

— C'est génial, dit Spence.

Une réponse curieuse à une telle déclaration, mais au moins elle a dit quelque chose.

Brunson aurait beaucoup plus à dire, par exemple : « Moi aussi. » Mais elle reste muette.

— C'est pour ça que je suis venu ici, continue Ramin. J'avais besoin d'aller dans un endroit où je pouvais, je ne sais pas, être moi-même en toute sécurité.

Elle veut lui dire qu'il n'est pas au bon endroit. Qu'il devrait être à Greenwich Village ou à San Francisco, par exemple. Un lycée privé de la Nouvelle-Angleterre n'est pas du tout un lieu où ce genre d'information est accueilli avec bienveillance. C'est pour cette raison qu'elle n'a révélé à personne qu'elle aimait les filles.

— Enfin bref, reprend-il. Je ne peux pas en parler aux garçons de ma résidence parce que, eh bien, c'est impossible. Alors je vous le dis à vous.

— Je suis content que tu l'aies fait, dit Freddy.

— Moi aussi, confirme Beth avant d'ajouter avec hésitation : Comment tu l'as su ?

— Que j'étais gay ?

— Euh, oui. Est-ce qu'il suffit d'y penser, ou est-ce qu'il faut, tu sais, *le faire* avec quelqu'un pour en être sûr ?

Brunson lance un regard curieux à Beth. Est-ce qu'elle aussi aimerait les filles ? Et si c'est le cas, comment ne s'en est-elle jamais doutée l'année dernière ?

— Qui a dit que Ramin n'a jamais eu de mec ? demande Freddy. Je parie qu'il a pas mal de succès.

Ramin ne confirme ni n'infirme.

— Je suis seulement content d'être quelque part où je peux dire que je suis gay sans crainte.

— Qu'arrive-t-il aux gays en Iran ? questionne doucement Beth.

— En général rien, parce que très peu de personnes se font repérer, soupire Ramin.

Il a l'air d'avoir beaucoup à dire à ce sujet, mais il dévie la conversation.

— Vous savez le plus intéressant ? L'homosexualité est illégale en Iran, pourtant le gouvernement reconnaît l'existence des personnes transsexuelles et finance même leurs opérations chirurgicales.

— Ça alors, c'est incroyable, s'étonne Brunson.

— On ne les traite pas bien pour autant après, rappelle Ramin. Mais c'est quand même quelque chose.

— C'est un peu semblable en Inde, intervient Spence. L'homosexualité a été criminalisée sous l'occupation britannique, mais on accepte la fluidité des sexes, qui vient sûrement de la mythologie hindoue. Mais, à la vérité, la plupart des *hijras* sont marginalisées et doivent souvent se prostituer pour survivre.

— Pendant ce temps, ici en Amérique, Matthew Shepard a été battu à mort parce qu'il était gay, commente Beth d'une voix étranglée. C'est pourri partout, non ?

Le silence retombe un moment, puis Brunson dit :

— Qui n'a pas encore parlé de ce qu'il préfère à Chandler ?

Spence attache ses cheveux en arrière et déclare :

— Pour moi, c'est évidemment la section théâtre. Sullivan m'a forcée à repousser mes limites. Je crois que c'est ce que j'adore ici, pouvoir avoir ce genre de relation avec les profs.

Vient-elle d'admettre avoir *une relation* avec lui ? Brunson a bien sûr entendu les rumeurs, mais elle n'a jamais su quoi en penser. Elle sent son cœur s'emballer. Elle aurait tant à dire, néanmoins elle ravale tout et demande :

— Mais c'est bizarre aussi, non ?

— Quoi ? fait Spence.

— D'être aussi proches des adultes. On *vit* carrément avec eux. On connaît leurs enfants, leurs maisons, on les appelle des *parents* d'internat.

— Je ne sais pas. Après tout, nos parents ne sont pas là. Il faut bien des adultes pour nous guider, non ?

Brunson ressent nettement l'absence de ses parents, jusque dans sa chair. Elle songe aux années passées à s'occuper de sa mère, à aider son père, et soudain l'envie pressante d'écrire sur sa famille lui vient. Elle veut tout faire sortir, tout l'amour, mais aussi les émotions qu'elle n'a pas encore eu le courage de reconnaître. Le ressentiment, par exemple. Alors elle suggère :

— Écrivons sur nos parents.

Ils s'exécutent. En écrivant, elle revit tout. Elle termine sa fiche, les larmes aux yeux.

— Quelqu'un veut en parler ? demande encore une fois Spence.

Étonnamment, c'est Beth qui se lance. Beth, qui n'a jamais dit un mot sur sa famille pendant toute leur année dans leur chambre.

— Mes parents ne voulaient pas que je m'inscrive ici. Ils détestent cet endroit. Ils m'ont dit que si j'y allais, tous les autres élèves sauraient que je suis une locale.

— Personnellement, je hais ce mot, coupe Spence. Je ne l'utilise jamais.

— Mais les autres si. Et je crois que mes parents ont pensé que je n'aurais pas ma place ici, vous voyez.

— Tu l'as, insiste Spence. Comme nous tous. On a tous notre place là où l'on est.

— D'accord, Deepak Chopra, la taquine Freddy.

— Ne te moque pas de Deepak-ji, glousse Spence. Continue, Beth.

— Quand j'ai obtenu la bourse, ils n'ont pas pu m'empêcher de m'inscrire, poursuit Beth. Mais ils m'ont suppliée d'être externe et de continuer à vivre à la maison. Je crois qu'ils avaient peur que cette école me transforme en snob, ou je ne sais quoi. Que je finirais par les regarder de haut.

— Et ? demande Spence.

— Je ne les regarde *pas* de haut. Je voudrais seulement qu'ils comprennent que je n'ai pas besoin d'être exactement comme eux pour les aimer. Et qu'ils arrêtent de juger *l'école* et ses valeurs. Quand je rentre dîner à la maison, ils ne parlent que de pourquoi Chandler continue d'acquérir du terrain, et de pourquoi le lycée public ne peut même pas se payer un seul instrument alors que Chandler travaille avec l'orchestre philharmonique de New York...

— C'est dur d'avoir des parents qui ne vivent pas dans le même monde que nous, confirme Freddy. Ça a été comme ça toute ma vie. Mes parents m'ont toujours soutenu, mais ils sont à des milliers de kilomètres du saut à la perche.

— J'ai toujours pensé que c'était eux qui t'y avaient poussé, remarque Spence.

— Ah, non. Tout est venu de moi. Eux, ils ont réorganisé leur vie autour de ça en voyant que j'étais doué. Mais ils n'ont jamais compris.

— Les familles, c'est hyper compliqué.

— Et toi, Brunson ? interroge Freddy.

— Quoi, moi ?

Bon sang, pourquoi est-elle toujours autant sur la défensive ?

— Euh… tu voulais parler de ce que tu as écrit ?
Elle prend une grande inspiration.
— Tu peux nous faire confiance, précise Spence.
Elle voudrait bien, mais c'est impossible. Pas encore.
Afin d'échapper à tout prix à cette situation, elle décrète :
— Il se fait tard. On devrait sûrement rentrer, non ?
— Je n'ai pas envie que cette nuit se termine, déclare Beth.
Comme d'habitude, Brunson et Beth sont à l'opposé l'une de l'autre, parce que maintenant, tout ce qu'elle veut, c'est justement de mettre fin à cette soirée.
— Et si on sautait dans le lac ? suggère Beth. Ce serait dingue comme idée ?
— Freddy n'a pas dit que c'était plein d'algues ? objecte Spence.
— Si, confirme-t-il. Mais ça peut être marrant.
Il retire son tee-shirt d'un seul mouvement, comme s'il se transformait en super-héros.
— Sincèrement, non, assène Spence.
— L'eau est froide ? demande Ramin.
— Bien sûr que l'eau est froide, intervient Brunson. On est dans le Connecticut. *Tout* est froid dans le Connecticut.
Elle adresse un sourire forcé à Beth en s'apercevant que cette dernière est du Connecticut.
— On s'en fiche, dit Beth en retirant sa robe.
— Et puis zut, peut-être que les algues, c'est bon pour la peau.
Sur ces mots, Spence les rejoint, suivie de Ramin qui saute en tirant Beth par la main. Freddy hurle de dégoût

et de délice en émergeant à la surface pour reprendre sa respiration. Il se débarrasse des algues collées à son visage au moment où Spence saute à l'eau. Toutes les algues l'atteignent en pleine figure.

— Connard ! jure-t-elle en les rejetant sur Freddy.

— Techniquement, je suis un monstre marin.

Elle évite la salve suivante en s'immergeant. Il la suit sous la surface.

Brunson observe toute la scène depuis la rive. L'eau semble les avoir désinhibés, ou est-ce le fait d'enfreindre le règlement ? Ou encore d'avoir dit la vérité ? Quelle qu'en soit la raison, elle a produit l'effet inverse sur elle. Elle se sent plus seule que jamais.

Quand Freddy remonte une fois de plus à la surface, il lui crie :

— Viens, Brunson. Plus on est de fous, plus on flotte !

— Ça va, ment-elle éhontément.

Ils nagent et s'éclatent tous ensemble.

Spence remonte à la surface.

— Allez, viens, Brunson !

Plus calme, Ramin la presse aussi de venir.

— S'il te plaît, Brunson. C'est pas pareil si on est pas tous ensemble.

— Brunson ! Brunson ! Brunson ! entonne Spence.

Freddy l'imite. Puis Ramin.

Elle a le choix. Elle peut rester seule. Ou elle peut être l'une des leurs.

— Allez, Brunson ! s'écrie Beth comme si elles étaient amies maintenant.

Alors que non. Leur relation est gangrenée par une trahison dont Beth n'a probablement même pas conscience.

Spence insiste :

— Brunson ! Brunson ! Brunson !

Bon, très bien. Elle jouera le jeu. Elle saute dans l'eau. Les algues l'enveloppent. Elle se souvient de quand elle donnait la douche à sa mère, au pire de la maladie, de l'humiliation dans ses yeux. De tous ces bains qu'elle a donnés à sa petite sœur, pour lui apprendre à se laver. À combien s'élèverait le chiffre si elle additionnait toutes les minutes passées à laver d'autres personnes ?

— C'est dégoûtant ! dit-elle en remontant à la surface.

Tout le monde éclate de rire.

Tout a changé lors de la troisième réunion du Cercle. L'atmosphère entre eux est très perceptiblement différente à présent.

— Alors, demande Douglas. Comment vous en êtes-vous sortis avec vos fiches ?

— Bien, répond Freddy. C'était très intéressant.

— Et vous avez passé du temps ensemble, en groupe ?

— Oh, oui, fait Spence avec un sourire entendu. Plein de temps, en fait.

— Excellent. Rappelez-vous que vous écrivez *constamment*. Écrire, c'est observer. C'est écouter. Quand on est écrivain, on n'écrit pas seulement assis avec un stylo à la main, ou devant une machine à écrire, ou un ordinateur. On le fait en permanence.

— Et vous ? questionne Spence.

— Moi ?

— Pardon, je n'aurais pas dû dire ça.

Pourtant elle ajoute :

— C'est juste que vous n'avez écrit qu'un livre. Et si vous écrivez *constamment*, comme vous dites, alors pourquoi un seul ?

— Cet atelier ne tourne pas autour de mon travail, mais du vôtre, rétorque Douglas, mécontente.

— D'accord, pardon, dit Spence, gênée.

Douglas ferme les yeux et inspire lentement.

Freddy lance un regard noir à Spence qui articule un « Quoi ? ».

Quand la prof rouvre les yeux, elle leur dit :

— Savoir *comment* écrire et *choisir* de partager cette production avec le monde sont des choses très différentes. Je suppose que je préfère aider les histoires des autres plutôt que de raconter la mienne.

— Donc vous écrivez quand même, mais vous ne communiquez plus votre travail ? insiste Spence qui ne veut pas lâcher le morceau.

Douglas sourit.

— Il est temps de sortir nos cahiers. Aujourd'hui, je voudrais que vous écriviez une histoire inspirée par l'une de vos fiches de cette semaine. Construisez votre texte à partir des thèmes et des émotions que vous avez commencé à explorer, et creusez-les. Il va falloir vous faire violence pour exprimer votre vulnérabilité et vous montrer complètement honnêtes.

Brunson est la première à se mettre au travail. Elle parle de la maladie de sa mère, la perte de cheveux, et des cheveux de Beth partout dans leur chambre l'an dernier. Mais quand elle arrive au soir où elle a fini par craquer, elle s'arrête. C'est exactement ce qu'elle devrait creuser, mais elle n'y arrive pas. Ou elle ne veut pas. Rien que d'y repenser la rend malade.

Une fois le temps imparti terminé, Douglas annonce :

— Pour votre prochain devoir, vous utiliserez votre mot comme point de départ d'une nouvelle. Vous avez deux semaines pour me la rendre. Je veux voir votre *vous* véritable dans cette fiction. Est-ce que vous me comprenez ?

— Pas vraiment, dit Freddy. Vous voulez qu'on écrive sur nous-mêmes, tout en n'écrivant *pas* sur nous-mêmes ?

— Quelle est la différence entre la fiction et le documentaire ?

— L'un est basé sur des faits et l'autre est basée sur... eh bien, de la fiction, hasarde Freddy.

Douglas émet un rire.

— Donc la fiction est fictionnelle. C'est un début, dit-elle sans moquerie. Le documentaire, c'est dire la vérité. La fiction, c'est dire *votre* vérité. La fiction est un mystère que seul son auteur peut résoudre. Autrement dit, vous.

RAMIN GOLAFSHAR

— Lapin blanc, lapin blanc, dit Ramin à voix haute le premier jour du mois d'octobre.

Benji se réveille au-dessus de lui.

— Lapin blanc, lapin blanc, répond-il en sautant de son lit. Alors comme ça, toi aussi tu es superstitieux ?

— Je ne sais pas. Mais ça ne coûte rien de le dire, non ?

Benji, seulement affublé de son caleçon à carreaux, lui sourit.

— Crois-moi, ça ne rate jamais. Si la première chose que je dis le premier jour du mois c'est « lapin blanc, lapin blanc », alors je passe toujours le meilleur des mois.

Ramin songe que chaque mois doit être le meilleur mois pour tous les Benji du monde, donc la superstition n'a probablement rien à voir là-dedans.

— On est *enfin* vendredi, lance Benji.

Il passe une chemise à rayures roses et un pantalon kaki.

Ramin aussi est content d'être vendredi. Mais pas parce qu'il a envie d'aller à une soirée ou qu'il déteste les cours.

Il attend le week-end avec impatience parce que le dimanche, il y a le Cercle. Et il adore ces heures passées assis par terre chez Douglas, à l'abri. C'est un tel contraste avec le sous-sol de Wilton Blue, où la brutalité l'attend au coin de chaque couloir.

Ce soir-là, il sort de son lit sur la pointe des pieds afin de ne surtout pas réveiller Benji, qui semble si paisible dans son sommeil. Si seulement il pouvait connaître ça, lui aussi.

En sortant de sa chambre, il laisse la porte légèrement entrebâillée pour ne pas avoir à toucher la poignée en rentrant, au cas où. Il a du mal à croire qu'il doive penser à ce genre de détails.

Il n'arrive toujours pas à prendre sa douche en même temps que les autres. Leurs moqueries rituelles sont trop pour lui. Sans parler de la cruelle torture de se retrouver entouré de tant de corps alors que le seul qu'il désire, c'est Arya. Cependant, s'il évite la douche, on l'accusera de sentir mauvais et l'horrible surnom « Face de Rat » lui collera à la peau.

Il règle la température sur brûlant, comme il aime, à deux doigts de l'ébouillanter, et imagine que l'eau va faire peler sa peau pour en révéler une nouvelle en dessous. Il laisse l'eau dégouliner sur lui pendant une éternité en rêvant à la nouvelle personne qu'il deviendra.

Puis, soudain, un hurlement strident retentit dans le couloir. L'idée fugace et affolante que Seb et Toby s'apprêtent bel et bien à l'assassiner lui traverse l'esprit.

Il coupe l'eau pour tendre l'oreille. Les voix sont indéchiffrables, une cacophonie paniquée.

— Comment je pouvais savoir qu'il était allergique ? demande quelqu'un.

— T'es vraiment qu'un abruti, dit un autre.

Ramin noue sa serviette autour de sa taille, regrettant de ne pas en avoir une seconde pour le haut du corps. Il hésite dans la salle de bains. Devrait-il rester caché ici ? Son absence va-t-elle être remarquée ?

Puis il entend la voix reconnaissable entre toutes de star de film d'action de Seb.

— Elle est où la Face de Rat ?

Ce foutu surnom.

— Aucune idée, dit Benji. Il n'était pas dans la chambre.

Ramin sort dans le couloir. Seb fait deux fois sa taille, deux fois sa largeur et deux fois son poids. Se retrouver à moitié nu devant lui est déjà une humiliation en soi, et ce n'est sûrement pas la dernière.

— Hé, parvient-il à croasser. Je suis là.

Seb éclate de rire.

— Face de Rat ! On se douche en secret, hein ?

— Non, j'étais juste…

— Qu'est-ce qu'il y a ? C'est parce que tu *bandes* si tu te laves avec les autres ?

Seb s'approche, de plus en plus menaçant. Ramin ferme les yeux. Si seulement il était au Cercle. C'était si facile d'être honnête avec eux.

— Je parie que trouver du sperme sur ta poignée t'a excité.

La voilà. La confirmation que son délégué, dont la mission est de *le protéger*, est derrière cette agression dégueulasse.

Il ne sait pas quoi répondre. Il ne s'est jamais lavé en compagnie d'autres garçons, au pluriel. Juste avec un seul, au singulier. Et oui, ça l'avait excité. Mais c'était Arya, et il le valait, contrairement à ces types. Personne d'autre qu'Arya ne le vaudra jamais. Sauf peut-être Freddy, qui est si beau et si gentil. Mais rien que d'y penser, il a l'impression de trahir Arya, qui lui a pourtant brisé le cœur.

Toby pose une main sur l'épaule de Seb.

— Lâche-le, Seb. On vient juste d'en envoyer un à l'hosto.

— *On* n'a envoyé personne à l'hosto, rétorque Seb. C'est ce débile, là.

Seb désigne Matt Mix qui affiche un air arrogant dans son maillot rouille et or de lacrosse et son caleçon Bart Simpson déchiré.

— Je ne savais pas qu'il était allergique, proteste Mix. Il y a toujours de la sauce aux cacahuètes dans les restaurants japonais.

Toby glousse.

— T'es sérieux, mec ? Dans ce cas, tu crois que parce qu'on bouffe des sandwichs au beurre de cacahuète, aucun Américain n'est allergique aux noix ?

— Non, bien sûr que non, répond Mix sans se départir de son arrogance.

Toby s'approche dangereusement de Mix. Ce dernier est peut-être un joueur de lacrosse à mâchoire carrée et air supérieur, mais ce n'est rien comparé à Toby King, sa carrure de footballeur américain et sa star de père.

— *Moi* je suis allergique aux noix, déclare Toby.

— D'accord. Désolé. Je suis sincèrement et profondément désolé.

— Si c'était sur *ma* tronche que tu avais étalé ton beurre de cacahuète, je t'aurais tué de mes mains.

Toby lève les mains pour appuyer ses propos. Il en baisse une.

— Ton cou est tellement ridicule et mes mains sont tellement grosses. Il me suffirait d'une seule pour t'étrangler.

Ramin se sent extrêmement mal à l'aise avec sa serviette autour des hanches. Il se réfugie près de Benji.

— Que s'est-il passé ? chuchote-t-il.

— Mix a trouvé ça drôle d'étaler du beurre de cacahuète et de la confiture sur la figure d'Hiro pendant son sommeil et de le prendre en photo. Déjà c'est abusé, mais en plus ça pourrait carrément être mortel parce qu'Hiro est allergique.

— Je sais. Il nous l'a dit quand on s'est présentés.

— Tu devais être le seul à l'écouter, poursuit Benji. Bref, du coup, maintenant ils torturent Mix. Tu aurais dû voir le tirage de caleçon de malade qu'ils lui ont fait subir.

Ramin jette un coup d'œil au sous-vêtement déchiré de Mix. C'était sûrement de là que provenait le hurlement qu'il a entendu depuis la douche.

— Est-ce qu'Hiro va s'en sortir ? demande-t-il, glacé d'effroi.

— Je pense que oui, répond Benji avec optimisme. Il est allé directement à l'infirmerie.

Pendant que Benji le rassure sur le fait qu'aucun meurtre n'a été commis dans la pénombre du sous-sol de Wilton Blue, le conflit entre Toby et Mix s'envenime.

— Par terre, exige Toby.
— Pourquoi ?
— Tu réponds à ton délégué ?
— Non.
— Non qui ?
— Non monsieur.
— Alors. J'ai dit. Par terre.

Ne supportant plus d'être à moitié nu au milieu du couloir, Ramin se glisse dans la chambre pour enfiler un teeshirt et un short.

Quand il revient, Mix est allongé par terre, son assurance habituelle fissurée par la panique.

— Qu'est-ce que tu vas faire, Toby ?

Toby ouvre sa braguette.

— Tu trouves qu'étaler des noix sur le visage des autres est marrant. On va étaler des noix sur le tien pour voir.

Seb applaudit avec joie.

— Putain, ça va être mémorable.
— Toby, s'il te plaît, implore Mix.
— LA FERME ! hurle le délégué, qui baisse son pantalon puis son caleçon.
— Toby, qu'est-ce que tu veux ? Mon père peut t'avoir des billets pour tous les concerts que tu veux. Sérieusement. T'aimes quoi ? Jay-Z, Aerosmith, les Backstreet Boys ?
— Tu crois que j'aime les Backstreet Boys ? Tu me traites de *tantouze* ?

Ramin déglutit violemment. Le mot *tantouze* prononcé dans l'atmosphère chargée du sous-sol le met extrêmement mal à l'aise. Il jette un regard autour de lui pour s'assurer que personne ne l'a vu tressaillir. Entendent-ils son estomac se tordre ?

— Non, je voulais juste dire, n'importe quel groupe. Je veux dire...

— Tu crois que mon père à moi ne peut pas m'avoir de billets de concert ?

— Non, je... Toby, allez.

— T'as plutôt intérêt à pas rouvrir la bouche, là.

Mix se tait tandis que Toby s'accroupit et pose ses testicules sur son visage. Ramin sent tout son corps se crisper. Son cœur bat la chamade, comme si c'était à lui que l'on s'attaquait. Si seulement il pouvait effacer cette scène de sa mémoire. Il sait à quel point l'intimité entre deux corps peut être belle, et il a horreur de savoir que ce même contact puisse être uniquement violent et haineux.

— Oh merde, couine Seb en tapant dans ses mains. Bien joué, King.

— Alors dis-moi, reprend Toby. Tu trouves toujours que c'est marrant de mettre des noix sur la tronche de quelqu'un ?

Seb ouvre sa braguette et bouscule Toby pour poser ses testicules sur la bouche de Mix, encouragé par son acolyte.

— Ce soir au dîner, tartines de noix ! glousse Seb.

Mix tente de parler mais ne produit que des sons inintelligibles.

— On t'entend pas, ricane Seb. Plus fort !

— Mmmhhhoooon, marmonne Mix.

— T'en penses quoi ? demande Toby à Seb. Il a appris sa leçon ?

L'autre hausse les épaules.

— Sinon, il y a toujours demain soir...

Toby regarde les autres quatrièmes divisions qui observent la scène, horrifiés.

— À votre avis, les gars ? Il a compris sa leçon ?

C'en est trop. Il faut que ce cauchemar s'arrête.

— Oui ! lâche-t-il. Arrêtez, s'il vous plaît.

Autour de lui, ses camarades de classe restent muets. Ils ont l'intelligence de ne pas attirer l'attention sur eux.

Seb se relève sans remonter son pantalon.

— D'accord, j'arrête. Mais seulement parce que ça commence à exciter beaucoup trop la Face de Rat.

Le pantalon autour des chevilles, Toby ajoute :

— Qu'est-ce que vous regardez, les débiles ? Je sais que je suis beau, mais c'est le couvre-feu. Tout le monde dans sa chambre.

— Et rappelez-vous que ce sous-sol est sacré, conclut Seb. Si vous dites à quelqu'un ce qui se passe ici, il y aura des conséquences. Pigé ?

Tout le monde déguerpit pendant que Toby et Seb se rhabillent enfin. Mais Ramin est paralysé par ce qu'il vient de voir.

Ce n'est que lorsque la majorité des garçons a regagné sa chambre que M. Court émerge finalement de son appartement. Il porte une robe de chambre bordeaux et n'a pas son appareil auditif.

— Que se passe-t-il ici ? hurle-t-il.

Seb et Toby s'approchent de lui.

— Tout va bien, monsieur Court, crie Seb dans la bonne oreille du prof. Un élève a fait une allergie, mais on l'a emmené voir l'infirmière.

— C'est toujours Margaret, l'infirmière ? s'enquiert Court.

— Oui.

— Quand j'étudiais ici, on *évitait* l'infirmerie. Mais si ça avait été Margaret, j'aurais été malade bien plus souvent, c'est moi qui vous le dis.

Les deux délégués s'esclaffent.

— Quel tombeur, monsieur Court.

Ils raccompagnent le prof à sa chambre au bout du couloir, séparée des garçons par l'architecture et les problèmes auditifs.

Une fois les deux délégués partis, Ramin arrive enfin à respirer. Il retourne rapidement à sa chambre où Benji lit tranquillement *1984* sur son lit, appuyé contre le mur, les pieds dans le vide.

Ramin a tellement envie de parler de ce qui s'est passé, mais quand Benji lui conseille : « Ne te laisse pas trop impressionner, c'est comme ça au sous-sol de Wilton Blue », il sait que ce n'est pas la bonne personne pour l'aider à digérer. Parce que Benji ne semble pas se sentir le moins du monde menacé par tout ça. Pour lui, ce n'était qu'un vendredi soir comme un autre. *Enfin vendredi.*

Quand Benji s'endort, Ramin sort ses fiches. Mais ce dont il a été témoin ne tiendra jamais sur une, ni deux, ni même trois de ces fiches. Alors il bascule sur son journal et réfléchit au mot que Douglas lui a demandé d'explorer. *Peur*. Peut-être voulait-elle en réalité qu'il explore des moyens de la surmonter ? Peut-être qu'écrire en est un ?

Il écrit toujours quand le soleil se lève. Benji remue au-dessus de lui, faisant grincer les ressorts du matelas. Il cache rapidement son journal.

Que dirait sa mère si elle lisait ça ? Elle y verrait sûrement le début de la fin du monde. La dernière fois que des garçons s'en sont pris à lui, il a été obligé de quitter le pays.

Il se lève, jette un œil au visage paisible de Benji. Comment peut-on dormir sur ses deux oreilles après avoir vu une personne emmenée à l'hôpital et une autre humiliée publiquement de la sorte ? Il secoue la tête devant l'ironie de voir *1984* de George Orwell posé près de la tête de son camarade. Si seulement il connaissait le secret pour pouvoir tout prendre à la légère. Mais c'est quelque chose qui ne vient que quand vos problèmes sont pris en charge depuis toujours. C'est le cas de tant d'élèves à Chandler. Ils ont tous des familles qui enterrent leurs problèmes pour eux et voient tous la vie comme une grande autoroute sans aucun obstacle.

Mais peut-être Ramin se dirige-t-il vers sa propre autoroute. C'est l'impression qu'il a à chaque réunion du Cercle, comme si là-bas l'attendait un monde plein de possibilités.

Lors de la réunion suivante, ils passent une heure à écouter *Lady in Satin* de Billie Holiday en écrivant une histoire inspirée de leur saison préférée.

— Professeure Douglas ? dit Ramin une fois son texte terminé.

— Oui, Ramin ?

Il hésite avant d'annoncer :

— Je sais qu'il nous reste encore une semaine pour rendre la nouvelle, mais j'ai écrit quelque chose ce week-end. Je… je n'ai pas pu m'arrêter. C'est sorti de moi comme ça n'était jamais arrivé. La seule chose c'est que…

— Oui ?

Elle a l'air de lire dans ses pensées.

— Tu n'es pas prêt à en faire part au groupe, c'est ça ?

— Je ne sais pas. Je me demandais si vous ne pouviez pas la lire d'abord ?

Douglas s'assied à côté de lui par terre, en tailleur comme si elle faisait du yoga.

— Tout ce que nous écrivons de bon est profondément intime. Mais si nous voulons évoluer en tant qu'écrivains, il faut montrer notre travail. On ne peut pas prendre notre créativité en otage.

Il tressaille un peu au mot *otage*, un mot à la signification chargée pour lui et son pays.

Douglas le regarde droit dans les yeux.

— Les idées ont besoin de lumière pour grandir et s'épanouir.

Ramin veut tout révéler au groupe, et en même temps ne rien leur dire du tout.

— Tu sais ce que je pense de l'écriture ? Je crois qu'écrire est par définition un acte optimiste. Même quand ce qu'on écrit est douloureux ou tragique.

— Peut-être même particulièrement quand on écrit quelque chose de douloureux ou de tragique, lance Spence qui s'incruste dans ce qui lui semblait un instant privé entre Douglas et lui.

— Pourquoi dis-tu cela, Amanda ? questionne Douglas.

— Je crois que, je ne suis pas sûre mais je crois qu'en écrivant les choses qui entravent notre vie, ça permet de les libérer, et…

Douglas termine sa pensée :

— Oui, et quand nous libérons les secrets, nous les privons d'une partie de leur pouvoir, c'est bien ça ?

Ramin remarque Brunson se mordre la lèvre à cet instant. Doucement, elle murmure :

— C'est ça.

Ramin sort son journal de son sac à dos.

— Tout est là-dedans.

— De quoi ça parle ? demande la prof. Pas le sujet. Je veux dire le thème. Qu'explores-tu ?

— Je ne sais pas, dit-il nerveusement. C'est juste une histoire.

— Vous les jeunes, vous adorez ce mot. Pour moi, le mot « juste » signifie ce qui est moralement bien. Par exemple, j'aimerais vivre dans un monde *juste*.

— Alors, on peut la lire ? demande Freddy.

La panique s'empare promptement de Ramin à l'idée que Freddy lise son texte. Que pensera-t-il de lui en apprenant que ses amis l'appellent « Face de Rat » et harcèlent les occupants de la résidence ? Défendra-t-il ses copains ? Ou, pire, prendra-t-il Ramin en pitié ?

Si seulement il pouvait recevoir un signe… Ou peut-être n'a-t-il pas besoin de signe puisque, de toute façon, la superstition lui retire toute volonté et maîtrise de lui-même.

Il tend le journal à Douglas, en se réjouissant devant l'expression de fierté de la prof.

— Je n'ai pas d'autre exemplaire.

— Accepterais-tu de nous la lire ? demande Douglas.

Il a tout à coup la tête qui tourne. Prononcer ces mots, contrairement à les écrire, lui donne le tournis.

Il prend une inspiration. Il est déjà arrivé jusque-là, non ? Il a été admis dans cette école. Il a écrit cette histoire. Il l'a rendue à la prof. Pourquoi s'arrêter en si bon chemin ?

— D'accord.

Il commence d'une petite voix.

— « Le premier jour du mois d'octobre, je dis "Lapin blanc, lapin blanc". »

Il les observe et, à mesure qu'il poursuit sa lecture, sa voix devient plus forte, plus pressante.

Chaque fois qu'il lève les yeux, les autres sont penchés un peu plus en avant vers lui. Enfin, il lit la dernière ligne de son histoire :

— « Je sais à quel point l'intimité entre deux corps peut être belle, et j'ai horreur de savoir que ce même contact puisse être uniquement violent et haineux. »

BETH KRAMER

Beth a les larmes aux yeux quand Ramin termine sa lecture. Des larmes de compassion, mais aussi de colère. Elle sait ce que c'est d'avoir peur et d'être pris pour cible. Elle les essuie rapidement en remarquant le regard de Brunson sur elle. Spence et Freddy restent muets. Personne n'ose prendre la parole avant la professeure.

— Je crois que le groupe est sans voix. Et moi également.

Ramin ne dit rien.

— Moi j'ai quelque chose à dire, intervient rapidement Brunson.

— Oh, très bien, acquiesce Douglas, lui accordant la permission de parler d'un signe de tête.

Brunson se lève et fait craquer ses articulations.

— Je trouve cette histoire incroyable. Je la trouve puissante. Et courageuse.

— Je ne sais pas trop, dit Ramin. C'est juste…

— *Juste ?* répète Douglas comme un avertissement.

— Ce n'est pas *juste* quoi que ce soit, continue Brunson en se mettant à faire les cent pas. Ce genre de choses se produit dans les internats depuis la nuit des temps, probablement. Des garçons soumis à des comportements écœurants, au nom de quoi ? D'une tradition arriérée et d'un ordre social qui croit que briser les gens va les endurcir, ou je ne sais quoi.

Voir Brunson pester contre la cruauté du bizutage donne envie à Beth de se lever pour pester contre son hypocrisie. Qui est-elle pour s'insurger alors qu'elle lui a volé sa première année en l'excluant constamment, jusqu'au coup de grâce du filet à cheveux ? Elle n'a pas le droit d'avoir le beau rôle là-dedans, car elle n'est que la version féminine de ce qu'elle critique.

— Merci, Brunson, dit timidement Ramin.

Si, à la fin de son récit, il paraissait plus fort, à présent il est redevenu le Ramin mal à l'aise de d'habitude.

— Ramin, dit Freddy. Je… Je n'ai pas reconnu les noms dans ton histoire, mais enfin les personnages ressemblaient beaucoup à… enfin, est-ce que c'est à toi que c'est arrivé ? Est-ce que mes copains t'ont fait ça ?

Ramin lève la tête.

— Je croyais que ce n'était pas tes copains.

— Merde, lâche Freddy.

C'est forcément la vérité, songe Beth. Il a rédigé ce texte comme une fiction, mais d'après les détails, même s'il a modifié le nom de l'école, c'est bien de Chandler qu'il parlait. Et du sous-sol de Wilton Blue.

— Je suis vraiment désolé, dit Freddy.

— Tu n'y es pour rien.

— Je sais, mais…

La rage serre la gorge de Beth qui se remémore toute la brutalité de l'histoire de Ramin. Les agressions physiques. Sexuelles. Un garçon qui a frôlé la mort.

— C'était Hiro, hein ? demande-t-elle. Est-ce qu'il va bien ?

— Oui. Il a été emmené d'urgence chez l'infirmière, ils avaient un de ces auto-injecteurs. Il va bien. Du moins physiquement. Émotionnellement, je l'espère. Ça n'a pas l'air de l'avoir touché, mais qui ne le serait pas à sa place ?

— On répond tous au traumatisme de manière très différente, explique Douglas.

— Je me suis toujours demandé ce qui se passait dans les résidences de garçons, intervient Spence. C'est pire que ce que je croyais.

— Il n'y a pas que chez les garçons, enchaîne Douglas avec une résignation triste dans la voix. Ce genre de comportement peut se produire partout. Et je suis terriblement désolée que cela te soit arrivé, Ramin. Est-ce que je peux faire quelque chose ? Si tu veux dénoncer ce qui s'est passé, je peux t'y aider.

— Non, proteste-t-il avec force.

— Tu es sûr ?

Ramin secoue la tête.

— Vous m'avez déjà énormément aidé. Et je vous en suis très reconnaissant. Mais… ça ne ferait qu'empirer les choses. Je dois seulement faire comme les autres et tourner la page.

— Je comprends et je respecte ta décision, dit Douglas avec tact. Mais, s'il te plaît, ne crois jamais devoir faire « comme les autres ». Si tu changes d'avis, je suis là.

C'est alors que Beth a une révélation. Elle sait exactement ce qu'elle a à faire. Douglas a raison. Ça n'arrive pas que chez les garçons. Ils sont plus ouvertement agressifs, mais les filles ne sont pas mieux. Et une agression est une agression, qu'elle soit manifeste ou secrète. Et les agressions secrètes sont peut-être même plus insidieuses, car plus difficiles à identifier.

Ce soir-là, avant l'extinction des feux, Beth se rend là où aucune fille ne met jamais les pieds : au sous-sol de Wilton Blue. Elle trouve Ramin en train de lire de la poésie iranienne dans sa chambre. Benji Pasternak siffle quand elle entre.

— Tiens, tiens, Ramin, tu as de la visite, et une fille qui plus est.

Beth et Ramin échangent un discret regard exaspéré.

— Salut Ramin, je peux te parler dehors une seconde ? Enfin, peut-être plus d'une seconde, en fait.

— Bien sûr.

Tandis qu'ils sortent, Benji lance :

— Amusez-vous bien, les tourtereaux.

Dehors, elle trouve un endroit où s'asseoir.

— Je n'arrête pas de penser à ton texte.

— Oh. Euh, je suis désolé, dit-il en s'asseyant à côté d'elle.

— Pourquoi ?

— Parce qu'il n'y a rien de très drôle dedans.

— Parce que tu trouves que j'ai l'air d'une boute-en-train ?

Ramin s'esclaffe. Autour d'eux, des groupes de garçons profitent des dernières minutes de liberté. Ils se racontent des blagues. Tapent dans des ballons. Certains jettent des regards à Ramin et elle en faisant des messes basses. Ils doivent penser qu'ils sont en pleine romance. S'ils savaient.

— Écoute, reprend-elle. Avant de t'expliquer la vraie raison de ma présence, j'ai envie de te dire quelque chose que je n'ai jamais révélé à personne. (Elle prend une grande inspiration.) J'aime les filles.

La clarté de cette affirmation la bouleverse.

— Oh, fait Ramin. C'est bien. Enfin, sauf si ce n'est pas bien pour toi. C'est difficile, hein ?

— Je ne sais pas. Parfois c'est difficile, oui. Vivre dans un monde qui n'offre que de très, très rares exemples de ce que pourrait me réserver l'avenir. Mais il n'y a personne que j'admire plus que la professeure Douglas, et elle est gay. Là encore, c'est la seule prof gay du campus. Et ça ne doit pas être facile, de jouer seul dans sa catégorie.

— Je suis le seul Iranien ici.

— Je suis la seule locale de l'internat.

Il sourit.

— Tu vois, on n'est pas aussi seuls qu'on le croie.

— Ou plutôt, on est seuls ensemble.

— Sinon, de quoi voulais-tu me parler ? demande-t-il.

— Ah, oui. Est-ce que je pourrais, si tu es d'accord, ajouter quelque chose à ton histoire ?

Il plisse les yeux, sans comprendre.

— Ajouter quoi ?

— Je ne m'explique pas très bien. Je ne changerais rien à ce que tu as écrit. En gros, j'écrirais ma propre histoire sur la violence dans les résidences des filles. Parce que ton histoire m'a vraiment fait réfléchir à certains trucs que j'ai vécus. (Elle marque une pause pour évaluer sa réaction.) Ensuite, je mettrais nos histoires en perspective pour révéler un contraste entre la violence physique des garçons et celle plus subtile et émotionnelle des filles.

Au loin, la cloche de la chapelle résonne. C'est le couvre-feu, mais elle a besoin d'une réponse. Cette conversation ne peut pas rester en suspens.

— Alors, qu'en penses-tu ?

— D'accord, dit-il en hochant lentement la tête. C'est une bonne idée. Mais je… je ne veux pas faire lire mon histoire à qui que ce soit en dehors du Cercle. Je n'ai vraiment pas besoin que ces types sachent…

— Ramin, je ne ferais jamais une chose pareille.

Ramin la serre dans ses bras avant de s'en aller. Elle n'a pas envie de le lâcher, malgré les commentaires dégueulasses des garçons qui traînent dans le coin.

Puis elle court à sa résidence, en retard sur le couvre-feu. Elle écrit déjà l'histoire dans sa tête. Elle changera les noms, mais Brunson saura. Elle saura à quel point elle l'a blessée.

À la cinquième réunion du Cercle, ils passent une demiheure à parler de la construction des personnages, puis une heure à rédiger un texte inspiré par la couleur rouge.

Une fois ce travail terminé, Douglas demande aux membres du groupe de rendre leurs nouvelles. Spence, Freddy et Brunson tendent leurs pages tapées et agrafées.

— Professeure Douglas, dit Beth. J'ai sorti des exemplaires de ma nouvelle pour tout le monde, si chacun veut suivre en même temps.

— Tu veux nous lire la tienne aujourd'hui ? comprend Douglas.

— Eh bien, je pensais peut-être lire ma partie. C'est juste que le texte est à moitié de moi et à moitié de Ramin. C'est un texte à quatre mains, je dirais.

— Bien, lis ta partie, suggère Douglas.

— Par contre, je vous préviens, je ne suis pas très à l'aise à l'oral.

Elle distribue les feuilles en commençant par Douglas, puis Spence, Freddy et Ramin. Elle hésite avant de tendre la dernière à Brunson. C'est le point de non-retour. Après ça, Brunson saura exactement ce qu'elle pense d'elle. Elle doit hésiter longtemps parce que Brunson finit par la lui prendre des mains.

Beth ne se lève pas pour lire. Pas sûre de pouvoir tenir debout toute la durée de l'histoire d'une camarade de chambre qui l'a d'abord traitée comme si elle était invisible, jusqu'à ce qu'elle décide de reconnaître sa présence en lui imposant un filet à cheveux. Elle a modifié le nom de la fille, bien sûr, mais le groupe reconnaîtra Brunson. Et cette dernière apprendra aussi la raison de la présence de tous ces cheveux partout dans la chambre. Parce que l'anxiété de Beth est incontrôlable.

Elle veut que Brunson comprenne qu'elle frappait une fille déjà à terre.

Arrivée au dernier paragraphe, le soulagement l'emporte. Elle repose son cahier, les yeux sur Brunson qui se tortille, mal à l'aise.

— C'est tout.

Douglas hoche la tête.

— C'était très intense, Beth. Je devine que certains éléments te sont arrivés pour de vrai. Et si c'est le cas, j'espère que l'écriture a été cathartique.

Soudain, sans prévenir, Brunson lâche :

— Ce texte parle de moi.

— C'est-à-dire ? demande Douglas.

— C'est-à-dire que je partageais la chambre de Beth l'année dernière. Et j'ai fait tout ce qu'elle a écrit. J'invitais les autres filles dans notre chambre, mais elle avait toujours son casque sur les oreilles. C'est pour ça qu'on ne l'a jamais intégrée. On avait l'impression que, enfin… qu'elle ne voulait pas être intégrée.

Beth sent ses paupières cligner trop vite. Brunson n'était pas censée s'exprimer.

— Je lui ai demandé de porter un filet. Mais je ne savais pas du tout qu'elle s'arrachait les cheveux comme ça, et j'ignorais que ça l'avait tant humiliée. Je n'avais aucune idée de tout ça. Je te le jure, Beth.

Le cœur de Beth bat la chamade. Si cette fille compte se faire pardonner, elle se met le doigt dans l'œil.

— Cette situation me met très mal à l'aise, intervient Douglas.

— Moi aussi, confirme Ramin en se tournant vers Beth. Tu ne m'avais pas dit que tu allais parler de Brunson.

Douglas reprend la parole :

— Je veux que vous vous sentiez tous libres de vous exprimer, cependant, écrire comme ça les uns sur les autres, ça peut être très blessant.

— Je n'ai fait que dire la vérité, proteste Beth. Ce n'est pas ce que vous nous avez enseigné ?

Douglas soupire.

— Si, bien sûr. Mais la vérité est quelque chose de complexe, et nous ne devons pas nous en servir comme d'une arme pour blesser les autres. C'est pour cela que je vous ai demandé de signer le Code d'Honneur du Cercle. Tu te souviens de ce qu'il disait, Beth ?

— Oui, fait-elle d'une petite voix. Que nous nous engagions à nous respecter les uns les autres.

— Et quel était le mot que tu devais explorer ?

— *Le pardon.*

Comment a-t-elle pu rater aussi complètement le sujet de ce devoir ?

— Écrire des histoires nous oblige à appréhender le monde selon différents points de vue, reprend Douglas. À mon avis, il existe un autre côté de cette histoire, du point de vue de Sarah.

— Oui, en effet, confirme Brunson d'un ton teinté de tristesse.

— Vous vous rappelez la mission que nous nous sommes fixée en début d'année ? Créer un espace sûr. (Douglas trace un cercle imaginaire du bout de l'index.) Ce cercle est un endroit sûr. Ici, personne ne sera rabaissé. Ce texte doit être le dernier de ce genre ici. Nous ne sommes pas des sujets les uns des autres. Est-ce que c'est compris ?

Tout le monde acquiesce.

— Parfait, on va s'arrêter là pour aujourd'hui.

Beth lâche un soupir de soulagement. Elle ne songe qu'à fuir. C'était une très, très mauvaise idée. Mais Douglas dit :

— Beth, peux-tu rester un instant, s'il te plaît ?

L'envie pressante et désespérée de s'arracher un cheveu l'envahit. Douglas va sûrement la virer du Cercle.

— S'il vous plaît, ne m'excluez pas, supplie-t-elle une fois les autres partis.

— Beth, je ne vais pas te demander de t'en aller.

Beth inspire profondément. C'est tellement différent de se retrouver seule avec la prof. Sa présence est beaucoup plus intimidante, sans les autres.

— Beth…

— Je suis vraiment désolée. C'est juste que… l'histoire de Ramin parlait à l'évidence de ce qui se passe dans son dortoir, alors j'ai pensé que, enfin, que je pouvais montrer ce qui se passe chez les filles. Ça paraissait une bonne idée. Je n'ai pas réfléchi.

— Beth, répète Douglas en se penchant vers elle. Je te crois quand tu dis que tu es désolée. Je comprends pourquoi tu as fait cela. Et tu as beaucoup de talent.

— C'est vrai ?

— Oui. Mais…

— Mais ?

— Mais je m'inquiète pour toi. S'arracher les cheveux rituellement comme ça, c'est le signe d'une très profonde anxiété. Est-ce que tu vois quelqu'un ?

Son visage s'empourpre.

— Oh mon Dieu, non.

— Je veux dire, un psychologue, précise Douglas. Je crois qu'une visite chez le conseiller du lycée pourrait t'aider à...

— Houlà, fait-elle en croisant les bras. On dirait ma mère.

— Elle t'a déjà proposé d'aller consulter un psy ?

— Oui. Mais je ne... Pour moi, ce n'est pas si grave.

— Je n'ai pas dit ça, poursuit Douglas. Et si ça peut te rassurer, je crois sincèrement que nous avons *tous* besoin d'un peu d'aide.

— Vous avez consulté un psy, vous ?

— La question serait plutôt *combien* de psychologues ai-je consultés, répond Douglas avec un rire. Il n'y a aucune honte à avoir.

— J'ai... J'ai peur.

— De quoi as-tu peur ?

Ne trouvant pas de mots pour l'exprimer, à la place elle demande :

— Je ne peux pas plutôt vous parler à vous ?

Douglas lui adresse un sourire chaleureux.

— Bien sûr. Quand tu veux. Mais je ne suis pas psy. Je suis prof. C'est différent.

— C'est juste que...

Elle a la gorge tellement sèche. Mais elle se bat. Il faut que ça sorte.

— C'est juste que je sais que vous ne me jugerez pas, alors que le psy du lycée, peut-être. Vous et moi, on est pareilles.

— Tu dis ça parce que c'est un homme ? questionne Douglas. Parce que je peux t'assurer que le docteur Geller a aidé beaucoup de jeunes femmes.

— Pas seulement.

Beth lui lance un regard lourd de sens.

— Oh, fait Douglas. Je crois comprendre. Beth, je sais comme c'est dur de se sentir différente. D'avoir des secrets. Si tu es en train de me dire ce que je pense, eh bien imagine comme ça a été difficile pour moi au Texas, il y a des années.

— Je sais, mais…

— Je ne suis pas en train de dire que ce n'est pas difficile maintenant, surtout dans un environnement hermétiquement scellé comme Chandler. (Elle soupire.) Mais crois-moi quand je te dis que se voiler la face n'est jamais la solution. Pour nous épanouir, nous avons besoin de lumière. Exactement comme nos histoires.

— J'ai peur, dit Beth, les larmes aux yeux.

— Nous avons tous peur. Moi aussi, j'ai peur.

— C'est vrai ? Mais de quoi ?

L'espace d'un instant, Douglas a l'air sur le point de pleurer elle aussi. Mais elle se reprend.

— Nous sommes des bébés, Beth. Nous rampons avant de marcher. Chaque nouveau pas est un défi. Mais si nous ne tentons pas ces petits pas, si nous ne prenons pas ces risques, alors nous ne grandissons jamais. Est-ce que tu comprends ce que je dis ?

Au lieu de répondre, Beth dit :

— Je l'ai dit à Ramin aussi. Que j'aime les filles. Et maintenant à vous.

— Et tu n'es pas obligée de le dire à qui que ce soit d'autre jusqu'à ce que tu te sentes prête. Simplement, ne te mens pas à *toi-même*. C'est là que commencent les vrais ennuis.

— D'accord, dit-elle en hochant la tête. J'irai voir le docteur Geller.

Qu'en pensera sa mère ?

Douglas se lève et récupère deux livres dans les étagères, ainsi qu'un par terre. Rita Mae Brown, Alice Walker et Fannie Flagg.

— Lis ça. Ça t'aidera peut-être. Se retrouver dans les pages d'un livre procure un sentiment de grande libération.

Malgré les livres qui alourdissent son sac à dos, en sortant de MacMillan, Beth se sent plus légère que jamais. Elle est entrée tout à l'heure avec pour mission de révéler la vraie Brunson. À la place, c'est elle-même qu'elle a révélée.

FREDDY BELLO

— Plus vite, Freddy ! crie le coach Stade.

La sueur coule sur le visage de Freddy qui saute les haies dispersées dans le gymnase. Arrivé au bout, il s'effondre contre le mur en reprenant son souffle.

— On recommence, ordonne Stade.

— Une minute.

— Tu crois que les juges olympiques vont te donner le temps de récupérer ?

Freddy écarte les cheveux de son visage et refait le chemin par-dessus les haies en sens inverse.

— Plus haut, les genoux ! Épaules en arrière. Tiens-toi droit, Freddy. Qu'est-ce que tu as ce matin ?

C'est le style d'entraînement typique de Stade. Tous ses coachs, depuis toujours, se comportent comme ça. Durs, froids, concentrés. Ça lui a toujours convenu. Il voulait devenir le meilleur, et ils étaient là pour l'y aider. Mais il y a quelque chose de différent quand Stade hurle :

— Tu es trop lent, Freddy. Tu te traînes.

Là, il n'entend plus le coach. Il entend Toby et Seb qui torturent Ramin et les garçons du sous-sol.

Il s'arrête au bout de la piste. Il n'est pas *à fond* ce matin, il le sait.

— Pardon. Je recommence.

— Que se passe-t-il ? Tu as l'air distrait.

— Je ne sais pas.

Mensonge. Il sait qu'il a passé ses jours et ses nuits à écrire, à remplir ses fiches de mots et de pensées. Pourtant, rien ne semble s'éclaircir dans sa tête. Il n'arrête pas de penser au baiser de Spence dans ce garage. Il ne sait toujours pas s'il a envie ou non de continuer la perche. Et, plus important, il n'a aucune idée de comment arrêter d'être pote avec Toby. Seb également, mais celui-ci, il ne le connaît que depuis cette année. Il les a soigneusement évités toute la semaine.

— Tu es sorti hier ? questionne Stade.

— Hein ? Non.

— C'était vendredi soir pourtant. Et tu es jeune. (Stade pose une main sur son épaule.) Mais tu n'es pas n'importe quel jeune.

— Ouais, fait-il en essayant de se rappeler pourquoi il a voulu se démarquer des autres au départ.

— Est-ce que c'est à cause du Cercle ? Si c'est ça qui t'empêche de te concentrer…

— Non.

Il ne s'étend pas sur le sujet.

— Tu sais ce qui te différencie des autres mômes de ton âge ?

Freddy fait signe que non.

— Ce n'est pas ta force, ni ta forme physique. C'est là-dedans. (Il tapote la tête de Freddy.) Tu es capable de rester concentré sur l'instant. C'est ce qui différencie les champions des autres athlètes. Quand tu t'entraînes ou quand tu sautes, tu ne dois pas te laisser distraire. Et d'habitude, ce n'est pas le cas.

Freddy se raidit. Stade a raison. C'est exactement pour cette raison qu'il a promis à ses parents de ne plus sortir avec personne jusqu'aux Jeux olympiques. Parce que, comme le leur a dit son ancien entraîneur, il ne peut s'adonner qu'à une seule passion à la fois. Et, en ce moment, c'est Spence et le Cercle qui lui occupent l'esprit.

— On s'arrête pour aujourd'hui, concède Stade. Repose-toi. Demain, c'est dimanche, donc on se voit dans deux jours. Tu vas à la nuit de Lowell ?

— Oh, oui, bien sûr. Enfin, tout le lycée y va.

— On s'y croisera.

Freddy ne se douche pas après l'entraînement. Et il ne retourne pas non plus à Holmby. Il se retrouve à monter en direction de Wilton Blue. Il doit faire face à ce qui le ronge, c'est-à-dire à Toby et Seb.

En gravissant les marches du perron, il répète ce qu'il compte dire dans sa tête. Il tombe sur Ramin et Hiro qui jouent aux cartes dans la salle commune.

— Freddy ! s'exclame Ramin.

— Oh, salut les gars. Comment ça va ?

— Super, répond Hiro avec un grand sourire.

— Ah bon ? Tu es sûr ?

Il comprend instantanément ce que Ramin voulait dire en expliquant qu'Hiro ne semblait pas le moins du monde affecté par ce qui lui était arrivé.

— Enfin, Ramin me doit trente mille dollars, donc oui, ça va plutôt bien.

— On ne joue pas vraiment avec de l'argent, précise Ramin.

— J'avais compris, glousse Freddy.

— Qu'est-ce que tu fais là ? demande Ramin. Ce n'est pas plus tard qu'on doit se retrouver ?

Il fait signe que si. La nuit de Lowell est la soirée de match de lacrosse entre l'équipe de Chandler et celle de Lowell Prep, sa rivale. C'est l'événement sportif le plus important de l'année et il se passe sur le terrain de Chandler. Les membres du Cercle se retrouvent à Livingston dans l'après-midi pour s'y rendre ensemble.

— Vous allez au match ? demande Hiro.

— Oui, pas toi ? s'étonne Ramin.

— Pour voir ces connards jouer ? Non merci. Et puis, comme tout le lycée sera au match, c'est le moment *idéal* pour faire entrer en douce Sabrina dans ma chambre sans se faire choper.

Freddy sourit.

— Pas mal. Content de savoir que vous vous entendez aussi bien.

— Elle est géniale. Le dix de carreau est à moi, gros nul. (Hiro ajoute deux cartes à sa pile.) Et c'est à lui que je dois tout ça. S'il ne m'avait pas emmené à cette soirée, je ne l'aurais jamais rencontrée.

— Tu pourrais au moins me laisser gagner une partie pour me remercier, commente Ramin.

— À quoi vous jouez ? demande Freddy.

— Pasur, indique Ramin. C'est un jeu iranien que je lui ai appris.

— Attends. Il te bat à un jeu qu'il vient juste d'apprendre ?

Ramin rougit.

— Bref, pourquoi tu es là au fait ?

— Oh, je voulais juste voir… parler à… tu sais. On se retrouve plus tard, Ramin. À plus, Hiro.

Il est déjà dans le couloir quand Ramin le rattrape en courant et le pousse dans sa chambre.

— Qu'est-ce que tu fais ? demande ce dernier, paniqué.

— J'allais juste… Ramin, je ne peux pas laisser ces types vous traiter comme ça. Je peux les arrêter.

— Oui, mais ils vont savoir que je t'ai tout raconté.

Ramin jette des coups d'œil frénétiques dans la chambre, la sueur au front.

— Je ne dirai pas que ça vient de toi.

— De *qui* ça pourrait venir d'autre ? Ils savent que je suis dans le Cercle avec toi. Tu ne vois pas que ça ne va faire qu'aggraver la situation ? Ils vont inventer des trucs horribles pour me punir. Je te remercie de vouloir m'aider, comme je remercie Douglas, mais je préférerais ne pas faire de vagues. S'il te plaît.

Freddy pose les deux mains sur les épaules de Ramin.

— Hé. Tu as l'air terrifié.

— C'est le cas. Et c'est pour ça que tu ne dois rien dire. D'accord ?

Il réfléchit un instant. Il voulait tellement débarquer dans ce sous-sol et jouer les héros. Mais Ramin a raison. Ça n'apportera rien de bon. Ça ne changera pas Toby et Seb. Et s'ils se vengent sur Ramin, ce sera sa faute à lui.

— Pourquoi il fait aussi froid ici ? demande-t-il.

— Il n'y a pas de chauffage dans le sous-sol, explique Ramin en lui tendant un sweat. Tiens, tu peux mettre ça.

Il enfile le vêtement, qui lui va parfaitement.

— Il n'est pas un peu trop grand pour toi, ce sweat ? remarque-t-il.

— Ce n'est pas le mien.

Ramin se détourne comme s'il allait fondre en larmes.

— Hé, ça va aller, le rassure Freddy. Si c'est à cause de Toby et Seb, on va trouver une solution. Il doit y avoir un moyen de les arrêter.

— Ce n'est pas ça, c'est juste que…

Ramin se tourne vers lui, les yeux humides.

— C'est le sweat de mon copain. Ex-copain. Ça fait bizarre de le voir sur quelqu'un d'autre.

— Oh. Celui qui achetait ces CD au marché noir ?

— Oui, fait Ramin avec un sourire triste. Tu lui ressembles un peu.

Freddy s'assied sur le lit du bas.

— Comment était-il ?

Ramin lâche un soupir triste avant de s'asseoir à côté de lui.

— Il me faisait tout le temps rire. Il savait imiter tout le monde. Son père. Ma mère. Il me laissait toujours des mots cachés un peu partout. Je ne sais pas, je n'arrivais pas à croire qu'il m'avait choisi, moi. Il avait une très forte personnalité, tu vois. Je crois qu'il m'aidait à sortir de ma coquille. On était tellement bien ensemble. Pendant un temps.

— Que s'est-il passé ?

— Qu'est-ce que tu veux dire ?

— Pourquoi vous avez rompu ?

Il sent que Ramin a du mal à répondre.

— C'est juste que… enfin, tu sais, on ne peut pas être gay en Iran. Enfin, on *peut*, mais il ne faut surtout pas que ça se sache. Et… pour nous, ça s'est su.

— Je suis désolé, dit Freddy.

— Oui, merci. (Ramin le regarde droit dans les yeux.) C'était les garçons de notre école. Ils nous ont surpris ensemble, au lac. Ils avaient dû nous suivre. Ils se sont mis à nous harceler constamment. (Il baisse les yeux.) C'était surtout des insultes. Tellement d'insultes. On n'a pas de mot pour dire « gay » en Iran, mais en revanche on a des tas d'insultes. Une ou deux fois, ça a dérapé en agressions physiques. Ils lui ont fait un œil au beurre noir et personne n'en a rien eu à faire. Mais le pire, c'est quand ils ont menacé de le dire à l'école. Ce qui en Iran revient à…

— Oui, je crois que je comprends, dit doucement Freddy.

— C'est là qu'il a rompu avec moi. Il ne pouvait plus prendre ce risque. Et puis il a déménagé en Turquie avec sa famille.

Les larmes lui montent aux yeux.

— C'est horrible, dit Freddy en lui prenant la main.

— Oui, quant à moi, me voilà. Je me suis enfui. Lui aussi. Et mes parents ne l'ont jamais rencontré. Ça, ça m'énerve.

— Je suis désolé.

— C'est ma faute. J'aurais dû leur parler de lui plus tôt. Ils ne l'ont découvert qu'une fois que j'ai eu le cœur brisé. Ils n'ont jamais vu à quel point il me rendait heureux.

— Ce n'est pas juste que tu aies échappé au harcèlement pour en subir ici. Ça ne devrait pas être comme ça.

Ramin se rapproche un peu de lui.

— Tous les garçons ne sont pas comme eux. Certains sont adorables.

Leurs visages se rapprochent de plus en plus. Ramin est beau et il veut le réconforter… Mais soudain, Freddy prend pleinement conscience de ce qu'il éprouve pour Spence, et cette situation ne lui paraît pas correcte du tout.

— Ramin, attends, murmure-t-il.

Ramin se recule rapidement.

— Pardon. Je ne sais pas ce qui m'a pris.

— Non, ne t'inquiète pas. Je te trouve génial, et fort, mais… j'ai des sentiments pour Spence.

— Oh, bien sûr. Tu n'es pas gay.

— Non. Mais j'aime les garçons aussi, admet-il, le cœur battant.

— Oh.

— Et si je n'étais pas autant attiré par Spence, eh bien…

Ramin se lève brusquement.

— Pas de problème, tu n'as pas à te justifier. On se voit ce soir, ajoute-t-il avec un sourire.

— N'oublie pas de porter les couleurs de l'école, lui conseille Freddy. Ça les énerve beaucoup si tu ne montres pas ton esprit d'équipe pendant la nuit de Lowell.

De retour dans sa chambre, Freddy remplit une fiche. Puis une autre. Ses mots deviennent limpides, comme si chacun révélait une vérité. Finalement, une chose est claire à présent. Il s'est tant focalisé sur son corps depuis toujours. Et maintenant, il s'intéresse enfin à son cerveau. Mais son cœur dans tout ça ? Il l'ignore depuis beaucoup trop longtemps.

— La nuit de Lowell ! s'écrie Charles en entrant dans la chambre pour récupérer sa crosse.

— Va leur botter le cul. Vous allez les éclater.

— On va bouffer de la violette !

L'équipe de Lowell Prep joue en violet. C'est ce que répètent tous les joueurs de Chandler pendant la nuit de Lowell.

— Je serai là pour t'encourager, dit Freddy.

Plus tard dans l'après-midi, il prend une douche, enfile un tee-shirt à manches longues rouille et or et un jean. Ça ira pour le patriotisme. Mais quand il arrive devant Livingston, il découvre que Spence a eu une tout autre idée avec le Cercle.

— Les gars, je nous ai trouvé des costumes d'avocat. Ça vous dit ?

— Quel genre de costume ? questionne Ramin.

— Les avocats, avec la perruque blanche, sont les mascottes officielles de Chandler, explique Brunson.

— Comme les avocats britanniques ?

— Oui, continue Brunson. C'est parce que le premier directeur, le proviseur Cook, était britannique.

— Les Anglais ont même colonisé Chandler, s'exaspère Spence.

— Le père de Cook était avocat, ajoute Beth. Plutôt bizarre quand on y pense. Il a transformé son père en mascotte.

— Oh, je ne savais pas, dit Brunson, qui paraît aussi agacée qu'impressionnée.

Freddy se demande si les deux filles se sont parlé depuis l'épisode de la nouvelle.

Des filles de sixième division sortent de Livingston au moment où le Cercle y entre. Elles ont trouvé des façons inventives de porter les couleurs du lycée. Les tee-shirts ont été transformés en bustiers, elles ont dessiné l'emblème de l'école sur leurs joues et enduit leurs cheveux d'or.

Spence demande au Cercle de l'attendre dans la salle commune et revient chargée de cinq robes d'avocat et d'un sac Ferragamo rempli de perruques blanches qu'elle leur distribue, en commençant par Freddy.

Quand ils arrivent au terrain de lacrosse affublés de leurs costumes, le match a déjà commencé. D'un côté s'étend une mer violette d'étudiants et de profs de Lowell, de l'autre toute la communauté rouille et or de Chandler.

Quand Charles Cox marque, il lève sa crosse en hurlant :

— *Ô Chandler.*

Et la foule répond en chantant :

— *Mon Chandler.*

— Il est fort ton coloc, félicite Spence.

Chandler mène le début du jeu dans une ambiance légère et festive. La foule beugle des encouragements, chante en boucle l'hymne de l'école et quelques mesures de la chanson des « Bouffeurs de Violettes » pour embêter les supporters de l'équipe adverse.

Toby King est le deuxième à marquer, et une fois de plus la foule éructe de joie. Quand Toby lève sa crosse pour hurler « *Ô Chandler* », Freddy jette un coup d'œil à Ramin qui tressaille en voyant que tout le lycée lui répond comme si c'était un héros.

— Hé, les gars, lance Freddy. Ça vous dit de lâcher le match pour aller au lac ?

Un par un, tous hochent la tête. Il les emmène jusqu'au lac d'un pas léger. Ils doivent tous se rappeler le chemin car ils ne se contentent pas de le suivre cette fois. Brunson accélère pour prendre la tête du groupe, Ramin et Beth à quelques pas derrière elle.

— Salut, dit Freddy à Spence, en arrière des autres.

— Salut.

— On peut parler ? demande-t-il.

— On est en train de parler.

— Je veux dire… enfin, tu sais, que nous deux.

— Il n'y a que nous deux, Freddy. Ils ne nous entendent pas d'ici.

— C'est vrai.

Il ne fait que retarder le moment où il devra lui dire.

Le silence s'installe un instant entre eux. On entend les cris de joie depuis le terrain de lacrosse au loin, et le craquement des feuilles mortes sous leurs pieds. Mais dans sa tête, tout est calme. Comme si, enfin, tout était clair.

— Ça fait un moment que je veux te parler de ce qui s'est passé à la fête, déclare-t-il enfin.

— Alors, pourquoi tu ne l'as pas fait ?

Il prend une inspiration mais ne dit rien.

— Tu es gay ? demande-t-elle. Parce que si c'est le cas, je suis ta plus grande supportrice. Sincèrement.

— Non. Par contre… Je crois que je suis bisexuel.

— Oh. D'accord. Bah, je suis *quand même* ta plus grande supportrice.

— Est-ce que je te mets mal à l'aise ?

— Ce n'est pas le moment de se soucier de ça, non ?

— Le truc, c'est que je t'aime vraiment beaucoup, mais…

— Ho-oh…

— Attends, écoute-moi. Je ne suis sorti qu'avec une seule autre fille. Elle était, euh, d'un milieu très aisé, et très conservateur. Et je n'étais pas le bienvenu. Je crois que sa famille n'appréciait pas que mes parents soient des immigrants.

Spence tressaille.

— Ma famille n'est pas comme ça, si c'est ce qui te fait peur.

— Non, ça je sais. Le truc, c'est qu'elle a cassé quelques jours après m'avoir présenté à ses parents. Ça m'a un peu fait partir en vrille. J'ai complètement foiré une compétition importante. Et j'ai promis à mes parents, et à moi-même je crois, que ça n'arriverait plus.

— Tu as fini ? demande Spence en le regardant droit dans les yeux.

— Oui.

— Moi aussi, je me suis dit que je ne sortirais avec personne en dernière année, déclare-t-elle.

— Ah bon, pourquoi ? interroge-t-il, sincèrement curieux.

Elle soupire.

— Déjà, la plupart des garçons sont des connards obsédés sexuels.

Il rit, mal à l'aise.

— Mais aussi parce que personne ici ne semble me comprendre. Mais avec toi... je ne sais pas, je crois que tu comprends peut-être.

— Je crois aussi.

Ils sont arrivés au lac.

— Pas de plongeon cette fois, les gars, lance Brunson. S'il vous plaît. Cette eau est viciée.

— Conversation à suivre ? demande Freddy à Spence. Parce que j'ai vraiment envie de continuer... ça.

— Définitivement à suivre, conclut Spence avec un sourire plus radieux que le clair de lune.

Il a du mal à se rappeler avoir été aussi heureux avant. Il s'installe au bord du lac près de ses amis.

— Hé, dites, je voulais vous parler d'un truc, annonce Brunson tandis qu'ils ont tous les yeux sur l'eau.

— C'est au sujet de mon texte ? demande Beth, lèvres pincées. Parce que si oui, s'il te plaît, laisse-moi dire d'abord que je suis désolée. J'étais blessée à cause de la façon dont tu m'as traitée l'an dernier, mais ça ne me donnait pas le droit de m'en prendre à toi comme ça.

— Tu avais peut-être raison de le faire, dit Brunson. Je n'ai pas dormi de la nuit en repensant à mon comportement. Je mérite de me sentir coupable. J'ai vraiment fait n'importe quoi. Je suis désolée, Beth.

— Merci. Mais je n'aurais quand même pas dû écrire ça. Douglas a été claire.

— Oui, je comprends, mais s'il te plaît, écoute ce que je vais dire, et ne rejette pas tout en bloc, parce que j'y ai beaucoup réfléchi.

— Qu'est-ce que c'est ? demande Ramin.

— Vous savez que je suis conseillère des élèves ?

— Oui, répond Spence. J'ai fait ça en quatrième division. Personne n'est jamais venu.

— Eh oui. Sauf que je travaillais hier après-midi et, pour la première fois, une fille est venue. Une troisième division.

Ils attendent la suite.

— Elle avait besoin de parler à quelqu'un de ce qui se passait dans sa résidence. Un groupe de filles se moque d'elle parce qu'elle est hyper grande. Elles l'appellent Le Géant Vert ou je ne sais quoi. Elles se sont mises à laisser traîner des sachets de légumes du Géant Vert un peu partout pour l'embêter.

— Mais qu'est-ce qui cloche chez les gens ? s'emporte Freddy.

— Ce qui cloche, c'est qu'il n'y a jamais de conséquences pour ces personnes, reprend Brunson. J'ai compris ça quand cette fille m'a parlé. Toby et Seb n'ont jamais eu à répondre de ce qu'ils font subir aux quatrièmes années. Pareil pour les harceleuses de cette fille. Et pareil pour moi, d'ailleurs. À cause de mon attitude, Beth s'est sentie en dessous de tout, et je mérite de faire pénitence.

— Quand même, ce que tu as fait est très différent de ce que font Seb et Toby, objecte Beth.

— Ce n'est pas le sujet.

— D'accord, mais c'est quoi le sujet, alors ? s'impatiente Spence.

— Je crois qu'on devrait publier l'histoire de Beth et de Ramin dans *L'Héritage de Chandler*, dit Brunson en retirant la ridicule perruque blanche pour prouver son sérieux.

— Pardon ? s'exclame Beth. Non, c'est dingue comme idée. Et pourquoi tu voudrais qu'on étale cette histoire là-dedans, alors que tu as le mauvais rôle ? C'est toi la méchante dans ma nouvelle.

— Oui, et les gens devraient savoir ce que j'ai fait.

— Douglas ne serait pas d'accord avec ça, assène fermement Ramin.

— Peut-être que si, si elle était au courant des horreurs qui se produisent ici. Ce qui se passe en réalité et tout le temps. Et puis, *L'Héritage* est notre journal, non ? On y publie les articles les plus débiles qui soient, alors qu'on devrait aborder les vrais sujets.

Beth prend une grande inspiration.

— Mais ce n'est pas à toi de raconter cette histoire. C'est à moi, et à Ramin, et…

— Si ça sort au grand jour, coupe Freddy, Seb et Toby feront de la vie de Ramin un enfer.

Ramin lui adresse un signe de tête reconnaissant avant de confirmer :

— Exactement. Sans oublier que ça violerait le Code d'Honneur du Cercle.

— Je sais tout ça, se défend Brunson. Mais *veritas vos liberabit.*

— C'est-à-dire ? demande Ramin.

— C'est la devise de l'école, explique Beth. *La vérité nous rendra tous libres.*

— Et il est grand temps qu'on commence à l'appliquer, déclare Brunson avec une détermination implacable.

Freddy ignore d'où cette soudaine résolution lui vient, mais ça ne peut pas être uniquement motivé par les bourreaux de Ramin.

— Il faut faire comprendre aux brutes l'horreur qu'ils infligent aux autres, reprend Brunson en regardant Ramin. Toutes les brutes. Moi y compris.

— Très bien, dit Beth. Je comprends que tu sois désolée, mais ça ne change rien au fait qu'on ne peut pas publier cette nouvelle.

— De toute façon, ils ne nous laisseront pas faire, indique Spence. Je connais Barman. Elle ne voudra jamais mettre ça dans son journal.

— Qui parle de demander la permission ? J'ai les clés de la rédaction. Je peux nous faire entrer avant l'impression, on n'aura qu'à changer la mise en page.

— Est-ce que ça fera une quelconque différence ? s'interroge Freddy. En athlétisme, il se passe des millions de trucs horribles en coulisse. Et ça continue, année après année. Ça ne change jamais.

— Donc c'est une raison pour se taire ? insiste Brunson. Les gars, toute action *doit* avoir une conséquence.

— Bon, écoute, insiste doucement Beth, si c'est parce que tu te sens coupable, alors laisse-moi t'expliquer que ce que tu as fait n'a rien à voir du tout avec les agissements de ces délégués. Il y a des degrés. Il faut que tu comprennes ça.

— Moi, je veux me sentir en sécurité, enchaîne Ramin. C'est pour ça que je suis venu ici. Pour être en sécurité. Pas pour être un héros.

— Et tu as écrit cette nouvelle pour qu'elle se perde dans les limbes ? lance Brunson. Pour que la même chose arrive encore à d'autres élèves ?

— Je viens d'un pays où être moi-même est passible de la peine de mort, rétorque Ramin avec une colère soudaine dans la voix. Tu peux nous sortir tous les discours idéalistes que tu veux sur la vérité libératrice, mais si la vérité peut te faire tuer, alors peut-être que le secret est plus sûr.

— Dis-leur, Ramin, exhorte Freddy. Raconte-leur ce qui s'est passé chez toi.

Ramin leur explique tout. Ses camarades de classe qui l'ont vu avec Arya, le harcèlement et les menaces, jusqu'à ce qu'Arya et sa famille fuient dans un autre pays et que Ramin trouve un moyen de s'échapper.

— Merde, lâche Brunson, soudain défaite. Je ne savais pas.

— Maintenant oui. Alors, est-ce que tu… est-ce qu'on peut juste… laisser tomber ?

— D'accord, accepte-t-elle. Je suis désolée. Je comprends. Pardon.

Tous les yeux se posent sur le lac. Les pensées de Freddy sont aussi épaisses et boueuses que l'eau noire. Il regarde Spence à côté de lui. Leurs mains sont si proches l'une de l'autre qu'il sent presque son pouls battre à tout rompre dans celle de Spence.

— Hé, dit-il, soudain envahi du désir de marquer cet instant d'une pierre blanche. Venez, on grave nos noms sur cet arbre.

Il sort un couteau suisse de sa poche.

— Euh, c'est interdit par le règlement, ça, objecte Brunson en voyant le couteau.

— On est au lac après le couvre-feu. On est allés à une soirée en ville. On a laissé le règlement derrière nous depuis un bout de temps.

Il se lève et grave ses initiales dans le tronc. *FB*.

Beth se lève à son tour. *BK*.

Puis Brunson. *SB*.

Et Spence. *AS*.

Ensuite elle tend le couteau à Ramin qui observe leurs initiales pendant un instant avant de graver les siennes lentement dans l'écorce. *RG*.

AMANDA SPENCER

Dimanche matin très tôt, elle tape fort à la fenêtre de Freddy, impatiente de savoir à quoi il ressemble au réveil. Mais c'est Charles qui ouvre.

— Euh, salut, Spence. Freddy, c'est pour toi !

— Hein, c'est qui ? marmonne Freddy en se frottant les yeux.

— C'est moi ! crie Spence depuis la fenêtre.

— Pas de filles dans la résidence avant l'heure des visites, plaisante Charles. Mais entrez, je vous en prie, mademoiselle Spencer.

— Dis plutôt à Freddy de sortir.

— Freddy, elle veut que tu sortes.

En boxer bleu marine, Freddy saute du lit du haut. Elle ne peut pas s'empêcher de remarquer chaque muscle saillant de son corps quand il atterrit comme un véritable athlète olympique.

— Et c'est un dix pour la juge de New York ! lance-t-elle.

— Ha ha, fait-il en enfilant un short et un tee-shirt. Je déduis à ta tenue qu'on va courir ?

— Si tu arrives à tenir le rythme.

Ils démarrent à vive allure. Il est tôt, le campus est quasiment désert. M. Plain dort sous sa tente devant le bâtiment Humanitas. Le club de danse s'entraîne devant le studio artistique Harbor.

— Alors, dit Spence, je me disais qu'on pouvait reprendre là où on s'est arrêtés hier soir.

— On en était où ?

— Aucun de nous n'avait prévu de sortir avec quiconque cette année.

— Ah, oui. Mais les plans, ça se modifie.

Elle rit et ralentit le pas pour s'appuyer contre un bouleau.

— Le truc, c'est que j'ai eu trois petits copains, mais ils ne m'intéressaient pas tellement.

— Tu sortais avec eux juste pour être gentille ? plaisante-t-il.

Sauf que ça ne sonne pas comme une blague aux oreilles de Spence, ça ressemble même plutôt à une vérité.

— Sincèrement, un peu. Enfin, oui, ça m'arrive d'être du genre à vouloir être gentille avec tout le monde. Je crois que je suis restée beaucoup trop longtemps avec eux pour ne pas passer pour la méchante.

— Ça n'a pas l'air marrant.

— Pas du tout. J'attendais que la relation se termine d'elle-même, comme une mauvaise grippe, ou je ne sais quoi.

— Donc tu sortais avec des virus !

— On peut dire ça comme ça. (Elle le regarde droit dans les yeux.) Mais avec toi, c'est différent.

Il lui rend son regard. Elle attend un instant avant de reprendre, dans l'espoir qu'il l'embrasse. Mais non.

— Je suis contente que tu sois dans ce lycée. Tu aurais pu décider de n'être qu'un athlète olympique. Mais tu as choisi de venir ici.

— Oui. À croire qu'apprendre à me propulser dans les airs ne me suffisait pas.

— Ne te sous-estime pas. Tu es exceptionnel. Et tu ne t'en rends même pas compte. La plupart des gens exceptionnels passent leur temps à rappeler aux autres à quel point ils sont talentueux.

— C'est peut-être parce que je songe à arrêter, dit-il, crispé.

— Arrêter le saut à la perche ?

— Oui, possible, je ne sais pas.

Le poids de cette décision semble l'accabler.

— Est-ce que ça te rend heureux ? demande-t-elle doucement.

— Avant oui. Mais là non. J'essaye de démêler tout ça.

— On peut démêler ça ensemble, dit-elle sans savoir s'il s'agit toujours du saut à la perche.

Elle attend encore quelques instants. Il lève un bras pour s'appuyer contre le tronc. Et l'embrasse. Le garage aux odeurs de pneus est bien loin à présent. C'est une journée d'octobre idéale. Le soleil ne brille que pour eux. Elle sent le souffle léger de la brise sur sa peau.

Quand ils s'écartent enfin, elle souffle :

— Je crois que maintenant, je sais ce qu'est un vrai premier baiser.

— Un dix pour la juge de New York ? demande-t-il avec un sourire.

Elle l'embrasse de nouveau. Ils restent appuyés contre ce bouleau pendant une bonne demi-heure encore, jusqu'à ce que les élèves commencent à mettre le nez hors de leurs résidences et qu'ils deviennent l'attraction de la journée.

— On va prendre un petit déjeuner avant le Cercle ? propose-t-elle.

Ils se dirigent vers le réfectoire main dans la main. Spence l'entraîne jusqu'aux muffins.

— Bud Simonsen prend toujours tous ceux à la myrtille quand il arrive, déclare-t-elle en s'emparant de toute une corbeille.

Freddy essaie de la suivre pendant qu'elle garnit son plateau de plusieurs verres de lait, d'une grande assiette d'ananas et de cinq bagels. Une dynamique se forme déjà entre eux. Spence mène la danse, Freddy sur ses talons. Ça n'a pas l'air de le déranger.

Ils s'installent aux tables des dernières années, bientôt rejoints par Henny Dover, Marianne Levinson et Jennifer Rooney.

— Génial, tu as eu les muffins avant les bêtes sauvages, dit Henny en jetant un œil à la table de Bud, Toby, Seb et Charles.

Rooney sort un jeu de cartes décorées des photos d'anciennes stars hollywoodiennes et les mélange d'une main experte.

— Alors, lance Marianne, tu te joins à nous aujourd'hui, Freddy ?

— Oui, répond Spence à sa place.

Les filles jouent à l'atout pique.

— Donc en gros, tu joues en face de ta partenaire, par exemple Henny et moi sommes partenaires, explique Spence à Freddy. Tu dois suivre la couleur du donneur, mais si tu n'en as plus, tu peux mettre un pique et tu gagnes.

Elle croque dans un muffin et doit avoir des miettes parce que Freddy lui essuie le coin de la bouche avec une serviette.

— Oooh, roucoule Henny. Quel gentleman.

— Je mise sept, déclare Spence.

— Sept ? s'écrie Marianne. C'est bon, j'abandonne. Tu t'es trouvé la fille la plus chanceuse que j'aie jamais vue, ajoute-t-elle pour Freddy.

— Je sais que j'ai de la chance, chuchote Spence en le regardant.

— Moi aussi, répond-il.

— Vous êtes ridicules, grogne Henny.

Après avoir terminé d'humilier Marianne et Rooney avec Henny, Spence consulte la pendule du réfectoire.

— C'est l'heure du Cercle. Tiens, à toi, dit-elle en passant ses cartes à Whistler qui les a rejoints.

— Salut les filles, lance Freddy avant de la suivre.

Elle entend déjà les messes basses tandis qu'ils s'éloignent de la table.

Beth, Brunson et Ramin attendent devant la porte fermée de Douglas.

— Que se passe-t-il ? demande Spence.

— Elle ne répond pas, explique Brunson.

Douglas finit par ouvrir, en blouson de cuir, thermos à la main.

— Bonjour.

— Bonjour, répondent-ils tous en chœur.

— Je me suis dit que nous pouvions varier un peu aujourd'hui. Un changement de décor peut se révéler très bénéfique pour l'écriture. Alors, allons nous promener.

Elle prend la tête du groupe.

— L'observation est une qualité cruciale de l'écrivain, dit la prof. Savoir précisément quels détails de votre monde partager avec le lecteur a une grande importance. C'est aussi pour cela que je vous encourage à conserver ces fiches sur vous. Si vous observez quelque chose que vous voulez absolument raconter, notez-le afin de ne pas oublier.

Elle continue d'avancer en parlant et s'arrête devant le bâtiment Humanitas.

— Bien, chacun votre tour, dites-moi ce que vous observez.

— Les feuilles d'automne sont aux couleurs de l'école, dit Beth.

— Ça alors, oui, c'est vrai, s'émerveille Spence. Rouille et or. La nature nous soutient

— Excellent, Beth, dit Douglas. Quelqu'un d'autre ?

— M. Plain a de nouvelles boots, déclare Freddy.

Ils se tournent vers la tente devant laquelle M. Plain lit une biographie de Roosevelt.

— La semaine dernière, il portait des boots marron clair.

— Les vitres d'Humanitas ont besoin d'un bon coup de chiffon, observe Spence.

— Il n'y a pas un seul nuage dans le ciel, ajoute Ramin.

Brunson regarde autour d'elle un moment avant de dire :

— Je sens l'odeur du dîner de ce soir qui monte des cuisines. Hachis de poulet.

— On sait ce qu'on aura à nettoyer ce soir, dit Freddy à Ramin en lui tapant dans la main.

— Très bien, dit la prof. Maintenant, imaginez toutes ces observations dans le premier paragraphe d'une histoire. Elles situeraient immédiatement votre texte dans l'esprit du lecteur, non ? Suivez-moi.

Elle les emmène sur l'immense terrain derrière le bâtiment des sciences Beckett.

— Vous allez vous trouver un endroit qui vous inspire. Ensuite vous écrirez quelque chose dessus. Mettez-y au moins cinq observations spécifiques afin d'établir une impression du lieu. Après ça, vous pouvez laisser votre imagination divaguer. Vous avez une heure.

Ils se dispersent. Brunson s'assied sur la passerelle qui relie les deux ailes du bâtiment. Freddy grimpe dans un arbre et balance les pieds par-dessus une grosse branche. Ramin s'allonge près du petit ruisseau sous le pont. Quant à Beth, elle s'éloigne jusqu'à la statue de Galilée.

Spence n'arrive pas à se décider.

— Comment ça se passe ? vient lui demander Douglas.

— Oh, je ne sais pas. J'ai juste… Je crois que ce qui m'intéresse surtout, c'est de parler des gens. Construire des dialogues, par exemple. Les descriptions et l'observation ne me viennent pas naturellement.

— Eh bien, c'est dans cet objectif que tu es là, non ? Pour apprendre tout ce qui ne te vient pas facilement.

— Oui, vous avez raison.

Une émotion inhabituelle l'étreint : l'incertitude.

— Professeure Douglas ?

— Oui, Amanda ?

— J'ai ma place dans ce groupe, n'est-ce pas ? Vous ne m'avez pas acceptée parce que Sullivan vous l'a demandé ?

Douglas plisse les yeux.

— Qu'est censé avoir fait M. Sullivan ?

— Il vous a demandé de m'accepter, répète Spence. Il ne vous a pas, euh... parlé de moi ?

— Absolument pas. Et il sait parfaitement qu'il est inutile d'essayer d'influencer mes décisions.

Spence sent son cœur s'emballer. Elle est extrêmement fière, d'un côté, d'avoir été admise sans recommandation. Toutefois, plus important, elle se sent trahie par Sullivan qui avait promis de l'aider. Pourquoi n'a-t-il pas tenu promesse ? Est-ce qu'il ne croit pas en elle ? Ou, pire, a-t-il peur qu'elle n'admire un autre professeur que lui ?

— Waouh. Et dire que depuis tout ce temps je croyais que vous m'aviez acceptée uniquement parce qu'il vous l'avait demandé.

— Passons un accord, dit Douglas. Je ne te sous-estime pas, et, en échange, toi, tu ne me sous-estimes pas.

— Marché conclu, dit-elle en digérant la nouvelle information.

— Très bien. Maintenant, va écrire.

Spence dépasse le bâtiment des sciences jusqu'au labo de langues près duquel un banc porte le nom de son grand-père. Elle a toujours des flashs de lui en passant devant, mais elle n'avait jamais pris le temps de *penser* réellement à lui. Jusqu'à maintenant. Elle songe surtout à la différence entre ses grands-parents de chaque côté.

Alors, elle se met à écrire frénétiquement au sujet de ses ancêtres. Du côté paternel, une longue lignée de fortune et de privilèges. Du côté maternel, des grands-parents qui faisaient partie de la première vague d'immigrants à quitter l'Inde pour les États-Unis dans les années 1960. Des médecins qui ont fait le chemin depuis Delhi jusqu'à Jackson Heights, puis Long Island, qui ont voulu empêcher leur fille de devenir mannequin. Et maintenant, il y a Spence, qui rêve de briser à son tour les barrières comme l'a fait sa mère, mais qui sait que les chances sont contre elle, à moins qu'elle ne quitte le pays. Un jour, sa mère lui a confié qu'au lieu d'ouvrir la route à plus de mannequins indiennes, elle avait parfois l'impression d'avoir fait tout le contraire.

— Je connais l'industrie de la mode. Pour eux, une seule modèle indienne est largement suffisante, a-t-elle dit à Spence avec un soupir. Je crains parfois de ne pas avoir ouvert les portes aux femmes comme moi, mais plutôt de les avoir verrouillées.

Spence déteste que sa mère puisse penser cela alors que ce n'est pas elle qui ferme ces portes. Mais, tout en écrivant, elle s'aperçoit que ce que sa mère lui a dit et ce qu'Amira expliquait au sujet de Sullivan sont deux versions de la même histoire. Est-ce qu'il n'a pas choisi Amira parce qu'une seule comédienne indienne lui suffisait ? Dans son texte, elle décrit l'avenir dont elle veut faire partie. Un monde où plus d'une seule modèle indienne peut exister, plus d'une histoire indienne, plus d'une élève de couleur distribuée dans la pièce de l'école.

L'heure s'écoule rapidement. À la fin de la séance, Douglas leur rend leurs nouvelles.

— Nous n'allons pas les lire, dit-elle. Mais elles étaient excellentes.

Douglas a griffonné des notes rapides en marge, telles que : *Nécessaire ? Répétition*, *Perspicace, Montre au lieu de raconter* et *Fascinant, développe.*

Douglas ferme son blouson.

— Pour la prochaine fois, je veux que vous vous essayiez à la poésie. Écrivez un poème inspiré par ce que vous venez d'observer. À la semaine prochaine.

Le groupe s'attarde après le départ de la prof.

— On va déjeuner ? propose Spence.

— Oui, répond Beth, j'ai toujours faim.

— Moi aussi, enchaîne Brunson.

Se fait-elle des idées, ou Beth et Brunson semblent s'entendre un peu mieux à présent ? Peut-être que la vérité a réellement fini par les libérer ?

En chemin, Spence veut prendre la main de Freddy qui hésite.

— Quoi ? souffle-t-elle, confuse.

— Rien, c'est juste qu'on devrait leur dire, pour que ça ne soit pas bizarre, explique-t-il en regardant Ramin.

— Tu as raison, dit-elle en se tournant vers le groupe. Hé, les gars, Freddy et moi, on a un truc à vous dire.

— Vous vous êtes mariés ! s'exclame Beth.

— Vous allez avoir des jumeaux ! embraye Brunson.

— Vous avez fait un test ADN et vous êtes cousins ! renchérit Beth.

— Beurk, non, stop, glousse Spence. On est juste... vous savez...

— On n'a pas vraiment établi de définition, l'aide Freddy. Mais on est ensemble, et on ne voulait pas que vous pensiez qu'on faisait des cachotteries, donc...

— Vous formez un couple agaçant de perfection, déclare Beth.

— D'une perfection obscène, c'est limite dégueu, ajoute Brunson sous les rires de Beth.

Spence se crispe.

— Bon, je sais que c'est pour rire, mais on peut éviter ? Parce que je n'ai plus envie d'être parfaite. Je veux être... je ne sais pas, authentique.

Freddy lui serre fort la main.

— Hé, tu n'as pas besoin d'être parfaite avec moi, dit-il doucement.

— Avec nous non plus, ajoute Brunson.

Soudain, elle se sent intimidée, mais elle est contente de s'être exprimée.

Une fois dans le réfectoire, Ramin leur dit enfin :

— Je suis content pour vous.

Spence se sent légère ce jour-là. Après le déjeuner, ils se rendent à Livingston pour récupérer son caméscope numérique qu'ils emmènent au lac où ils se filment en train de danser, chanter, et faire les andouilles. Ce n'est que lorsque Mme Plain informe les filles de Livingston qu'il est l'heure d'éteindre qu'elle se rappelle qu'elle en veut à mort à Sullivan. Pourquoi n'a-t-il pas tenu sa promesse ?

— Comment Miller insuffle-t-il le surréalisme à sa pièce ? demande Sullivan à la classe de scénario, plus tard dans la semaine.

— Déjà, toute la pièce se déroule dans sa tête, répond Dallas Thompson.

— Dans sa tête ?

— Enfin, dans la tête du protagoniste. Mais, euh... c'est lui, non ? balbutie Dallas.

— Oui, c'est lui, lance Spence. La pièce n'est que le récit à peine voilé de son mariage avec Marilyn Monroe. Pourquoi on lit ça, d'ailleurs ?

Sullivan plisse les yeux, surpris par son attitude.

— Nous la lisons parce qu'Arthur Miller est l'un de nos plus grands auteurs de théâtre, et...

— D'accord, mais qui a décidé ça ? coupe Spence. Pourquoi lui ? Pourquoi pas... (Elle se rappelle la critique de Brunson au sujet du programme.) Pourquoi pas Lorraine Hansberry ou Lillian Hellman, ou...

— Spence, ne nous emballons pas.

Elle tressaille en l'entendant l'appeler par son surnom. Les autres élèves l'appellent Spence. Les profs l'appellent Amanda.

— Ne nous emballons pas en parlant de *théâtre* ? Une forme d'art qui ne requiert pour ainsi dire que de la passion ?

— Bien vu. Mais revenons-en à la pièce qui nous intéresse, veux-tu ?

— Mais je *parle* de la pièce. Marilyn venait à peine de mourir quand ils ont donné la première. Elle n'a jamais pu révéler sa version de l'histoire. Et puis c'est nul d'avoir fait un portrait aussi vulgaire d'elle.

Spence ne sait pas d'où lui vient toute cette colère. En veut-elle à ce point à Sullivan pour l'histoire de la recommandation ? Ou peut-être s'identifie-t-elle à elle, après avoir passé l'été dans un cours de théâtre autrefois fréquenté par Marilyn Monroe ?

Sullivan se tourne vers toute la classe.

— Chaque auteur se voit fatalement inspiré par son entourage. En général, ces gens n'ont pas leur mot à dire. Peut-être parce qu'ils sont morts, ou parce que ce ne sont pas des auteurs. Mais si on arrête d'écrire parce qu'on n'a pas le droit de raconter des histoires sur son ex-femme, ou ses parents, ou encore ses amis, dans ce cas, il n'y aurait plus de théâtre. Plus de livres. Plus de films.

Elle veut protester, mais sans savoir comment le formuler. Elle veut dire qu'il y a une façon respectueuse d'écrire, et une façon merdique. Mais elle se tait. Il l'a mise en échec, et elle sent déjà le reste de la classe approuver tout ce qu'il vient de dire.

— Bien. Revenons à la structure de la pièce. Que pouvez-vous me dire sur la temporalité non linéaire utilisée par Miller ?

Le reste du mois d'octobre lui semble non linéaire. Elle se laisse aller à sa relation avec Freddy. Le Cercle s'amuse de plus en plus. Elle découvre que la poésie n'est définitivement *pas* son style de prédilection en rendant à Douglas une comptine complètement idiote. Sa colère contre Sullivan ne cesse de croître.

Un après-midi, après les répétitions d'*Angels in America*, il l'intercepte avant la sortie.

— Spence, tu peux rester une minute, s'il te plaît ?

Sans rien dire, elle jette son sac sur son épaule et le fixe du regard.

— C'est bientôt Halloween, déclare-t-il.

— Ah oui.

L'an dernier, il avait accepté de la laisser se servir dans le local à costumes.

— Tu veux les clés du local, cette année ?

Ce serait tellement marrant de faire enfiler un costume élisabéthain ridicule à Freddy. Ses jambes olympiques seraient mignonnes en collant...

— Oui, merci, dit-elle.

— Spence, est-ce que tout va bien ? Tu as été assez... irritable, ces derniers temps.

Elle prend la mouche. Elle se retient depuis presque deux semaines. Il est temps de lui poser la question.

— Désolée, dit-elle. C'est juste que... J'ai su que vous n'aviez pas parlé de moi à la professeure Douglas. Ce n'est pas tellement grave puisque je suis quand même entrée dans le Cercle, mais... pourquoi m'avez-vous menti ? Vous ne vouliez pas que je me disperse, ou vous me disiez juste ce que j'avais envie d'entendre, ou…

— Non, et non. La vérité est souvent plus simple qu'on ne le pense.

— D'accord, alors c'est quoi, la vérité ?

Il se rapproche d'elle.

— La vérité, c'est que j'avais l'intention de lui parler de toi. Mais l'un de mes collègues m'a informé que la professeure Douglas ne supporte pas qu'on intervienne dans ses décisions.

— Oh.

— J'ai pensé que ça pouvait se retourner contre toi. Et de toute façon, je savais que tu n'avais pas besoin de mon aide.

Elle resserre sa queue-de-cheval.

— Bon, maintenant je me sens vraiment bête. Pardon.

— Excuses acceptées.

— Je suis vraiment désolée.

— Spence, ce n'est pas grave.

Il lui tend une main qu'elle serre. Puis il la serre contre lui, ce qui lui fait une impression bizarre.

— Viens là, dit-il en l'attirant si près qu'elle sent son après-rasage.

Elle le repousse doucement.

— Tu sais où sont les clés du local, reprend-il. Assure-toi d'avoir tout ramené le lendemain.

— Merci. Merci pour… tout.

Halloween est un événement d'importance à Chandler, suffisamment pour que Douglas annule le Cercle ce dimanche matin afin de leur donner le temps de préparer leurs costumes pour le Festival des Frissons, un bal et un concours de déguisements que *tout le monde* prend très au sérieux, même le corps enseignant. L'an dernier, le principal Berg s'est déguisé en Napoléon, Madame Ardant en Édith Piaf et M. et Mme Plain ont reproduit le couple peint dans le tableau *American Gothic* de Grant Wood. Même Douglas a joué le jeu. Elle est venue en Gertrude Stein. Chaque année, c'est un élève qui remporte la compétition, ainsi que le droit de se vanter. L'année précédente, Henny Dover a réussi à se changer en Bill Clinton d'un côté et Hillary Clinton de l'autre. Une vraie prouesse.

— Où est-ce que tu nous emmènes ? demande Brunson cet après-midi-là.

— C'est une surprise ! s'exclame Spence, surexcitée de montrer au Cercle ce à quoi ils ont accès.

Elle les guide jusqu'au studio artistique Harbor, dépassant les anciens programmes de pièces encadrés dans le couloir, jusqu'au local. Elle récupère la clé derrière le cadre de la production de 1989 de *La Chatte sur un toit brûlant*.

— Je ne sais pas si c'est une bonne idée, dit Brunson avec appréhension.

— On ne fait rien de mal, lui assure-t-elle.

Beth entre dans le local, les yeux écarquillés.

— On peut prendre ce qu'on veut ? interroge Ramin.

— On peut *emprunter* ce qu'on veut. On doit tout rendre demain matin.

Beth se choisit une robe noire et blanche utilisée dans *My Fair Lady*.

— C'est incroyable.

Spence s'enveloppe dans la cape du Petit Chaperon rouge d'*Into the Woods*.

— N'est-ce pas ? Sullivan est le meilleur.

— C'est bon à savoir, dit Sullivan.

Il est à la porte du local, sourire aux lèvres.

— Salut ! On vient d'arriver, mais merci encore. On est super contents.

— Mais je t'en prie.

— Il faut que je vous présente à mes amis, dit-elle, l'incroyable Cercle. Vous connaissez évidemment Freddy, qui vit dans votre résidence. Et voici Ramin, Beth et Brunson.

Tous lui font signe, sauf Brunson qui dit :

— On s'est déjà rencontrés.

— Ah bon ? Je ne m'en souviens pas, déclare Sullivan.

— J'ai passé l'audition pour *A Chorus Line*, lui rappelle Brunson.

— Oh, il y a tellement de candidats pour la comédie musicale du printemps. J'espère que tu retenteras cette année.

— J'en doute. Je ne sais même pas chanter.

— Il y a toujours la pièce de l'hiver, dans ce cas, reprend Sullivan. Attendez de voir votre copine dans *Angels in America*. Elle va vous épater dans son double rôle.

— Ça, je n'en doute pas, dit Freddy en attirant Spence contre lui avec fierté.

— Ouais, le théâtre n'est plus trop mon truc, je crois, conclut Brunson.

— Le théâtre, ce n'est pas pour tout le monde, c'est sûr, répond Sullivan. Mais c'est ça le plus génial à Chandler, non ? Vous pouvez vous essayer à tout ce que vous voulez pour trouver ce qui vous plaît, ce qui vous excite.

— Exactement ! s'exclame Spence.

— Eh bien, amusez-vous bien à trouver vos costumes. Je pensais venir en Che Guevara cette année. Vous en pensez quoi ? Ça m'irait ?

Spence jette un coup d'œil à Freddy qui dit calmement :

— Je pense que ce serait une bonne idée de choisir un autre personnage historique.

Sullivan hausse les épaules.

— Tu dois avoir raison. Amusez-vous bien.

— Merci encore ! lance Spence

Une fois Sullivan parti, elle retire sa cape rouge pour parcourir les rayons et les corbeilles à la recherche de quelque chose de *fantastique*.

— Dites, euh, balbutie Brunson. Je... désolée. Je viens juste de me rappeler que ma mère doit m'appeler dans dix minutes. Je vous retrouve au Festival des Frissons, OK ?

Elle sort précipitamment sans un regard en arrière.

— Qu'est-ce qu'elle a ? demande Spence.

— Aucune idée, dit Ramin.

Spence se tourne vers Beth.

— Tu as habité avec elle. Tu sais quelque chose ?

— Rien du tout. Mais on devrait aller voir si elle va bien, non ?

Ils sortent du bâtiment, Spence en tête, mais Brunson a déjà disparu. Whistler et Connor Emerson, méconnaissables en Courtney Love et Kurt Cobain du début des années 1990, les arrêtent.

— *And the sky was made of amethyst*, hurle Whistler.

— Oh, salut Whistler, fait Spence, agacée. Où a-t-elle pu aller ? demande-t-elle au groupe.

— Elle habite chez Mme Song, indique Beth. On pourrait commencer par là.

Ils se mettent en marche quand soudain, Freddy lance :

— Hé, attendez. Je sais exactement où elle a pu aller.

Spence réalise à cet instant. Bien sûr. Le lac.

SARAH BRUNSON

Brunson prend une grande inspiration dans l'espoir insensé de se calmer. Elle a réussi par miracle à se maîtriser pendant tout le temps où Sullivan lui expliquait que le mieux à Chandler était de pouvoir essayer ce qui l'*excitait*.

Une fois sortie du studio, le malaise l'envahit. Le même qu'elle a ressenti ce soir-là, l'an dernier. Merde, dire qu'elle croyait avoir dépassé tout ça, voilà que ça revient à l'assaut.

Whistler et Connor Emerson descendent les marches du bâtiment en chantant « Come As You Are ». Elle se dépêche pour les éviter et échapper à une conversation sans intérêt.

Elle se dirige vers la maison de Mme Song pour trouver un endroit calme où vomir. Mais, en route, elle tombe sur Laurie Lamott déguisée en Monica Lewinsky.

— Salut, Brunson ! Tu n'es pas encore déguisée ?

— Je, euh… j'allais me changer justement.

Le trajet est une course d'obstacles pour éviter les élèves costumés et les conversations gênantes. Elle sprinte en apercevant Barman grimée en Père Close, et tourne la tête quand Jane King et Rachel Katz arrivent main dans la main, en petites filles terrifiantes de *Shining*. Les enfants sont l'unique constante de beauté et d'innocence dans la vie de Brunson. Pourquoi fallait-il que quelqu'un en fasse un portrait aussi inquiétant ?

Le pire de cette course d'obstacles est le déferlement de Brandon Lee de *The Crow*. Une mer de garçons vêtus de noir avec des maquillages morbides. Le but est atteint : c'est un vrai film d'horreur.

C'est là qu'elle fait demi-tour. Il y a un endroit où elle ne trouvera pas âme qui vive. Mais avant cela, elle manque presque de percuter Amira et Lashawn, déguisées en Zubin Mehta et RuPaul.

— Ça va ? demande Amira.

— Je… oui, ça va.

La nausée ne fait que grandir en elle. Des larmes de colère lui montent aux yeux. Elle s'enfuit en pensant aux années passées à retenir sa mère pendant qu'elle vomissait, à nettoyer derrière elle. Soudain, elle s'aperçoit que c'était jusqu'ici les meilleures années de sa vie. Au moins, on avait besoin d'elle. Elle avait un but, une utilité. Et c'était du temps qu'elle ne passait pas à se regarder le nombril. Enfin arrivée au lac, elle s'assied et respire profondément.

— Brunson ! appelle la voix de Spence.

Elle lève la tête et ils sont là. Le Cercle. Curieusement, dans sa fuite effrénée, elle a oublié que le Cercle pouvait la retrouver ici.

— Je suis désolée, dit-elle. Allez au festival. S'il vous plaît. Amusez-vous.

Spence s'accroupit près d'elle.

— Est-ce que ça va ? Que s'est-il passé ?

Beth s'assied de l'autre côté.

— Tu peux tout nous dire.

Son regard passe entre les deux filles, et elle ne peut s'empêcher de rire.

— Qu'est-ce qu'il y a de drôle ? demande Beth.

— Rien. À part que toi (elle désigne Spence), tu dois probablement savoir pourquoi je l'ai fui.

— Je ne vois pas du tout de quoi tu parles, déclare Spence.

— Quant à toi, ajoute-t-elle en montrant Beth, tu n'as rien fait pour m'aider l'an dernier.

— T'aider comment ? Quand ?

Ramin et Freddy viennent s'asseoir en face d'elles.

— Brunson, c'est nous, la rassure Ramin.

Elle a envie de tout leur dire. Mais par où commencer ? Leur raconter ce soir-là seulement ? Ça n'expliquerait pas tout. Chandler était censé prendre soin d'elle. Elle est venue ici après des années à prendre soin de toute sa famille, sans jamais savoir comment c'était, de n'être qu'une gosse insouciante, d'avoir une vie remplie de possibles. C'était ce que cet endroit devait lui montrer, et lui, il lui a tout volé.

— J'étais tellement heureuse quand on a commencé à m'appeler Brunson, commence-t-elle doucement. C'était comme une nouvelle identité. Sarah était triste en permanence et s'occupait de tout le monde, mais Brunson... Brunson allait ne s'occuper que d'elle-même. Elle allait tout faire, tout essayer. Le journal du lycée, le conseil étudiant, l'aide psychologique et... le théâtre. Je suis nulle en chant, mais j'adore le théâtre. Surtout les comédies musicales.

— D'accord, dit Spence.

— J'ai passé l'audition pour *A Chorus Line*. J'ai récité un monologue d'*Un tramway nommé désir*. Et j'ai chanté faux un couplet de « At the Ballet ». J'ai dit à M. Sullivan que je savais que mon chant n'allait pas, mais que je pouvais jouer l'une des danseuses, celle qui chante faux et qui se fait recaler du spectacle. Et il m'a répondu qu'il voulait me parler en privé de mon potentiel.

— Merde, lâche Freddy, qui a les yeux sur Spence.

— Pourquoi vous me regardez ? demande Spence avant d'exhorter Brunson à continuer.

— J'étais en troisième division. J'étais une gamine. Enfin, je suis toujours une gamine, mais... enfin bref, je suis allée à la résidence Holmby comme il voulait. Je trouvais ça bizarre, mais je me suis persuadée que c'était normal. Ce n'était pas plus différent que d'aller voir un prof dans son bureau, ou au secrétariat. Et puis, là-bas, il s'est approché de moi et...

Elle se tait, transpercée par les souvenirs douloureux.

— Oh, non, souffle Beth.

— Si seulement je n'y étais pas allée… mais je n'ai jamais cru qu'il se passerait quoi que ce soit. Je n'aurais jamais cru que les promotions canapé style Hollywood existent aussi au lycée.

Une fois de plus, Freddy se tourne vers Spence.

— Quoi, Freddy, quoi ? Ça ne m'est jamais arrivé, OK ?

— Pardon, dit Freddy. Je ne voulais pas paraître accusateur. C'est juste que…

Spence s'adoucit.

— Ça va. On peut… s'occuper de Brunson, là ?

— Je pense qu'il m'a aussi fait croire que j'étais spéciale, reprend-elle. Il m'a dit que pour être une grande actrice, il fallait creuser sa vie personnelle. Et, je ne sais pas pourquoi, mais je lui ai tout raconté pour ma mère et… enfin, je ne sais pas. C'est agréable qu'un adulte vous écoute aussi bien.

Elle attend que quelqu'un ouvre la bouche. Au bout d'un moment, Beth demande :

— Qu'est-ce qu'elle a, ta mère ?

Brunson secoue la tête en s'apercevant avec stupéfaction qu'elle ne leur en a toujours pas parlé.

— Oh, ma mère a eu un cancer. Pendant très longtemps, explique-t-elle d'une voix fêlée en croisant le regard de Beth. Et ces cheveux partout dans notre chambre, l'an dernier… ça me rappelait quand elle perdait les siens.

— Oh mon Dieu, mais pourquoi tu ne m'as rien dit ?

Brunson la fixe du regard, mais Spence prend la parole :

— Et Sullivan ? Qu'est-ce qu'il a fait ensuite ?

Elle soupire et baisse les yeux.

— À un moment, il s'est rapproché. Il n'a qu'un canapé dans son salon…

— Mince, c'est vrai, fait Spence avec un air de dégoût.

— J'étais assise à un bout, mais plus on parlait, plus il se rapprochait. Et puis il…

La honte l'envahit.

— Cette espèce d'ordure, crache Freddy.

— Tu n'es pas obligée de terminer si tu n'as pas envie, assure doucement Ramin.

— Si, déclare-t-elle avec une détermination soudaine. Maintenant que j'ai commencé, je dois finir. Il faut que ça sorte.

— Prends ton temps, conseille Beth.

Où était *cette* Beth l'an dernier ? Que se serait-il passé si elles s'étaient parlé plus tôt ?

— Il m'a embrassée. Il… Je… enfin, j'étais sous le choc et je crois qu'au départ je n'ai pas réagi. Je suis restée là à me laisser faire.

— Tu ne t'es pas *laissé* faire, insiste Freddy. Tu as été agressée.

— Oui. Ça, je crois que je l'ai compris quand il a remonté ses mains sous ma jupe et…

— Purée, jure Spence, la tête dans les mains.

— C'est là que je me suis enfuie.

— Tu es revenue à notre chambre ? demande Beth.

— Pas immédiatement. J'ai couru dans les bois. Je voulais juste disparaître. Mais même la forêt était pleine de monde. Je suis tombée sur un groupe de sixièmes divisions qui fumaient, et même si je m'étais promis de ne jamais *rien* fumer à cause de ma mère, j'ai demandé une cigarette. Je me suis sentie encore plus mal. Malade et étourdie… et j'ai eu l'impression de trahir ma mère. Ensuite, je suis revenue à notre chambre. (Elle se tourne vers Beth.) Tu étais là, avec ton casque. J'ai voulu te parler, mais tu ne daignais même pas lever la tête vers moi.

— Je… Je suis tellement désolée. J'avais l'impression d'être un imposteur dans cette résidence. Je voulais juste que tout disparaisse autour de moi.

— Oui. Tu as réussi à me faire disparaître. Je n'ai pas arrêté d'essayer de te parler, mais toi, tu… tu refusais.

— Je ne m'en souviens plus. Et je ne m'en serais jamais doutée… tu étais copine avec toutes les filles de la résidence. Jamais je n'aurais cru que tu aurais pu avoir besoin de moi…

— Ça n'a plus d'importance maintenant, coupe Brunson. Je sais que tu ne me voulais pas de mal, et j'espère que tu sais que je ne te voulais pas de mal non plus. J'essayais seulement de… je ne sais pas, d'entrer dans le moule. De me faire des amis.

— Brunson, souffle Beth. On habitait ensemble. J'aurais dû remarquer que tu…

Beth lui pose une main maladroite sur l'épaule qui la fait tressaillir.

— J'aurais dû me douter que quelque chose clochait.

— Tu n'y pouvais rien. Je ne t'ai jamais rien laissé voir. Je ne t'ai même pas parlé de ma mère. Je ne voulais parler de sa maladie à personne. J'étais venue ici pour fuir tout ça.

— Quand même…

Beth se mordille la lèvre.

— Et puis, pourquoi tu aurais été gentille avec moi alors que moi, j'ai été odieuse toute l'année ? reprend-elle avec un rire guttural. Je m'en rends compte maintenant.

— En tout cas, je suis désolée, conclut Beth.

— Moi aussi, Beth. Mon attitude envers toi me rend malade. Ce que je vivais n'était pas une excuse pour t'enfoncer. Et Ramin, quand j'ai lu ta nouvelle… j'ai compris exactement ce que tu as ressenti.

— C'est pour ça que tu voulais la publier ? demande-t-il.

— Peut-être. Je n'étais pas prête à affronter Sullivan et j'ai dû croire qu'affronter tes délégués était un premier pas pour changer les choses à Chandler. Je ne sais pas…

— Je n'arrive pas à le croire, dit Spence.

— Attends, tu ne me crois pas ?

— Non, ce n'est pas ce que j'ai dit. Bien sûr que je te crois.

Elle avait tellement redouté d'en parler à Spence, qui semble si proche de Sullivan.

— Ce que je veux dire, reprend Spence en pesant ses mots, agrippée à la main de Freddy, c'est que je suis surprise, parce qu'il n'a jamais dépassé les bornes avec moi. Enfin, il m'a prise dans ses bras et il m'a déjà touchée pendant les répétitions, mais seulement pour me montrer un mouvement pour une scène, ou…

— Un prof qui te prend dans ses bras ou qui te touche, ça ne dépasse pas déjà les bornes ? demande Freddy.

Spence acquiesce lentement.

— En fait, je crois que si.

— Il ne doit pas rester ici, déclare Freddy. S'il s'en est pris à toi, il s'en prendra à d'autres filles. On ne peut pas le laisser faire.

— Freddy a raison, appuie Beth.

— Oui, bien sûr, parce que ça changera quelque chose que je dise qu'il m'a embrassée et pelotée, lâche amèrement Brunson. Franchement. J'ai même écrit une lettre au principal à ce sujet, cet été.

— Ah bon ? fait Spence, stupéfaite. Tu l'as envoyée ?

— Non. J'ai fini par la brûler. La parole d'une quatrième division n'a aucun poids, ça je le sais.

— Et si tu demandais conseil à Douglas ? suggère Beth.

— Non. Elle se sentira obligée de faire quelque chose.

— Mais peut-être que si ça vient d'elle...

— Ça ne fait aucune différence. C'est ma parole contre la sienne.

— Mais on ne peut pas..., commence Spence.

— S'il vous plaît. Laissez tomber. Si je l'accuse, il ne va *rien* se passer. C'est comme ça que ça marche. C'est moi qui aurai la honte et lui, il continuera à donner ses cours.

— Tu as raison, confirme Ramin. C'est pour ça que je ne voulais pas publier ma nouvelle.

— Je comprends maintenant, dit Brunson. Je ne sais pas ce qui m'est passé par la tête. Tu avais raison, Ramin. On ne peut pas changer le système. Tout ce qu'on peut faire, c'est tourner la page et avancer. Au moins, maintenant, vous êtes là, je peux vous parler.

Ils restent assis en silence les yeux sur le lac, comme s'ils attendaient qu'il leur dévoile un autre chemin.

RAMIN GOLAFSHAR

— Hé, qu'est-ce que tu fabriques, toi ? crie le responsable de la cuisine.

Ramin baisse les yeux. Il est en train de mettre les fourchettes sales dans les paniers destinés aux couteaux.

— On a un système. Si tu perturbes le système, tu fous tout en l'air.

— Pardon, je suis fatigué.

— Les jeunes, toujours fatigués de quelque chose, grommelle le type en s'éloignant.

Freddy, occupé à sa corvée à quelques mètres, se tourne vers Ramin.

— Ça va ?

— Oui. J'ai mal dormi. Je n'ai pas arrêté de penser à Brunson.

— Pareil.

— Qu'est-ce qu'on peut faire pour l'aider ? demande Ramin.

— Je ne sais pas.

Freddy jette un reste de céréales dans une grande poubelle.

— La soutenir, déjà.

— Oui…

Ramin observe le tapis roulant qui emporte les paniers de vaisselle sale. Il ferme les yeux en regrettant de ne pas pouvoir mettre toutes les brutes, tous les profs agresseurs sur un tapis roulant qui les ferait tous disparaître.

Le réfectoire bouillonne d'animation quand Freddy et lui en sortent. Le petit déjeuner sent tellement meilleur quand on le mange que quand on doit le nettoyer. Les odeurs de sirop d'érable et de viennoiseries, ainsi que les bavardages, emplissent la grande salle lambrissée.

— Je n'arrive pas à le croire, dit Jane King à ses copines. C'est fini. C'est la fin.

Ramin déglutit. Qu'est-ce qui est fini ?

À une table de dernières années, Henny Dover lance un bruyant : « Crache le blé ! » à Marianne Levinson.

— Combien on avait parié déjà ? demande Marianne.

— Deux cents balles, tu as dit qu'il serait rentré chez lui à Thanksgiving et moi, j'ai dit premier novembre. Au jour près.

— D'accord, je te les donnerai quand j'aurai du liquide, concède Marianne. Ou alors je te paierai un festin à la cafétéria.

Connor Emerson arrête Ramin et Freddy avant la sortie.

— Vous êtes au courant ?

Ramin sent sa gorge se serrer. Brunson aurait-elle parlé, finalement ?

— Euh, au courant de quoi ? demande Freddy.

— Les jours de clodo de M. Plain sont terminés. Il lève le camp et retourne à Livingston.

— Oh, fait Freddy avec un coup d'œil à Ramin. Sacrée nouvelle.

Henny Dover, ravie de son pari victorieux, se dandine sur sa chaise à présent.

— Je l'avais prédit *au jour près*, bande de nulles !

Dans la frénésie de sa chorégraphie, elle donne un coup au sac posé sur la chaise voisine et le renverse par terre.

— Oh, attention ! s'exclame la voix de Toby.

Ramin se retourne et ils sont là. Toby et Seb viennent d'entrer dans le réfectoire, accompagnés de Charles Cox et de Bud Simonsen. Toby bondit pour ramasser les affaires d'Henny.

— Attends, laisse-moi t'aider, Henny.

C'est la première fois qu'il se montre aussi courtois. Jusqu'à ce qu'il attrape quelques tampons et décide de faire semblant de les fumer.

— Quel excellent cigare, ricane-t-il. Il a du corps en bouche. Il doit avoir un sacré débit.

— La ferme, Toby, glousse Henny.

Toby lance le tampon à Bug qui l'ouvre et l'accroche à son oreille.

— Hé, vous pensez quoi de ma boucle d'oreille ?

— C'était quoi le truc sur les mecs à boucles d'oreilles, déjà ? demande Seb en tapant Bud.

Puis, Seb entreprend de poser deux tampons sur sa tête comme des antennes.

— E.T. téléphone maison, fait-il d'une voix robotique.

Toby lance un tampon à Freddy qui le rattrape et le rend immédiatement à Henny.

— Désolé pour ces clowns, dit-il.

Il quitte le réfectoire sans s'adresser aux autres.

Ramin lui emboîte le pas et le salue avant de rejoindre sa salle de classe.

Le premier cours porte sur la figure du héros, dans le bâtiment Humanitas. Une petite foule s'est rassemblée à l'extérieur pour regarder Mme Plain aider son mari à lever le camp. Elle plie soigneusement les draps et range les tupperwares dans un sac en papier.

M. Plain s'adresse à la foule de curieux.

— C'est bon, vous pouvez retourner en classe. J'espère que vous avez au moins compris la chance que vous avez tous.

Ramin entre dans le bâtiment. Devant la salle est apparue une citation qui n'était pas là précédemment : « Un mauvais chirurgien fait du mal à une personne à la fois. Un mauvais professeur fait du mal à 130. » Elle est attribuée à un certain Ernest Boyer.

— Pourquoi cent trente ? demande Sarah Sumner à Jane King en entrant dans la salle.

— Peut-être que le prof de la citation ne donne que des cours de cent trente élèves, suppose Jane. J'en sais rien.

En s'installant au fond de la salle, Ramin se demande à combien d'élèves Sullivan a fait du mal. Seulement Brunson ? Ou cent trente filles ? Il écoute les conversations des quatrièmes divisions au sujet du couple Plain.

— Vous savez ce que je crois, commence Benji. Je crois que M. Plain a fait ça uniquement pour ne plus avoir sa femme sur le dos.

Ça fait rire tout le monde.

Au déjeuner, Ramin trouve le Cercle assis dans un coin au fond du réfectoire.

— Salut.

— Où est ton plateau ? demande Beth.

— Je n'ai pas faim.

— On était de corvée cuisine ce matin, explique Freddy. Ça a tendance à couper l'appétit.

Mais ce n'est pas la seule raison. Quelque chose a changé en lui cette nuit. C'était une chose de savoir que les élèves se martyrisaient entre eux. Mais apprendre que les profs abusent des élèves aussi le remplit d'une nouvelle forme de colère et de peur. Toutefois il se tait. Il n'a pas le droit de faire revivre tout ça à Brunson.

Il sèche l'après-midi entier de cours. Le sous-sol de Wilton Blue est désert quand il y arrive. Rien que l'odeur ici le terrorise.

Il referme sa porte derrière lui et sort son recueil de poésie. Allongé sur son lit, il effleure l'écriture d'Arya en se remémorant leur dernière conversation. Ramin l'avait supplié de ne pas s'en aller. Arya avait répondu que ce n'était plus lui qui choisissait. Ses parents avaient décidé de partir pour la Turquie. Qu'allait-il faire, vivre seul à Téhéran ? Mais ça n'avait pas empêché Ramin de pleurer et d'implorer. Il lançait des suggestions absurdes. Ils pouvaient fuir en France ensemble. Ils pouvaient demander à être internés à l'hôpital psychiatrique parce qu'ils étaient gays. Changer d'identité. Rien n'avait convaincu Arya, qui savait accepter la défaite mieux que lui. Avant de le quitter, il avait dit : « Je crois que ce sera plus facile pour nous deux si on ne se parle plus jamais. »

On frappe à la porte. Ramin retient sa respiration dans l'attente de voir apparaître un de ces odieux délégués.

— C'est moi, dit la voix d'Hiro derrière la porte.

— Entre.

Hiro tient son sac à dos.

— Pourquoi tu n'étais pas en SVT ?

— Mal au ventre.

Ce n'est pas tout à fait un mensonge. Il a l'estomac noué depuis le début de la journée.

— Pasur ? propose Hiro.

Ramin accepte, soulagé de pouvoir se changer les idées.

— Ça t'arrivait de construire des cabanes, quand tu étais petit ? demande Hiro.

— Non.

— Attends.

Hiro attrape le drap et la couverture qu'il jette par-dessus eux deux. Il y a juste assez de lumière pour leur permettre de voir leurs cartes.

— On faisait ça avec ma sœur. On se cachait sous les couvertures et les oreillers pour que personne ne nous trouve.

Ils jouent pendant des heures. Jusqu'à ce que la sécurité de la cabane soit soudain perturbée par un bruit de lutte à l'extérieur.

— Je crois que c'est Benji qui crie, constate Ramin.

— Merde, se contente de dire Hiro en soulevant le drap, révélant la lumière crue.

Ils courent jusqu'à la salle commune, où Seb et Toby sont affairés à saucissonner Benji avec le cordon de l'aspirateur, sous les regards terrifiés de certains élèves, et jubilants de certains autres.

— Ça t'apprendra à ne pas nettoyer tes saletés dans la salle commune, déclare Seb.

— D'accord, j'ai compris la leçon, grogne Benji.

— Tu crois qu'il a vraiment compris la leçon ? demande Toby à Seb.

— J'en sais rien. On devrait faire une interro.

Seb resserre le cordon autour de la taille de Benji et le remonte jusqu'à son torse.

— Première question, lance Toby avec une très mauvaise imitation d'accent britannique. Que fait-on quand on laisse des miettes partout par terre ?

— On les nettoie, répond Benji.

— Avec quoi ?

Benji grogne quand ils resserrent encore le cordon.

— Avec l'aspirateur. J'ai pigé.

— Deuxième question, continue Toby. Qu'arrive-t-il aux quatrièmes divisions qui ne nettoient pas ?

Sans laisser le temps à Benji de répondre, Toby allume l'aspirateur. Il lui appuie l'embout circulaire contre la joue et lui aspire la peau, lui donnant l'air d'un reflet de miroir déformant. Les deux délégués semblent trouver cela hilarant.

— On dirait une carte des Crados, s'esclaffe Seb. Vite, prenez une photo !

— Comme si on allait pouvoir oublier ça un jour, chuchote Ramin à Hiro.

— T'as dit quoi, Face de Rat ? l'apostrophe Toby.

— Rien, répond Ramin d'une voix à peine audible sous le vacarme de l'aspirateur.

— Il s'appelle Ramin, intervient Hiro. Et c'est bon, on a compris.

Inspiré par le courage de son ami, Ramin parvient à articuler :

— Vous êtes censés nous protéger.

Seb ricane.

— Qui t'a raconté ça ? On n'est pas là pour vous protéger. On est là pour vous *préparer*. Pour le monde de merde qui vous attend. Tu te crois dans un hôtel cinq étoiles ou quoi ? Tu nous prends pour la conciergerie ?

— Non.

Ramin rougit, ses mains deviennent moites.

Au bout du couloir, on entend la porte de M. Court qui se ferme. En un instant, Seb et Toby ont éteint l'aspirateur et détaché Benji.

— Qu'est-ce qui se passe ici ? demande M. Court, complètement à l'ouest.

Curieusement, Benji se relève et déclare :

— Rien. Je faisais le ménage dans la salle commune.

— Excellent, mon garçon. N'oublie pas d'aller dans les coins.

Benji rallume l'aspirateur et se met au ménage pendant que les autres garçons s'en vont.

— Tu veux sortir ? propose Ramin à Hiro.

Ils font le tour du haut du campus en appréciant l'air frais et le silence.

— Comment tu arrives à tenir aussi bien le coup ? demande Ramin.

— Qui a dit que je tenais le coup ?

— En tout cas, tu t'en sors mieux que moi.

Hiro hausse les épaules.

— J'ai appris à faire semblant, pour ne pas leur donner satisfaction. Je ne sais pas si ça veut dire que je m'en sors bien, ou si c'est juste que je garde tout en moi. C'est ce que dit Sabrina. Elle dit qu'exprimer toutes ses émotions est la seule façon d'être vraiment heureux.

— En tout cas, tu *as l'air* heureux, ça doit forcément compter.

— C'est vrai, concède Hiro avec un sourire. Je ne vais pas laisser une bande de brutes en mal d'ego gâcher les bons côtés de ma vie. Comme Sabrina. Et mes amis. Ce n'est pas que ces connards ne m'embêtent pas. C'est juste que… en fait, je sais qu'on n'arrivera pas à les changer.

— Peut-être. Mais si on changeait tout le système de fonctionnement de cet endroit ?

Hiro sourit de nouveau.

— C'est ce qu'on fait en étant sympas entre nous, non ? Plus on est nombreux à se comporter comme ça, plus vite cet endroit changera.

— C'est vrai, acquiesce Ramin.

Mais il veut que ça change plus vite.

Quand il retourne à sa chambre avant la nuit, il trouve son lit, toujours en désordre d'ordinaire, parfaitement fait, avec un Kit Kat déposé sur son oreiller, et quelques pétales de rose.

— C'est quoi, ça ? demande-t-il à Benji, qui lit l'air de rien au-dessus de lui, les jambes dans le vide.

— Toby et Seb.

À la seconde, Toby et Seb apparaissent à la porte.

— Monsieur Golafshar, bienvenue au Wilton Blue Intercontinental, dit Toby. Nous sommes vos concierges. Nous sommes ravis de vous savoir de retour à votre chambre. Avant de vous coucher, permettez-nous de nous assurer que tout a bien été préparé selon vos exigences.

— Si vous avez le moindre problème ou le moindre désir, s'il vous plaît, faites-le-nous savoir.

Le regard noir de Seb déclenche des frissons dans le dos de Ramin.

— Room service demain matin, peut-être ? Un bain moussant ? Nous sommes au service de notre prince persan.

— Dégagez, murmure Ramin.

— Vos désirs sont des ordres, Altesse, dit Seb.

Ils font la révérence avant de quitter la pièce. Ramin se tourne vers Benji.

— C'était bizarre.

— Ouais, au moins ils ne t'ont pas aspiré la tronche, rigole Benji.

— Tu vas bien ?

— Moi ? fait Benji, surpris. Oui. C'était mon tour, c'est tout. Ah, au fait, ton livre.

Ce n'est que quand Benji lui tend le livre qu'il était en train de lire que Ramin voit le recueil d'Hafez. Une brève onde de panique le transperce à l'idée que son coloc ait lu les mots d'amour d'Arya, mais le comportement de Benji ne semble pas avoir changé.

Cette nuit-là, allongé dans son lit, il garde les yeux fixés sur les ressorts du matelas de Benji. Ce dernier, qui a d'ordinaire le sommeil lourd, ne cesse de se retourner. Peut-être ne va-t-il pas si bien que cela ? Soudain, la voix de Benji retentit.

— Alors, tu avais un petit copain en Iran ? demande-t-il.

— Oh. Je... oui.

— Désolé, je n'aurais pas dû lire ton livre. J'étais curieux de lire de la poésie. Je ne m'attendais pas à tomber sur... tu sais...

— Ça t'embête ?

Ramin sent sa gorge se serrer. Il s'en veut tellement de se préoccuper de ce que pense Benji.

— Non, enfin oui, enfin...

Les ressorts du matelas grincent.

— Enfin, ça aurait peut-être été sympa de savoir que mon coloc aimait les mecs. Juste pour, tu sais, le savoir, quoi. Mais je n'ai pas de problème avec les gays ou les queers, je ne sais pas trop comment vous préférez qu'on vous appelle.

— Je ne sais pas non plus, répond Ramin. Il n'existe même pas de mot pour nous en Iran, donc n'importe quel mot c'est déjà... tu sais, une amélioration.

— Il y a quelqu'un qui t'intéresse dans la résidence ? demande Benji.

— Qui m'intéresse ?

— Tu sais, est-ce qu'un des garçons te plaît dans la...

— Non.

Il a conscience que Benji cherche à s'assurer qu'il n'est pas attiré par lui, alors il ajoute :

— Vraiment aucun.

— D'accord, cool. Hé, tu crois que le Père Close est gay ?

— Je ne sais pas. Ce n'est pas comme si on pouvait se reconnaître entre nous ni rien.

— Je te jure, j'ai entendu dire que c'était possible. Ça a même un nom et tout. Enfin bref...

Il attend que Benji rouvre la bouche, mais non, rien. Pas même un « bonne nuit ».

Ramin ferme les yeux et s'efforce de s'endormir.

— Un gaydar ! lâche Benji un long moment plus tard. Je l'avais sur le bout de la langue ! C'est ce truc qui fait qu'un gay peut en reconnaître un autre. Tu vas sûrement le développer. C'est comme un superpouvoir en sommeil.

Ramin ne répond pas. Il fait semblant de dormir tout en songeant à tous les superpouvoirs en sommeil qu'il voudrait développer.

AMANDA SPENCER

— Ici Amanda Priya Spencer, en direct de ma chambre à Livingston, chuchote-t-elle. Je suis en compagnie de Freddy Bello, qui est beaucoup trop mignon au réveil. Alors, réveillons-le. Freddy ?

Elle avance son pied nu dans le cadre de sa caméra pour chatouiller le cou de Freddy du bout des orteils.

— Arrête, fait-il en riant avant de remarquer la caméra. Oh, non. Qu'est-ce que tu fais ?

— J'ai besoin de me souvenir de ta tête au réveil.

— Pourquoi ? Je ne compte aller nulle part.

— Nous allons tous quelque part, rétorque-t-elle d'une voix désabusée. Nous vieillissons chaque jour. C'est la dernière fois que nous serons *cette* version de nous.

Il chasse la caméra d'un coup d'oreiller.

— Toujours obligée d'en faire des tonnes.

— Et pas peu fière ! Maintenant, tais-toi et laisse-moi te filmer. La lumière de Diwali est parfaite pour ça.

— On m'avait promis que je pourrais manger des friandises au lit.

Elle lui lance une boîte de confiseries envoyées par sa mère pour Diwali et le filme croquer pour la première fois dans un jalebi.

— Mince, c'est délicieux.

— Essaie les rondes à la coco. Ce sont mes préférées.

— Je croyais que c'était moi ton préféré.

Son sourire lui donne envie de lâcher la caméra pour lui sauter au cou. Mais elle continue de le filmer, poussée par le besoin urgent de capturer ce moment, et parfaitement consciente que la caméra ne peut pas tout retranscrire. Oui, la beauté de Freddy sera préservée, mais pas sa température corporelle à elle, qui monte chaque fois qu'il la touche.

— Il faut aller à MacMillan, lui dit-il en consultant le réveil.

— Avant ça, tu peux te remettre dans la position que tu as pour dormir ?

— Je ne sais pas dans quelle position je dors.

— Tu te roules en boule.

Il ferme les yeux et fait semblant de ronfler. Elle lui donne un coup de pied en riant.

— Pas comme ça ! Quand tu dors, tu as la forme d'un point d'interrogation. Je veux filmer ça.

— Un point d'interrogation, c'est tout à fait ça. Je n'y avais jamais pensé, mais toi tu dors sur le dos, comme un point d'exclamation.

Il s'étire de tout son long en ligne droite.

Spence part dans un fou rire incontrôlable. La semaine a été épouvantable. La révélation de Brunson a remué quelque chose de profondément enfoui en elle. Elle s'est mise à haïr une personne qu'elle avait toujours tant admirée. Cependant, elle éprouve encore plus de gratitude à présent d'avoir Freddy avec elle. Ces nuits où il se glisse en douce dans sa chambre à Livingston sont pour elle le paradis.

— Bah quoi, ma mère est très attentive à la posture, se justifie-t-elle. Elle m'obligeait à dormir sur le dos, c'est resté.

Freddy l'attire au lit et attrape la caméra.

— Reste avec moi.

— C'est prévu, dit-elle en l'embrassant. Bon, il faut y aller, non ?

— Tu vas voir si la voie est libre ?

Elle saute du lit, enfile un pull et un jean avec une vareuse bleu marine parce qu'il gèle dehors et jette un coup d'œil dans le couloir. Au bout, Mme Plain est en train d'arroser une plante déprimée devant sa porte. Spence attend patiemment que la prof rentre dans son appartement.

— Maintenant, murmure-t-elle.

Freddy se précipite hors de la résidence.

Elle le retrouve dehors.

— Dis donc, plutôt pratique l'entraînement olympique, pour filer à l'anglaise, plaisante-t-elle.

— Sortez vos cahiers et un stylo et notez, annonce Douglas à peine sont-ils entrés. « On ne peut pas toujours changer ce que l'on doit affronter. Mais on ne peut rien changer tant qu'on ne l'a pas affronté. » C'est de James

Baldwin, explique Douglas. Avant de passer une heure à écrire en nous inspirant de cette citation, je voulais vous en dire un peu plus au sujet de Baldwin.

L'esprit de Spence s'évade pendant que Douglas leur parle de James Baldwin, un homme noir, gay, qui a pu voir et écrire les États-Unis plus clairement une fois qu'il en a été parti.

Spence regarde cette citation, qui la met au défi. Peut-être a-t-elle besoin de quitter Chandler pour y voir plus clair ? Qu'ignore-t-elle d'autre sur cet endroit qui a contribué à l'éducation de son grand-père, de son père et maintenant à la sienne ? Elle songe à Sullivan, au dégoût que lui inspire l'idée qu'il ait été son mentor, quelqu'un sur qui elle croyait pouvoir compter. Ce qui est arrivé à Brunson aurait pu lui arriver, et pourrait arriver à plein d'autres filles.

Soudain, une idée lui vient. *On ne peut rien changer tant qu'on ne l'a pas affronté.* Eh bien, elle est prête. Et avec un peu de chance, ça va changer. Elle réfléchit au plan qui s'échafaude dans sa tête. Il faut que ça marche. Ça va marcher.

— Posez vos stylos, dit Douglas.

L'heure est passée en une minute. Spence baisse les yeux sur son cahier. Elle n'a pas écrit un seul mot après la citation de Baldwin.

— Amanda ? Tout va bien ?

— Oui. Pardon, je… je crois que j'ai fait un blocage.

— Ça arrive à tout écrivain. On se retrouve la semaine prochaine.

— Pas de devoirs ? demande Brunson.

— Pas cette semaine, dit Douglas avec un sourire. Même les écrivains méritent une pause de temps en temps.

Le Cercle s'attarde devant MacMillan.

— Je dois aller à la garderie, déclare Brunson en se détournant du groupe.

— Brunson, attends ! s'écrie Spence. Et si ce n'était pas ta parole contre la sienne ?

— De quoi tu parles ?

Spence se rapproche, les autres sur ses talons. Ils forment un cercle serré.

— De Sullivan, murmure-t-elle. Et si tu n'étais pas la seule à l'accuser ?

Brunson paraît aussi étonnée qu'émue.

— Spence, tu ne t'imagines pas à quel point ça compte de t'avoir de mon côté. J'ai cru que... Je ne sais pas, j'ai cru que tu allais le défendre parce que tu l'ai...

— Non, je ne l'aime pas.

Elle sent ses joues rougir de honte. Se comportait-elle vraiment comme si elle *l'aimait* ?

— Non, je... Je sais, balbutie Brunson. Je voulais dire... enfin, si tu veux dire que tu vas l'accuser aussi, je ne peux pas te laisser faire ça. Tu ne dois pas mentir pour moi.

Alors là, elle est perdue.

— Attends, ce n'est pas ce que je voulais dire.

Brunson plisse les yeux sous le soleil.

— Mais tu as dit que je ne serais pas la seule à l'accuser. Dans ce cas, qui d'autre ?

— S'il s'en est pris à toi, il s'en est forcément pris à d'autres filles. C'est sûr à cent pour cent. Il doit avoir un mode opératoire. Alors, si on trouvait ces autres filles ? (Elle sent sa voix qui accélère.) Si je demandais aux filles du théâtre si certaines ont, tu sais...

— Je ne sais pas, coupe Brunson. J'ai juste... d'une certaine manière, vous en parler à vous m'a suffi. J'ai déjà l'impression d'avancer. Mais merci, Spence. Sincèrement.

Brunson se détourne de nouveau, et, une fois de plus, Spence la rappelle.

— Brunson, attends.

— Je dois vraiment y aller. Les enfants comptent sur moi.

— Oui, précisément. Réfléchis combien de temps il va encore rester ici, si on ne fait rien. Pense à toutes ces petites filles qui rêvent de fréquenter cette école. On peut leur épargner d'avoir à subir ce que tu as subi.

Brunson se fige.

— On pourrait déjà au moins chercher s'il a agressé d'autres gens, non ? demande Spence.

— Merde.

— Quoi ?

— Tu as raison. Je n'y avais pas du tout pensé. Ma sœur pourrait être là dans cinq ans. Elle pourrait... (Elle lâche un sanglot muet.) Si tu poses des questions aux filles, tu peux seulement, tu sais, éviter de parler de moi ?

Spence lui prend la main.

— C'est promis. Je ne ferais jamais ça.

— Et si tu ne trouves personne d'autre ?

— Alors je n'aurai trouvé personne d'autre, c'est tout.

Spence regarde autour d'elle. Sur la Grande Pelouse, Henny et Marianne s'essaient à la chorégraphie du clip de Britney Spears « ... Baby One More Time ». Sur les marches du réfectoire, Hiro et Sabrina se font goûter ces yaourts affreux dans des tubes qu'ils vendent à la cafétéria. Spence ressent tant d'amour pour cet endroit. C'est bien pour ça qu'elle veut le changer. Parce qu'elle l'aime.

Brunson soupire.

— D'accord, dit-elle. On fait comme ça.

Freddy l'accompagne à la répétition, cet après-midi-là.

— C'est bizarre, dit-elle. De continuer dans la pièce. De suivre ses instructions.

— Je sais. Je suis désolé.

— Tu n'as pas à l'être.

— Non, je veux dire, je suis désolé parce que, eh bien... j'ai pu sous-entendre que toi et Sullivan... comme j'avais entendu des gens plaisanter là-dessus. J'ai... bref, je suis désolé.

Elle lui dépose un baiser sur la joue.

— Tu es vraiment trop adorable, Frederico Bello.

Au studio artistique, elle retrouve Whistler qui fait un massage à Connor Emerson, tandis que Dallas discute de son personnage avec Sullivan. Fuad, Wrigley et Finneas ricanent en lisant leurs exemplaires de la pièce.

— Moi, je crois qu'il est motivé par la peur, dit Dallas.

— Oui, bien sûr, lui répond Sullivan. Mais aucun être humain n'est guidé que par une seule émotion. Pour que ton personnage fonctionne, tu dois en sortir plus d'une de toi. Sinon, il sera sans relief.

— D'accord, pigé. Mais je… je ne sais pas trop quelles autres émotions reproduire.

— Eh bien, c'est pour ça qu'on répète, conclut Sullivan.

Puis il tape dans ses mains et tout le monde se lève pour former un cercle et commencer les exercices de respiration et de diction.

La séance se concentre principalement sur les scènes des garçons, ce qui donne à Spence l'occasion de rester dans le public en compagnie de Whistler.

— Il est à fond, non ? dit-elle à Whistler.

— Connor ? C'est le personnage qui est à fond, non ? Il se prend pour un prophète.

Sur scène, Connor déclame :

— « D'ordinaire j'emmerde la vérité, mais c'est surtout la vérité qui nous emmerde. »

— Il faut que tu le ressentes, indique Sullivan. Il faut chercher plus profond.

— D'ordinaire j'emmerde la vérité, mais c'est surtout la vérité qui nous emmerde ! répète Connor en hurlant, ce qui n'a rien à voir avec ressentir, d'après Spence.

— Je parlais de Sullivan, dit-elle en se tournant vers Whistler. Plutôt intense comme metteur en scène.

— Ah, tu trouves ? Hé, tu as vu la nouvelle coupe de Rooney ? On dirait un furet, ricane-t-elle. Je le lui ai dit en face, au fait. Je ne dirais jamais de mal dans le dos d'une autre Jennifer.

— Je n'ai pas remarqué.

— C'est vrai que tu es un peu dans ton monde, dernièrement. Tu ne manges même plus avec les dernières années.

— Si, parfois. C'est juste que j'aime bien manger avec le Cercle aussi.

— Comme tu veux. De toute façon, la table des dernières années, c'est débile comme tradition.

Elle hoche la tête, mais il faut qu'elle réoriente la conversation.

— Il y aurait des tas de choses à changer dans ce lycée, tu ne trouves pas ?

— Ha ! Rien ne change jamais, ici. Tu sais combien de fois j'ai suggéré qu'ils changent les céréales au bar à céréales du réfectoire ? Franchement, à quoi ça sert de mettre une boîte à idées s'ils refusent toute idée nouvelle ? Je veux des Choco Pops !

Ça ne se passe pas du tout comme prévu. Spence commence à douter. Il n'existe aucune façon décontractée de demander à Whistler si Sullivan a déjà dépassé les bornes avec elle. Mais elle doit insister.

— Oui, peut-être que les petites choses changeraient aussi si on s'attaquait d'abord aux plus importantes.

Whistler remonte les pieds sur son siège en serrant ses genoux contre elle.

— Alors… parle-moi de Freddy. Comment ça se passe, vous deux ?

— Oh, bien.

— Juste bien ?

— Je veux dire, super, mais… tu sais, j'ai la tête ailleurs en ce moment. (Whistler lui adresse un regard curieux.) Est-ce que Sullivan a déjà… (Elle ne trouve pas ses mots.) Par exemple, l'autre jour, il m'a serrée contre lui après la répétition et c'était bizarre, alors je me demandais s'il t'avait déjà... tu sais, prise dans ses bras ou...

Whistler glousse.

— Attends, tu me demandes si Sullivan m'a déjà draguée ?

— C'est le cas ?

— Non ! s'indigne Whistler, incrédule. Et toi ?

— Non, non, pas vraiment.

— *Pas vraiment ?*

— Non. Enfin... non, pas du tout.

— Pourquoi cette question ?

Son cœur bat la chamade.

— Pour rien. C'est juste un truc que j'ai entendu dire.

Elle se tait avant de trop en révéler.

— Dégueu, grimace Whistler.

— Whistler, Spence, en piste, appelle Sullivan.

Elles rejoignent les autres.

— Passons un peu de temps sur Harper et Hannah, suggère-t-il. Commençons par Hannah. Spence, avant de travailler la scène, des remarques sur ton personnage ?

— Bon, euh... c'est une mormone qui découvre que son fils est gay, et il y a, euh, pas mal de désapprobation. Alors j'applique la méthode et je pense à des choses que je désapprouve.

— Excellent instinct, la félicite Sullivan avec un sourire. Qu'est-ce que tu désapprouves ?

— Vous savez, à Strasberg on a appris qu'en tant qu'artistes, on doit puiser dans notre vie personnelle, mais aussi qu'on n'est pas obligés de *partager* cette vie personnelle avec tout le monde. Notre façon de procéder n'appartient qu'à nous.

— D'accord, dit Sullivan d'une voix teintée de déception.

Il retire ses lunettes pour frotter l'espace entre ses sourcils.

— Whistler, parlons de…

Mais Spence l'interrompt.

— Le truc, c'est qu'au début, Hannah ne sait rien sur rien. Mais elle change à la fin de la pièce. Et dans ce sens, il me semble qu'on est pareilles, elle et moi.

— C'est-à-dire ?

— On s'est toutes les deux rendu compte que ce qu'on vénérait n'était pas si parfait que ça.

Après Whistler, elle s'améliore dans sa façon d'aborder le sujet avec les autres filles du théâtre. À la fin de la répétition des Sandmen, elle intercepte Binnie Teel et parvient à la faire parler de ses expériences avec Sullivan. Mais, tout comme Whistler, Binnie affirme qu'il n'a jamais rien tenté avec elle.

— S'il essayait, j'appellerais mon père, qui lancerait le gouvernement fédéral à ses trousses.

Le père de Binnie est représentant de la Floride au Congrès.

Elle arrive à en parler à cinq autres filles durant la semaine, mais c'est toujours la même chose. Oui, Sullivan est un passionné. Et certainement, il traite ses élèves comme ses potes. Mais il n'a jamais dépassé la moindre limite.

Samedi matin, elle se réveille aux côtés de Freddy.

— Bonjour, point d'interrogation, dit-elle en l'embrassant.

— Bonjour, point d'exclamation.

— Je réfléchissais…

— Tu réfléchis toujours.

Elle l'embrasse de nouveau.

— Pas de pression. Mais puisque tu ne rentres pas à Miami pour Thanksgiving, et puisque mes parents ont plein de place chez eux, je me disais que tu pourrais peut-être… tu sais, venir avec moi ?

Il met un moment à digérer l'information, puis sourit.

— Tes parents sont déjà au courant ?

— Pas tout à fait, dit-elle avec un sourire contrit. Mais ils seront d'accord. Ils veulent toujours rencontrer les garçons avec qui je sors, et…

— On peut éviter de parler de tous les garçons avec qui tu es sortie ?

— En tout cas, tu es le premier que j'ai *envie* de leur présenter. (Elle prend son visage entre ses mains.) Nous vous garantissons un moment d'exception ! J'espère.

Il se redresse.

— Comment ils sont ?

Elle sort un cadre de derrière une pile de livres sur son bureau. C'est une photo d'elle et de ses parents au Met Gala, il y a quelques années.

— Alors là, c'est ma mère, dit-elle en se remémorant avec tendresse le choix de leurs robes style cubiste assorties. Et là, c'est mon père.

Sur la photo, son père porte un smoking et un haut-de-forme.

— Ah oui, ils sont tous les deux, euh, intimidants. Est-ce que j'ai le droit d'y réfléchir ?

— Non. (Elle l'embrasse dans le cou.) Je rigole. Évidemment. Réfléchis tant que tu veux. Mais ne te fais pas de films non plus.

Soudain triste, il dit :

— C'est juste que ma dernière relation… ma seule relation… s'est terminée juste après que j'ai rencontré ses parents.

— Mais ce n'est pas plus mal, non ? demande-t-elle avec un sourire chaleureux. Si ses parents n'avaient pas été des crétins, elle ne t'aurait jamais quitté et tu ne serais pas là avec moi.

Il s'esclaffe.

— C'est une façon de voir les choses.

— Demande-moi quand tu as besoin d'un changement de perspective.

Elle lui prend les mains. Elle se rappelle ces mots précis dans la bouche d'Amira. Un changement de perspective. Amira a dit que tout le campus en aurait bien besoin. C'est là que ça la frappe. Amira. Elle a passé l'audition pour *Roméo et Juliette* en troisième division, et s'est arrêtée là. Et elle adore le théâtre, elle en parle tout le temps, elle connaît des pièces dont Spence elle-même n'a jamais entendu parler.

— Je… il faut que j'y aille.

— Petit déjeuner ? croit deviner Freddy. J'ai faim aussi.

— Non, pas ça. Je dois trouver quelqu'un.

Elle n'explique rien. Pas le temps.

Amira est déléguée à Shipman, la résidence des troisièmes divisions où Spence vivait à son arrivée à Chandler. Les souvenirs l'assaillent à peine la porte franchie. L'odeur du bâtiment lui donne l'impression de retrouver ses quatorze ans. Quand elle voulait rentrer chez elle. Revoir ses amis du collège, et New York. Elle marque une pause devant la porte de son ancienne chambre et réfléchit à toquer, mais elle n'a pas de temps à perdre. À la place, elle trouve la chambre d'Amira, décorée de haut en bas de pages de livres et de partitions de musique. Elle frappe, sans succès.

— Salut.

Amira se tient derrière elle, une immense pile de livres de bibliothèque dans les bras.

— Oh, salut. Je venais te voir.

— Oui, tu es à ma porte.

— Tu te souviens, j'habitais ici en troisième division. Tu étais à Redbird avec Henny, non ?

— Oui. Elle était sympa à l'époque. Enfin, je suis sûre qu'elle l'est toujours. Mais on ne se parle plus.

— Oui, toi et moi non plus. Mais en première année, si.

— Les troisièmes divisions parlent à tout le monde, observe Amira. Ensuite on se trouve des amis, et on reste dans nos petites bulles.

— C'est tellement vrai. Et un peu triste.

— C'est pour ça que tu es là ? Pour évoquer les souvenirs ?

— Non, en fait je voulais te parler de…

Un groupe de filles sort de la salle commune. Elles ont l'air si jeunes. Faisait-elle aussi jeune en arrivant ici ?

— On pourrait peut-être sortir ? propose-t-elle.

Amira la toise.

— Euh, OK. Laisse-moi juste poser ces livres.

Ce ne sont que des ouvrages sur les années 1970, San Francisco et les sectes. En ouvrant la porte pour jeter les livres dans sa chambre, Amira explique :

— Je fais une dissert sur Jonestown pour le cours d'histoire des contre-cultures de Mme Song.

— Jonestown ? Ce n'est pas la secte qui a organisé un suicide collectif ?

— Tout juste, dit Amira en attrapant un gros bonnet de laine posé sur un futon. Le plus grand suicide collectif d'Amérique. C'est dingue, non ? D'imaginer qu'autant de gens puissent commettre une telle horreur sans que personne ne dise « Hé, arrêtez ».

— Oui, acquiesce Spence en observant la chambre d'Amira et la guitare posée dans un coin. En fait, je peux très bien l'imaginer.

— Quatre-vingts pour cent des adeptes de Jim Jones étaient noirs, continue Amira. Personne n'en parle vraiment. D'accord, on sait tous qu'une secte de cinglés s'est tuée, mais pourquoi y avait-il autant de personnes noires fascinées par un homme blanc ? C'est mon sujet de dissert.

— C'est intéressant.

Elles se dirigent vers la sortie.

— Je m'intéresse aux gens subjugués par des institutions auxquelles ils n'appartiennent pas. Je me demande bien pourquoi, ajoute Amira avec un clin d'œil.

— Oui, en fait, c'est un peu à ce sujet que je voulais te parler… excellente transition.

— Alors, on va où ?

— Dans les bois ?

— D'accord, j'adore les feuillages en novembre. Meilleur mois en Nouvelle-Angleterre.

— C'est le mois de mon anniversaire, donc je suis d'accord.

Elles traversent les pelouses impeccables jusqu'à la forêt.

— Alors ? demande Amira.

— Alors. Quelque chose me dit que tu es le genre de personne qui aime qu'on aille droit au but, donc c'est ce que je vais faire.

— Tu fais tout *sauf* aller droit au but, tu sais, rigole Amira.

— Pardon ! Bon, d'accord, voilà ce que je voulais te dire.

Elle s'appuie contre un tronc d'arbre. Amira se poste face à elle.

— En première année, tu as passé l'audition pour la pièce, mais ensuite tu n'as plus jamais retenté le coup. Et je voulais te demander…

— Tu veux me prendre pour jouer une de tes scènes en cours de scénario, ou quelque chose comme ça ?

Amira prend la pose, en exagérant sa posture parfaite.

— Non, glousse Spence. On ne rend notre première scène qu'en janvier.

— Alors…

— Alors… Sullivan…

— Quoi, Sullivan ?

Spence sent qu'elle cligne trop vite des yeux. Pour finir, elle se lance :

— Est-ce que tu as lâché le théâtre parce qu'il t'a fait quelque chose ? Quelque chose de, tu sais, sexuel ?

Le visage d'Amira s'affaisse. Elle ne dit rien pendant quelques secondes, la condensation s'échappe de sa bouche dans l'air froid.

— Merde. Toi aussi, murmure-t-elle enfin.

Le cœur en miettes, Spence dit :

— Non, pas moi. J'ai été épargnée, apparemment. Mais une de mes amies… Elle ne veut rien dire si elle est la seule. Et… elle n'est plus la seule. Il y a toi, maintenant. Et sûrement d'autres filles à qui il a fait ça. Mais, est-ce que tu voudrais bien en parler ? Parce qu'on ne peut pas le laisser…

— Qu'est-ce qui te fait croire que je n'ai rien dit ? coupe Amira.

En entendant ça, elle est prise de vertiges. Elle se retient à une branche pour ne pas s'écrouler.

— Attends… tu en as parlé à quelqu'un ?

— Évidemment que j'en ai parlé, lance Amira d'un air de défi. Je l'ai dit à mes parents et on est allés voir Berg.

— Hein ? Mais pourquoi… pourquoi il est encore là ? Toujours prof ?

Amira l'observe avec un mélange de pitié et d'envie.

— Tu ne captes pas, hein ?

— Je… je suis vraiment désolée. Peut-être que si plus de filles s'exprimaient, ça pourrait changer les choses.

Elle parle très vite, réfléchissant à voix haute, désespérée de trouver une solution à ce problème, et de le régler pour de bon. Sans savoir pourquoi, elle a l'impression d'être en partie responsable du comportement de Sullivan, comme si, en étant son élève préférée, en lui donnant une image cool auprès des autres, elle avait facilité les agressions.

— Je pourrais en parler à mes parents. Mon père fait partie du conseil d'administration. S'ils étaient mis au courant, ils feraient pression pour qu'il soit viré. J'en suis sûre.

— C'est ça, ne te gêne pas, réplique sèchement Amira. Ce n'est pas comme si l'administration n'était pas déjà au courant de ce qui m'est arrivé.

— Je n'arrive pas à le croire. Je n'y arrive pas.

— Ravie de le savoir, soupire Amira. Ça veut dire que tu as au moins pu passer une partie de ton enfance à l'abri du monde réel. Ta copine à qui c'est arrivé… Au hasard, je vais dire que ce n'est pas une héritière, pas une fille de milliardaire. Ce n'est ni Whistler, ni Rooney, ni Henny. Probablement une élève boursière, ou au moins une qui reçoit une aide financière. Elle a peut-être une histoire personnelle à faire pleurer dans les chaumières, qui l'a rendue vulnérable.

— Oui, articule Spence. Tu as raison.

Amira croise les bras.

Spence songe à Brunson. Ce qu'Amira est en train de dire rend Sullivan encore plus diabolique. Il choisit ses victimes pour leur vulnérabilité. De violents frissons la parcourent pendant qu'elle se demande si ses privilèges l'ont protégée de ce qu'ont traversé Brunson et Amira. Sa relation avec Sullivan était loin d'être correcte. Clairement pas. Et ses privilèges ne l'ont pas non plus empêchée d'être traitée comme un objet sexuel par les hommes qui fétichisent les femmes indiennes, les sifflent et leur parlent de « maharaja ». Jusqu'à cet instant, elle ne s'était pas rendu compte à quel point elle s'était sentie vulnérable toute sa vie, et que son obsession de la perfection avait peut-être été son seul moyen d'échapper à ce sentiment. Mais ce n'est pas le problème en ce moment. L'important, c'est de soutenir Amira.

— Amira, je suis vraiment désolée. Je... je suis juste contente que tu sois encore ici.

Amira lui adresse un sourire triste.

— Je n'allais pas le laisser m'éloigner de cette chance. Il n'a pas ce pouvoir.

Spence hoche la tête.

— Personne ne devrait avoir ce genre de pouvoir. Plus jamais.

SARAH BRUNSON

— Je perds à chaque fois contre toi, dit Brunson en posant le mot *tête* sur le plateau de Scrabble.

— Tu es seulement distraite, ça se voit, répond Millie Song qui dépose le mot *théoricien*. J'ai utilisé toutes mes lettres. Ça fait combien de points, déjà ?

— Cinquante.

Brunson note le score sur un tract trouvé dans la salle du courrier. Millie a raison. Elle a la tête ailleurs. Ça fait deux semaines qu'elle a parlé de Sullivan à ses amis, et, au lieu de se sentir libérée d'un poids, elle n'a qu'une seule envie depuis : hiberner. Elle ne veut plus en parler. Elle préfère largement jouer au Scrabble avec la fille de onze ans de Mme Song.

— OK, c'est l'heure de l'histoire, déclare Millie en terminant le jeu avec le mot *gâteau*.

C'est ainsi que se termine chaque jeu, une tradition instaurée par Brunson avec sa petite sœur : à la fin d'un

Scrabble, elle raconte une histoire inspirée des mots déposés sur le plateau.

— Alors, il était une fois un théoricien qui avait une très grosse tête.

Millie rigole, tout ouïe.

— Mais ce théoricien était tellement occupé à étudier en permanence qu'il n'avait jamais pris le temps de goûter le moindre gâteau.

Elle entend un bruit et, levant la tête, elle découvre Spence à la porte du sous-sol.

— Désolée, je ne voulais pas t'interrompre.

— Tu arrives juste à temps. Je n'avais aucune idée de comment intégrer les mots *xylophone*, *placard* et *unique* dans cette histoire.

— Facile, intervient Millie. Le théoricien veut du gâteau, mais pour déverrouiller le placard où il est entreposé, il doit jouer une mélodie unique au xylophone.

Spence applaudit.

— La fille de Mme Song est évidemment brillante.

— Toi, tu es super belle, dit Millie à Spence.

— Merci, mais j'espère être plus que ça.

— OK, remonte à l'étage, toi, dit Brunson.

Spence n'est jamais venue lui rendre visite seule. Il doit y avoir une raison.

— Mais je veux traîner avec vous, supplie Millie.

— On doit parler de trucs de grandes personnes, explique Spence.

— Bizarre, parce que vous n'êtes pas des grandes personnes, souffle Millie.

Brunson et Millie s'engagent dans un combat de regards, leur façon habituelle de régler un désaccord. Quand Millie cligne des yeux, Brunson dit :

— Tu as perdu. Remonte.

Millie s'exécute en tapant des pieds.

— Elle est trop mignonne, commente Spence.

— Tous les enfants sont mignons. On est tous comme ça, au départ.

— Quand est-ce que ça commence à déconner ? Enfin bref, tu veux marcher jusqu'à MacMillan ?

Brunson exhume son réveil de sous un tas de vêtements.

— On a encore une heure.

— Ça nous laissera le temps de discuter.

En récupérant un pull et une écharpe, Brunson surprend Spence à observer sa chambre. Elle examine une photo de sa famille posée sur le vieux piano de Mme Song. Sa mère porte une perruque. Brunson tient sa petite sœur, Ginny, dans ses bras. Et son père ferme les yeux, comme toujours sur les photos.

— Ta sœur est une mini version de toi, commente Spence.

— La version 2.0. Avec un peu de chance, elle sera améliorée.

Spence lève les yeux au ciel.

— Tais-toi, tu es géniale.

Elle tente de jouer quelques notes au piano et grince des dents.

— Houlà, il faut l'accorder.

— Je suis prête, déclare Brunson enveloppée dans son écharpe.

Elles sortent sur le campus.

— Bon, commence Spence, j'ai parlé à plein de filles. Et…

Brunson panique. Pas sûre d'avoir envie d'entendre la suite.

— Hé, c'est bientôt ton anniversaire, non ? demande-t-elle.

Elle regrette immédiatement d'en avoir parlé alors que Freddy leur a bien conseillé d'éviter le sujet.

— Ah oui, mais je ne fais rien cette année.

Brunson hoche la tête nerveusement, terrifiée de faire une gaffe en dévoilant la surprise, et plus terrifiée encore d'entendre ce que Spence est venue lui dire.

— Écoute, tu n'es pas toute seule, reprend cette dernière. Je connais une autre élève qu'il a agressée.

— *Au moins* une autre élève, corrige Brunson.

Elles échangent un regard triste.

— Oui, j'ai des soupçons sur certaines. Par exemple, il y a cette fille qui chantait vraiment très bien quand j'étais en troisième division. Elle et Sullivan étaient très proches. Et puis, tout à coup, elle est partie pour raisons médicales, et elle n'est jamais revenue. Maintenant, je suis presque sûre de savoir pourquoi. Si je trouve ses coordonnées, elle pourra peut-être nous aider aussi.

— J'y ai pensé, tu sais. À m'éloigner quelque temps pour des raisons de santé. Ou à m'en aller tout court. Mais ça voudrait dire qu'il a gagné, non ?

— Si, confirme Spence.

— Tu sais le plus difficile ?

Elle donne un coup de pied dans les feuilles rouille et or qui tapissent le sol.

— C'est quand je me rejoue toute la scène dans ma tête en me demandant ce que j'aurais pu faire autrement. Franchement, pourquoi je suis allée à son appartement, déjà ? Je suis débile.

— Tu n'es pas du tout débile. Je vais chez lui tout le temps. Et chez d'autres profs. Brunson, tu habites même avec une prof !

Brunson s'esclaffe.

— Oui, enfin, Mme Song n'a pas vraiment le profil de l'agresseur.

— Il n'y a pas de profil. Et ne te reproche pas ce qui s'est passé.

— Facile à dire, ça ne t'est jamais arrivé.

Spence reste muette. Elle marche lentement à ses côtés, avec une expression compatissante.

— Il devait savoir que j'étais faible, reprend Brunson en se faisant craquer les articulations. Il devait le sentir.

— S'il te plaît, ne te tiens pas pour responsable.

— Peut-être que si j'étais plus comme toi... Tu sais exactement qui tu es. Tu respires la force et l'assurance. Peut-être que c'est pour ça qu'il ne s'en est pas pris à toi.

Spence marque une pause avant de dire :

— En fait, je crois que c'est grâce à mes parents, c'est pour ça que je veux leur parler de Sullivan. Avec ton accord.

— Je ne... enfin, pourquoi eux ?

— Parce que mon père est au conseil d'administration de Chandler. Et il connaît tout le monde. Et parce que...

l'autre fille, elle a tout raconté au principal Berg, et il ne s'est rien passé.

— Oh merde.

C'est exactement ce qu'elle craignait. De le dénoncer et que rien ne lui arrive. La compassion pour cette autre fille l'envahit.

— Oui, continue Spence. Donc je pense… qu'on a besoin d'avoir le pouvoir de notre côté. Et pour ça, je peux peut-être être utile.

— Je ne sais pas.

Brunson donne un coup de pied dans un autre tas de feuilles. Cette fois, Spence l'imite. Elles tapent tout en marchant.

— Ce que je ne veux surtout pas, c'est que ce soit lui qui définisse qui je suis. Que ce moment nul résume tout mon lycée. Il ne mérite pas toute cette attention.

— Je comprends, affirme Spence. Mais si on n'essaie pas, il va continuer.

— Je ne sais pas, répète-t-elle. Bon, on devrait aller à MacMillan maintenant.

— Tu veux bien y réfléchir ? insiste Spence.

— D'accord.

Mais Brunson a l'impression d'avoir déjà fait son choix. L'idée que Spence raconte tous ses traumatismes à ses parents si puissants lui donne un sentiment d'humiliation. Elle ne veut pas de leur pitié, ni de leur intervention. Et surtout, elle ne veut pas traverser ce que la fille qui a *déjà* dénoncé Sullivan a vécu. Cette information change tout.

À l'approche du bâtiment, Spence se tourne vers elle avec une dernière question.

— Tu crois que je devrais laisser tomber la pièce ?

— Pourquoi tu me demandes ça ?

— Je ne sais pas. Parce que je ne sais pas quoi faire. Je le déteste maintenant. Chaque fois que je le vois, je pense à...

— Dans ce cas, arrête la pièce.

— Mais j'adore ce spectacle, et on n'a pas de doublures, et... je suis dans sa classe pour deux semestres et je ne pourrai pas obtenir mon diplôme si j'arrête maintenant. Donc ce n'est pas comme si je pouvais l'éviter...

— Alors, n'arrête pas.

Elle en veut brièvement à Spence de lui mettre la pression en lui posant cette question.

— Salut les filles ! lance Freddy à leur approche.

Par-derrière, il prend Spence dans ses bras et l'embrasse sur la joue.

Beth et Ramin sont déjà installés dans l'appartement de Douglas. Brunson s'assied aussi loin que possible de Spence. Son énergie l'épuise.

— C'est notre dernière séance avant que vous ne rentriez chez vous pour Thanksgiving, commence Douglas. Alors, je me suis dit qu'on allait faire quelque chose de spécial aujourd'hui.

— Moi, je ne rentre pas chez moi, dit Freddy.

— Moi non plus, enchaîne Ramin.

— D'accord, dans ce cas c'est notre dernière séance avant votre congé. Freddy et Ramin, je serai sur le campus pendant les vacances, donc si vous voulez un bol de soupe qui n'ait pas le goût des restes de la veille, vous pouvez venir toquer à ma porte.

— Tu vas adorer le campus vide, explique Freddy à Ramin. Il ne reste souvent plus que quelques profs et des étudiants étrangers.

Ramin soupire.

— Au moins, ça sera bien d'être tout seul dans le sous-sol. La nuit dernière, toutes mes serviettes de toilette ont disparu.

— Les cons, crache Beth.

— Hiro en avait une en plus. Ça allait. (Il soupire à nouveau.) J'ai demandé à être transféré dans une autre résidence, mais il n'y a pas de place. Vous savez ce qu'a dit le principal ?

— Quoi ? demande Freddy.

— Il a dit qu'on pourra me déplacer dès qu'un quatrième division sera renvoyé, fait-il avec un rire sans joie.

— C'est dur.

— Sincèrement, comment vous faites pour travailler avec ce type ? demande Spence à Douglas.

La prof ne mord pas à l'hameçon.

Ça n'empêche pas Spence d'insister.

— Attendez, c'est pour ça que vous avez démissionné de la direction du département de littérature ? Parce que vous en aviez marre de Berg ?

— Amanda, on ne va pas discuter de…

— Oh, s'il vous plaît, on peut parler de tout ici.

Douglas soupire.

— J'ai laissé mon poste de directrice à cause d'un désaccord concernant le programme, c'est tout. Je voulais... mettre à jour le tronc commun. Ajouter plus d'auteurs qui reflètent l'expérience de *tous* les élèves.

— Et Berg... ? questionne Spence.

— ... n'était pas d'accord. Mais c'est moi qui choisis le programme pour les classes d'option. Et j'ai notre Cercle. Diriger le département, c'est un travail de bureaucratie ingrat. Maintenant, je peux me concentrer sur ce que je préfère, précisément ceci : enseigner.

Les raisons de la démission de Douglas n'intéressent pas le moins du monde Brunson. Elle pense à Ramin, obligé de vivre dans cette cave.

— Vous savez que, statistiquement, les quatrièmes années sont les moins susceptibles d'être exclus, lance-t-elle.

— C'est vrai, appuie Beth. En moyenne, seulement un pour cent de quatrième division est viré par an.

Brunson est constamment stupéfaite de s'apercevoir que la tête de Beth est aussi remplie de statistiques sur Chandler que la sienne.

— C'est moi qui me suis occupée de la catégorie « On ne vous oublie pas » de l'album de promo de l'an dernier, et la liste des quatrièmes divisions était minuscule comparée aux autres.

— On peut parler de cette catégorie, d'ailleurs ? intervient Freddy. « On ne vous oublie pas. » On dirait qu'ils sont morts.

— La seule catégorie plus courte, c'est celle des élèves hébergés chez les profs. On n'est qu'une poignée.

Le visage de Ramin s'éclaire tout à coup.

— Attends. C'est ça ! Brunson, tu es un génie.

— Ah bon ?

Ramin se tourne vers Douglas.

— Je pourrais être hébergé. Brunson habite chez Mme Song. Et Josie Oxford habite avec…

— Il n'y a que cinq profs qui logent des élèves, coupe Beth. Et toutes les places sont prises.

— Je crois qu'il parle d'emménager ici, devine Brunson.

Ramin confirme d'un hochement de tête.

— Combien de chambres vous avez ici, professeure Douglas ?

À peine sa question posée, Brunson s'aperçoit qu'elle dépasse les bornes. Elle rougit.

— Je, euh, vous savez… je ne crois pas…, bégaye Douglas.

Ramin fait immédiatement marche arrière.

— Ce n'est rien. Pardon. C'était une mauvaise idée.

Douglas reprend ses esprits et dit :

— Les logements doivent être approuvés pour pouvoir accueillir des étudiants. C'est toute une procédure. Et il faudrait que ce soit accepté par…

— Le principal Berg, coupe Spence, les yeux au ciel.

— Oui, confirme Douglas. Mais… Ramin, si tu te sens réellement mal, je pourrais demander moi-même à un autre professeur de t'héberger. Mais ça peut prendre un peu de temps.

— Merci, dit-il tout bas. Ce serait super.

Douglas sourit, probablement soulagée que cette conversation prenne fin.

— Bon, on s'y met ? Comme je disais, je voulais changer un peu aujourd'hui. Faire quelque chose qui, je l'espère, vous plaira. Au lieu d'écrire seuls pendant une heure, nous allons chacun notre tour écrire pendant dix minutes, et construire une histoire ensemble. Ce sera un exercice d'écoute, parce que je veux que vous vous serviez des idées des autres, pas que vous les niiez.

— Oh, comme du théâtre d'improvisation, dit Spence. La règle numéro un de l'impro, c'est de dire « oui et » à son partenaire. Par exemple, si je commence une scène qui se passe dans une salle des ventes, la personne suivante ne peut pas me dire « non, on n'est pas dans une salle des ventes ».

— D'accord, mais tu es bien la seule à avoir l'idée de situer une scène dans ce genre d'endroit ! la taquine Freddy.

— Chut ! C'était juste un exemple.

— Vous savez quoi, intervient Douglas. Avant de commencer, faisons quelques petits exercices d'improvisation. De toute façon, écrire, c'est improviser sur une page. Amanda, explique-nous ton exercice préféré, si tu veux bien.

— Oh, alors, il y a le jeu de l'alphabet. Chaque phrase commence par la lettre suivante dans l'alphabet. Sinon il y a celui où deux personnes jouent une scène et on peut crier « Stop » pour les figer. Puis on tape sur l'épaule de l'un des deux qui doit sortir de scène, on prend sa place et on démarre une toute nouvelle scène, en se basant sur un élément physique de la scène précédente. Etc.

— Faisons celui-ci, dit Beth. Ça a l'air marrant.

— D'accord, alors tu es ma première partenaire, lui dit Spence.

Elles se placent au milieu de la pièce.

— Donnez-nous un lieu. N'importe lequel.

— La cafétéria, lance Freddy.

Spence et Beth s'asseyent l'une en face de l'autre, faisant mine de manger en se racontant des potins, jusqu'à ce que Freddy hurle « STOP » et tape l'épaule de Spence. Il prend sa place face à Beth et démarre une scène à bord d'une navette spatiale. Beth joue le jeu en faisant voler ses mains en apesanteur. Tout le monde rit et le jeu continue jusqu'à ce que tout le monde, même Douglas, soit passé. L'humeur de Brunson s'améliore grâce au jeu. Le poids qu'elle traînait avec elle est remplacé par l'étincelle légère des rires et de l'imagination.

Quand ils se mettent à l'exercice d'écriture de Douglas, elle y prend un réel plaisir. L'histoire qu'ils construisent ensemble est absurde et rigolote. Il s'agit d'un prof et d'un élève qui échangent leurs corps. Brunson sait qu'il existe probablement une version plutôt douloureuse de cette histoire, mais ce n'est pas celle qu'ils écrivent ensemble. Et elle s'aperçoit que chaque histoire peut être écrite de nombreuses manières. Tout comme chaque vie peut être vécue de nombreuses manières différentes.

Avant de les laisser partir, Douglas leur dit :

— On ne se revoit pas avant décembre. Du moins pas dans le Cercle. Donc je profite de Thanksgiving pour vous dire à quel point je suis reconnaissante que le Cercle existe.

Après la séance, ils se rendent ensemble au lac. En chemin, Freddy prend Brunson à part.

— Dis, je vous ai vues avec Spence, ce matin. Elle n'est pas au courant pour son anniversaire, hein ?

— Je ne pense pas. Elle m'a dit qu'elle ne faisait rien cette année.

— Parfait. J'ai parlé avec Sabrina, tout est prêt.

Le lac n'est toujours pas gelé, mais ça ne tardera plus. Ils s'asseyent au bord.

— C'est bien que tu aies demandé à Douglas d'emménager chez elle, dit Freddy à Ramin.

Pendant que Ramin se demande à voix haute si cela se produira un jour, Brunson se lève pour marcher le long de la rive. Elle s'arrête à leur arbre et effleure leurs initiales.

— Salut.

Beth l'a suivie.

— Salut.

Un ange passe.

— Tu es vraiment drôle, dit-elle à Beth, en repensant aux scènes d'impro. Je ne savais pas.

— On ignorait beaucoup de choses l'une de l'autre, hein ?

Brunson fait signe que oui, les doigts toujours posés sur leurs initiales.

— Tu crois qu'on est les premiers de Chandler à avoir ce QG ?

— Probablement pas, dit Beth. Le lac doit être jonché d'un siècle de secrets.

— Oui, des secrets.

Penser aux élèves passés ici avec eux lui donne une idée. Un jour, *elle* sera l'élève passée avant. Et elle a le pouvoir d'améliorer les choses pour ceux qui viendront ici en quête de réponses.

— Spence veut parler de Sullivan à ses parents, informe-t-elle Beth. Elle te l'a dit ?

— Non. Et toi, qu'est-ce que tu veux ?

— Je ne sais pas.

— Qu'est-ce que tu ressens en pensant qu'elle va le dire à ses parents ?

— J'ai peur. Mais j'ai aussi de l'espoir. Attends, tu es en train de m'analyser ou quoi ? On dirait le docteur Geller.

— Et comment tu sais comment il parle ? fait Beth avec un sourire.

— Parce que je l'ai consulté pendant un temps, l'an dernier.

— Une chose de plus que j'ignorais sur toi. Comment on a fait pour être aussi invisibles l'une pour l'autre alors qu'on était dans la même chambre ?

— Aucune idée. Parfois, c'est plus difficile de voir ce qu'on a sous le nez, j'imagine.

— Oui, ben évite de trop regarder sous mon nez, plaisante Beth.

— Dégueu !

— Dis-moi, pourquoi on t'a envoyée voir Geller ?

— On ne m'a pas envoyée, explique-t-elle. C'est lui qui m'a formée à l'aide psychologique des élèves, et je l'ai trouvé super intelligent, alors j'ai pensé qu'il pouvait m'aider à surmonter la séparation d'avec ma mère et ma sœur. On a dû faire sept séances. J'ai arrêté juste avant ce qui s'est passé avec Sullivan. C'était sûrement une mauvaise décision. Même si je ne l'aurais jamais dit à personne l'an dernier, de toute façon.

— Tu as arrêté parce qu'il t'a bien aidée, ou parce que ça ne t'aidait pas ? s'enquiert Beth.

— Oh, ça m'a aidée. Je crois que je me suis rendu compte que je n'avais plus besoin d'un psy. Maintenant, ma mère est en rémission. Avec un peu de chance, pour toujours. Donc je devrais avancer, non ?

— J'ai l'impression qu'elle a été malade très longtemps. Tu dois avoir beaucoup de choses à digérer.

Elle hoche la tête. Beth a raison sur ce point.

— Dans un sens, je n'ai pas vraiment eu de parents, dit-elle doucement. Le traitement pour ma mère était si cher. Mon père se tuait au travail pour payer. Et moi, je me suis chargée de ma sœur. Je changeais ses couches, je faisais les biberons. Et je regardais ma mère mourir à petit feu, jusqu'à ce que soudain, elle ressuscite.

— C'est vraiment dommage qu'on n'ait pas parlé comme ça l'an dernier, regrette Beth.

— Oui. Tu sais, j'essayais juste de trouver ma place, de me faire des amis. Je n'ai jamais voulu t'exclure.

— Je le sais *maintenant*, dit Beth.

— Et cette histoire avec tes cheveux…

— Je sais. Ça te rappelait ta mère. Je comprends maintenant. Je *te* comprends.

Brunson déballe tout, tout ce qu'elle aurait dû lui dire quand elles habitaient ensemble.

— Tu sais, le plus bizarre, c'est que quand les cheveux de ma mère ont repoussé, quand elle est retournée s'occuper de ses propres patients au lieu d'en être une… eh bien, j'étais désorientée d'avoir une mère en bonne santé, alors je me suis inscrite ici. Et en apprenant que j'étais admise, ma mère a paniqué. En partie à cause des frais de scolarité, mais aussi parce que je m'en allais maintenant qu'elle était en état de passer de bons moments avec moi, je crois.

— Elle doit te manquer.

— Oui, beaucoup. Tu sais ce qu'elle m'a dit quand j'ai été admise ? Elle a dit que ceux qui voulaient lui prendre ses enfants auraient dû la payer elle, pas l'inverse.

Beth s'esclaffe.

— Mais elle t'a laissée partir.

— C'est difficile de m'empêcher de faire ce que je veux quand j'ai décidé quelque chose, soupire-t-elle.

— Je n'en doute pas, conclut Beth avec un sourire. Bon… pour Sullivan. Tu t'es décidée, tu veux que Spence en parle à ses parents ?

Ce dont Brunson est sûre, c'est qu'elle ne veut pas que Sullivan soit au centre de ses années à Chandler. Mais elle a également conscience que si elle n'essaie pas de régler le problème, il sera peut-être *encore plus* au centre.

Parce qu'elle passera sa vie à se retourner sur le passé en se demandant, *et si ?*

FREDDY BELLO

— Bon anniversaire, dit-il en se réveillant au côté de Spence.

C'est fou comme c'est facile de se glisser dans sa chambre. Ou peut-être que M. et Mme Plain sont extrêmement laxistes, parce qu'ils le voient aller et venir constamment dans Livingston et pas une fois ils ne leur ont rappelé l'obligation de laisser la porte ouverte et d'avoir toujours au moins trois pieds par terre.

— Merci, répond Spence.

— Tu te sens plus vieille ?

— Non, seulement plus heureuse.

Elle lui caresse les cheveux.

— Je pourrais rester au lit avec toi toute la journée.

— La fatigue est un signe de vieillesse.

Il l'embrasse entre chaque mot.

— Tu sais *pourquoi* je veux rester au lit. Mais on n'est pas obligés de le faire si tu n'en as pas envie, ajoute-t-elle avec sérieux.

— Bien sûr que si, j'en ai envie. C'est juste que tu disais que tu ne voulais plus sortir avec des garçons parce qu'ils pensent tous à la même chose. Je ne voulais pas que tu croies que je suis pareil.

— Ce monde ne te mérite définitivement pas, Freddy. Je ne voulais pas dire que je ne coucherais jamais avec toi.

— Eh bien, c'est une excellente nouvelle.

Il sourit pour masquer sa nervosité. À la vérité, il n'a jamais couché avec personne. Sa dernière petite copine a rompu avant d'en arriver là. Il craint de décevoir Spence. Le quitterait-elle pour ça ?

Un long silence, inhabituel, s'étire entre eux. Au bout d'un moment, Spence dit :

— On n'est pas obligés de le faire aujourd'hui, ni rien.

Freddy lui prend les mains et embrasse ses doigts.

— Je crois que je suis juste un peu nerveux. Je, euh, je n'ai pas vraiment d'expérience dans ce domaine.

— Oh. Freddy, on peut attendre. C'est comme tu préfères.

— Comme *on* préfère. C'est juste que… Je me sens un peu comme avant une compétition. Malgré mon entraînement, une fois que j'arrive devant les juges, j'ai le trac.

— Tu sais quoi ?

Il l'observe, interdit. Ça fait partie de la beauté de Spence, tous ces mystères à découvrir.

— Je crois que tu as été formaté à tout prendre comme une compétition, dit-elle. Mais, quoi qu'il arrive, moi, je ne te jugerai pas. C'est promis.

Il la regarde dans les yeux. Il a dit à ses parents qu'il ne se laisserait pas déconcentrer par l'amour, mais ni eux ni lui n'avaient prévu que tomber amoureux de la *bonne* personne lui donnerait plus de force, et pas moins.

Il approche sa bouche de la sienne, le plus possible sans la toucher. Leurs respirations se synchronisent.

— Viens, on le fait, dit-il.

— D'accord, murmure-t-elle. On peut prendre notre temps.

— Simplement… je ne veux pas que tu sois déçue.

Elle rit.

— Bon, d'accord. Maintenant que mes attentes sont au ras des pâquerettes… (Elle baisse la main pour le caresser.) Dis donc, mes espoirs ne sont peut-être pas solides, mais je connais autre chose qui l'est.

Freddy grogne mais ne peut s'empêcher de rire. Ils s'embrassent pendant longtemps, jusqu'à ce que Spence se retourne pour récupérer un préservatif dans un tiroir.

— Eh bien…, dit-il.

— Quoi ? Tu trouves que ça fait pute d'avoir des préservatifs dans ma chambre ?

— Non ! proteste-t-il un peu trop fort.

— Chut ! Il y a toute une résidence remplie de filles de sixième division qui n'attendent que d'apprendre que tu as passé la nuit ici.

Il baisse d'un ton.

— Honnêtement, je te trouve géniale.

Il l'embrasse et ils se donnent l'un à l'autre. Il ne s'est jamais senti aussi lié à un autre être humain. Toute sa vie, son corps ne lui a servi qu'à remporter des médailles.

Aujourd'hui, pour la première fois, son corps n'est là que pour apporter du plaisir.

Quand c'est fini, ils s'enlacent et restent allongés sans rien dire, pour tout ressentir. Dans ce silence, il prend conscience d'une chose. S'il voulait abandonner le saut à la perche, c'était pour échapper à cette pression qu'il déteste par-dessus tout. Mais s'il trouvait un moyen d'aborder la perche comme il venait d'aborder sa relation avec Spence, peut-être parviendrait-il à s'éclater de nouveau. À s'émerveiller, comme quand il était petit et qu'il voulait voler comme Superman.

Il pose la tête sur le ventre de Spence. Peut-être ne va-t-il pas laisser tomber, après tout. Peut-être qu'il avait seulement besoin que quelqu'un lui donne assez de confiance pour continuer.

Elle lui caresse les cheveux.

— Tu sais que si tu te coupes les cheveux un jour, je te tue ?

— Je savais que notre relation changerait après avoir couché ensemble, mais je ne pensais pas qu'on en arrive au meurtre aussi vite.

— En parlant de ça, je meurs de faim.

— Moi aussi. Hé, si on allait manger en ville, propose-t-il avec le plus de naturel possible. Je n'ai envie de voir personne sauf toi aujourd'hui.

Elle sourit.

— Pizza chez Mamma Mia ?

— Parfait. Tu connais mon penchant pour les calzones au petit déjeuner.

Ils pédalent jusqu'en ville. La journée est idéale, fraîche mais ensoleillée. En chemin, il freine d'un coup.

— Attends ! Il faut que je passe chez Sabrina, j'ai oublié mon bonnet à sa soirée. Ça ne te dérange pas si on fait un détour ?

Elle plisse les yeux, soupçonneuse.

— Tu ne portais pas de bonnet, ce soir-là. J'ai une mémoire photographique en matière de mode.

Il réfléchit à toute vitesse.

— Je suis à la mode, selon toi ? Bref, je l'avais dans ma poche. Il a dû tomber.

— D'accord, concède-t-elle en haussant les épaules.

Ouf. Elle a l'air de ne se douter de rien. Quand il frappe chez les Lockhart, la porte s'entrouvre en grinçant. Et soudain, la lumière s'allume et tout le monde hurle :

— SURPRISE !

Il la regarde ouvrir de grands yeux. Le Cercle est là, ainsi que toutes ses copines de sixième division, et la troupe de théâtre. Sourire extatique sur le visage, elle découvre Whistler, Henny, Amira et Lashawn.

— Mais tu m'as piégée ! s'écrie-t-elle en lui donnant une tape sur la poitrine.

— ON T'AIME ! crie Henny Dover. Même si tu nous snobes pour flirter avec ton perchiste !

— Je... Je n'y crois pas, fait Spence sincèrement émue. J'avais dit que je ne voulais rien faire pour mon anniversaire.

— Oui, mais je savais que tu ne le pensais pas, dit Freddy. Hein ?

— Tu ADORES ton anniversaire ! intervient Whistler. Et c'est le dernier que tu fêtes à Chandler, on n'allait pas gâcher cette chance.

— Ça n'a pas été gâché, dit-elle en posant une main dans le dos de Freddy. Mais tu as raison, *j'adore* fêter mon anniversaire. Alors, faisons la fête comme si c'était la fin du millénaire !

Sabrina met un CD d'Ella Fitzgerald et les sixièmes divisions se mettent à danser la valse qu'elles ont apprise à leur deuxième leçon de danse.

Spence emmène Freddy jusqu'à Sabrina et Hiro.

— Merci, Sabrina, dit Spence.

— Avec plaisir, répond chaleureusement Sabrina. Freddy a dit que votre premier baiser a eu lieu dans notre garage, donc c'était logique de faire ça ici.

Spence se tourne vers lui.

— Tu racontes aux autres nos secrets ?

Un bras autour de Sabrina, Hiro ajoute :

— Il y avait de l'amour dans l'air à cette soirée, non ?

Freddy sent son visage chauffer. Ils viennent de coucher ensemble, mais ils ne se sont toujours pas dit qu'ils s'aimaient.

— C'est vrai, dit-il en regardant Spence dans les yeux.

Elle comprend ce qui se passe parce qu'à son tour elle devient toute rouge.

— Mes parents nous ont donné cinq heures, alors profitez-en, lance Sabrina.

Elle entraîne Hiro sur la piste de danse où il la fait basculer, manquant de la renverser.

Depuis un coin de la pièce, Freddy observe Spence qui fait la tournée de tous les invités. Tout le monde l'aime. Après quelques chansons, il rejoint Ramin.

— Tu l'as apporté ?

— Tiens.

Ramin sort un CD iranien de son sac, avec une femme magnifique sur la pochette.

Ils s'approchent de la chaîne pour changer la musique.

— La danse du Cercle ! s'écrie Freddy.

Ils font rouler leurs épaules avec des grimaces ridicules en agitant les mains en l'air, et tout le monde les imite.

Freddy remarque la stupéfaction de Ramin.

— Cool, hein ?

— Très cool, confirme Ramin. J'avais imaginé beaucoup de choses sur Chandler. Et je n'aurais jamais pu m'imaginer le pire de Chandler. Ni le meilleur non plus !

Ils font une pause pour aller s'asseoir sur la terrasse, où Amira et Lashawn feuillettent un ancien album de promo.

— Merci d'être venues, leur dit Spence.

Amira lève l'album.

— Vous n'êtes pas prêts.

— Quoi ?

— Les Lockhart avaient ce très vieil album, et…

— Attendez…, dit Lashawn.

— Boom !

Amira ouvre l'album à la photo de sixième division du principal Berg, quand il était élève au lycée.

— Oh mon Dieu ! couine Spence.

Freddy la laisse sur la terrasse. Elle y est toujours à 15 heures, au moment de la surprise suivante.

— Rentre une minute ! lui demande-t-il.

Elle le suit à l'intérieur. Sabrina triture le bouton de la radio pour trouver la bonne station où passe une chanson pop.

— Pourquoi tu m'as fait rentrer ? demande Spence.

— Patience.

La fête s'est calmée à présent. Quand la chanson se termine, l'animateur reprend la parole :

— La prochaine chanson nous a été demandée par Freddy.

— Non ! fait Spence en lui sautant au cou.

— Freddy, qui nous écrit : « Joey, aujourd'hui c'est l'anniversaire d'une personne très précieuse pour moi. Peux-tu passer "Amanda" de Don Williams pour elle ? Si oui, je sais que ça l'aidera à changer d'avis sur quelque chose de très important. » Eh bien, Freddy, tes désirs sont des ordres.

La chanson commence et Freddy chante en même temps.

— Est-ce que tu es en train d'essayer de me faire aimer une chanson qui contient un nom propre dans le titre ? demande-t-elle.

— *Amanda light of my life*, chante-t-il avec l'accent nasillard.

— Tu ne me feras jamais changer d'avis, jamais !

Tout le monde entonne le refrain.

— *Amanda light of my life*, chantent-ils en chœur.

À la fin de la diffusion, Spence lui tombe dans les bras.

— Je t'aime, lui murmure-t-elle à l'oreille. Et je ne l'ai jamais dit à personne.

Il l'embrasse et murmure à son tour :

— Je t'aime aussi.

Après le gâteau, chacun se disperse petit à petit. Les invités restants se rassemblent par terre au milieu du salon en grignotant la fin du gâteau sur la table basse jusqu'à l'arrivée des parents de Sabrina.

Freddy et Spence rentrent à l'internat en vélo et s'embrassent devant Livingston. À quelques mètres, Brodie Banks leur crie :

— Il y a des hôtels pour ça !

— Hé, tu as vu comme Hiro s'entend bien avec les parents de Sabrina ? demande Spence. Ils se sont mis ensemble le même jour que nous.

— Oui, mais c'est une externe, ses parents habitent là.

— Ce que je veux dire, reprend-elle avec diplomatie, c'est que si tu acceptes mon adorable invitation de Thanksgiving, tu *pourrais* rencontrer mes parents, qui seront miraculeusement tous les deux à la maison à ce moment-là. Et Brunson m'a dit qu'elle voulait que je leur parle de Sullivan finalement, donc je pourrais avoir besoin de ton soutien.

— J'accepte ton adorable invitation, dit-il avec assurance. Et au fait, je n'avais pas besoin d'Hiro et de Sabrina pour en être persuadé. Je ne nous compare à personne. Je veux juste… rencontrer les gens qui t'ont créée.

— Hé ! Je me suis créée toute seule.

Puis elle l'embrasse et s'en va.

Aucun de ses vêtements ne semble digne des parents de Spence. Son père se fait sûrement faire ses costumes sur mesure à Savile Row. Sa mère, quant à elle, reçoit des vêtements offerts par les grands couturiers. Pendant ce temps, lui essaie de se décider entre une veste Brooks Brothers trop juste pour lui et une polaire L.L. Bean trouée.

Il entend Charles et Teddy Powers qui jouent à se lancer une balle d'un bout à l'autre du couloir.

— Attrape ! crie Charles.

L'an dernier, pendant une partie de baby-foot dans le foyer des élèves, Freddy a entendu Henny et Whistler raconter aux autres filles leur week-end au « Palace Spencer », comme elles l'appelaient. Henny avait une fascination pour les bidets et les pommeaux de douche.

— Je n'ai jamais vu autant de bidets, disait-elle.

Whistler, elle, s'intéressait surtout aux photos des Spencer avec des célébrités.

— Je ne savais même pas que Spence avait fait un bowling avec Liv Tyler !

Il fourre la veste et la polaire dans son sac de toile, avec tous les pantalons qu'il possède. Spence choisira pour lui une fois là-bas.

Dans le couloir, Charles et Teddy continuent de hurler en tapant dans leur balle. La porte de M. Sullivan s'ouvre.

— Dites, vous vous souvenez qu'on n'est pas chez les sauvages ?

Rien que d'entendre sa voix le fait bouillir. Il a envie de sortir et de lui montrer ce que c'est, la sauvagerie.

— Désolé, il fait trop froid pour jouer dehors, se justifie Charles.

Une nouvelle voix retentit. Toby.

— Yo, Cox. Il est là ton coloc ?

— Ouais, il fait sa valise, mais…

Toby et Seb entrent dans la chambre sans le laisser finir. Ils referment la porte derrière eux. C'est tellement bête que cette porte soit censée rester ouverte quand une fille est présente, mais pas quand ces deux crétins sont là.

— Ça boume ? demande Toby.

— Je suis super occupé, répond-il en rangeant ses affaires.

— Ouais, il paraît.

Seb jette un œil dans le sac.

— Tu vas rencontrer les parents de Spence. Une sacrée étape, hein ?

Bien sûr qu'ils savent déjà ce qu'il fait pour les vacances. Chandler est à la fois un endroit bourré de secrets et sans aucun secret à la fois.

— Qu'est-ce que vous faites là, les gars ?

— On est potes, non ? demande Toby.

— Ah bon ?

Freddy essaie d'avoir l'air détendu, mais il entend sa voix qui déraille.

— Bien sûr, dit Seb avant d'être interrompu par son acolyte.

— On n'est pas des méchants. Tu le sais.

Freddy évite leur regard et s'affaire à plier ses vêtements.

— Bon, écoute, on sait que tu nous en veux, et on sait pas ce que Face de Rat t'a raconté, ni pourquoi il veut déménager de la résidence.

— Il s'appelle *Ramin*.

— Pigé, Frederico.

— Mais on veut que tu aies les deux versions de l'histoire, insiste Toby.

— C'est quoi votre version ?

— Tu n'étais pas là en troisième, ni quatrième division. Tu as raté *beaucoup* de choses.

— J'en suis sûr.

Il essaie de plier correctement les deux cravates qu'il possède. Quoi qu'il fasse, ça ne va pas dès qu'il les range dans le sac.

— Tu ne sais pas ce qu'on a vécu, fait Toby en lui attrapant violemment le bras. Tu peux écouter, au moins ?

— Très bien.

Freddy croise les bras.

— Mes délégués de troisième division nous baissaient le froc et nous tabassaient avec des raquettes de ping-pong.

— Et tu sais, reprend Seb, à Montgomery, c'était exactement pareil. L'année de mon arrivée, des dernières années m'ont forcé à porter un slip sur la tête. Ils ont pris une photo. Ils appelaient ça une garantie. Si je leur désobéissais, ils afficheraient la photo au courrier.

— Et ça, c'était à Montgomery ! continue Toby. Moi aussi j'ai passé ma quatrième division au sous-sol de Wilton Blue. Tu veux savoir ce qui m'est arrivé là-bas ?

— Non, pas vraiment.

— Tout ce qu'on dit, c'est qu'on n'a rien fait qu'on ne nous a pas déjà fait avant, tu piges ?

Toby hoche fièrement la tête, comme s'il avait eu le dernier mot.

— Non, je ne pige pas, souffle Freddy. Ça ne marche pas comme ça. Ce n'est pas parce que… parce qu'on vous a fait subir des horreurs que vous avez le droit de reproduire la même chose sur quelqu'un d'autre. Ce n'est pas…

Il cherche ses mots. *Juste ?*

— En tout cas, le bizutage, c'est une tradition à Chandler. Tu ne devrais pas prendre ça trop au sérieux.

— Mais c'est sérieux, en fait. Vous vous rendez compte de ce que vous faites aux autres ? Est-ce qu'au moins vous avez un peu de remords ?

Ils ne répondent pas.

— Bon, je dois aller aux toilettes. J'apprécierais vraiment si vous n'étiez plus là à mon retour.

Il sent son cœur battre à tout rompre en sortant de la chambre, mais il sourit aussi, parce qu'il n'y a pas si longtemps, ces deux types étaient ses amis, et aujourd'hui, il a tellement plus.

Charles et Teddy jouent toujours à la balle.

— Tout va bien ? demande Charles quand Freddy ouvre la porte des toilettes d'un coup de pied et se passe de l'eau sur le visage.

Toby, Seb et Sullivan sont tous les trois rassemblés à Holmby en ce moment même. C'est suffisant pour lui donner envie de faire cramer le bâtiment, mais il respire profondément pour faire passer la colère.

De retour dans sa chambre, ils sont partis. Soulagé, il termine ses valises. Se rappelant avoir promis à Spence de lui montrer des photos de son enfance, il en emballe quelques-unes en dernière minute. Quelques heures plus tard, il laisse toute cette histoire derrière lui et monte dans un train pour New York en compagnie de Spence. Il ne lui a pas parlé de la petite visite de Toby et Seb. Il n'a aucune envie de la revivre. Au lieu de ça, il l'écoute qui lui décrit les Hamptons.

— Donc, si je comprends bien, c'est là que vont les gens assez riches pour s'échapper du froid de Manhattan en voiture, dans le but de se faire mordre par des tiques et de faire la fête avec Puff Daddy.

— En gros, oui. Mais on ne prend pas tous la voiture. Certains prennent le Jitney.

— C'est quoi, un Jootney, minaude-t-il pour la taquiner.

— Le Jitney. C'est un bus.

— Tu prends le *bus* ?

— Arrête ! glousse-t-elle.

Plus ils s'éloignent de Chandler, plus il se sent léger. Il se fiche bien à présent de porter les bons vêtements pour rencontrer les parents de Spence. Il est seulement heureux de pouvoir passer les vacances avec elle, et de rire comme ça. Spence sort l'album photo qu'elle a apporté pour lui montrer sa famille étendue. Il est magnifique. Il y a des clichés d'anniversaires et des célébrations de Diwali. Des photos de Spence et de son père en costumes assortis, de Spence et de sa mère en saris assortis. Et énormément de photos de Spence petite avec des stars. Avec Iman et

Bowie, avec Courtney Love, avec Tony Kanal de No Doubt.

Il s'arrête sur une photo d'elle à huit ans dans les bras de Madonna.

— Sérieux, Spence ?

— C'est dingue, hein ? C'était dans les coulisses du Blond Ambition Tour à Landover, dans le Maryland, en plus. C'était la seule date pour laquelle Gaultier avait pu avoir des pass pour ma mère.

— N'importe quoi, ta vie, dit-il avec un sourire.

Il arrive à un cliché de Spence dans les bras d'une très belle femme indienne.

— Et j'imagine qu'elle, c'est une immense star de Bollywood.

— Non, ça c'est ma tante ! Et maintenant, à ton tour. Tu as promis de me montrer ton enfance aussi.

Il fouille à tâtons dans son sac à la recherche de ses photos et en sort quelques-unes, ainsi qu'un bout de papier. D'un côté, il reconnaît son dernier devoir d'histoire, mais au verso, en grosses lettres, il y a un mot : *TRAÎTRE.*

Son cœur s'arrête une fraction de seconde.

— Qu'est-ce que c'est ? s'étonne Spence, perplexe.

Il a laissé Toby et Seb seuls dans sa chambre. La rage et la frustration d'avoir été piégé l'envahissent. Ils ne sont pas venus parce qu'il leur manquait. Ce n'était qu'une ruse débile.

— Je me sens tellement bête d'avoir été leur pote, explique-t-il. Est-ce que j'étais comme eux ? C'est comme ça qu'on me voyait ?

Elle pose une main sur son épaule.
— Je suis désolée. Essaie d'oublier ces connards.
— Tu sais, commence-t-il en fermant les yeux pour écouter le bruit du train sur les rails. Le plus dur dans le saut à la perche, ce n'est pas le physique, c'est le mental. C'est d'apprendre à oublier les connards, la pression et la peur, pour être dans l'instant présent.
— Et comment on fait ?
Il la regarde et sourit.
— On rencontre des gens avec qui on se sent bien.

George Spencer et Shivani Lal accueillent Freddy dans leur magnifique demeure à bras ouverts. Malgré leur prestance sur les photos, il émane une grande chaleur de leur personne.
— Enchanté de faire votre connaissance, monsieur Spencer et madame Lal.
Il tend la main, mais ils lui donnent immédiatement une accolade.
— Appelle-nous George et Shivani. Nous ne sommes pas tes profs, dit George.
Freddy fait la visite de leur maison de ville avec de grands yeux. Henny et Whistler n'ont pas menti. Il y a des bidets dans toutes les salles de bains.
— C'est tellement différent de là où j'ai grandi.
Il observe un Basquiat sans en croire ses yeux.
— Et très différent aussi de là où j'ai grandi, lui dit gentiment Shivani.
Freddy sourit. Il les aime bien. Et, contrairement aux snobinards de parents de son ex, eux semblent l'apprécier.

Le séjour se passe si bien que ni Spence ni Freddy n'ont envie de tout gâcher en demandant à George de parler au conseil à propos de Sullivan. Ils vont au musée, et à une première au Ziegfeld. Ils font du shopping chez Barneys. Spence tente de lui acheter une nouvelle tenue, mais il refuse.

Le dernier soir, avant le dîner, Freddy traverse le couloir qui sépare sa chambre d'ami de celle de Spence. Il adore sa chambre. Les murs sont décorés des couvertures de *Playbill* de tous les spectacles qu'elle a vus à Broadway. Il la trouve sur son lit en train de feuilleter le dernier numéro de *Vogue*. Il s'assied à côté d'elle.

— Dernière nuit au Palace Spencer, plaisante-t-il en se penchant pour l'embrasser.

— C'était super, non ? Je crois qu'ils t'aiment bien.

— Spence, murmure-t-il. C'est le dernier soir pour, tu sais…

— Je sais.

Elle repose le magazine.

Il l'embrasse de nouveau.

— Il faut que tu leur en parles.

— D'accord. C'est d'accord.

Ce soir-là au dîner, ils mangent des pâtes *alla puttanesca* et rient quand Shivani leur révèle que ce mot signifie « prostituée » en italien.

— Il n'y a vraiment que les Italiens pour inventer des choses pareilles, déclare George.

Au dessert, Freddy donne un petit coup de pied à Spence sous la table. Elle lève la tête.

— Maman. Papa, commence-t-elle d'une voix faible. J'ai quelque chose à vous dire.

BETH KRAMER

— Bon… de quoi on est censés parler ? demande Beth.

Le docteur Geller sourit, stylo à la main, bloc-notes jaune sur les genoux.

— Les patients ont souvent tendance à être mal à l'aise, lors des premières séances. Mais ne te sens pas obligée de tout me dire rapidement. On commence quand tu veux. Comment te sens-tu aujourd'hui ?

— Ça va, je crois.

— Le week-end portes ouvertes, reprend le docteur. Tu es impatiente ?

— Super, le week-end des parents ! ironise-t-elle.

Le docteur Geller sourit de nouveau.

— Cette plaisanterie cache quelque chose de douloureux, je me trompe, Beth ?

— Vous parlez vraiment comme un psy, lance-t-elle sans réfléchir. Non, rien de douloureux. Enfin, je ne crois pas.

L'envie pressante de se tirer d'ici l'assaille, mais elle résiste. Elle ne veut pas décevoir Douglas, alors elle creuse dans ses émotions.

— Je veux dire, ça risque d'être bizarre, parce que mes parents détestent cet endroit. Ils vont péter un câble en découvrant le chantier du nouveau labo informatique. (Elle porte une main à sa bouche.) Oh, pardon.

— Tu as le droit de parler comme bon te semble ici, la rassure Geller. Les seules choses qui me déplaisent sont la malhonnêteté et l'évitement.

— D'accord, bah, imaginez, si mes parents savaient *combien* le père de Toby a donné pour le nouveau labo. Là, ils péteraient sérieusement des câbles.

Le docteur Geller repousse ses lunettes sur son nez.

— J'en fais trop ? demande-t-elle avec un sourire.

Elle jette un coup d'œil à la pendule. Encore quarante minutes à tenir. De quoi va-t-elle parler pendant quarante minutes ?

— Ce week-end sera peut-être l'occasion de réfléchir à ta relation avec tes parents. Cette idée te parle ?

Beth hausse les épaules.

— Peut-être. Enfin, oui, oui, ça me parle.

— Que pourrais-tu faire pour que ce week-end soit une réussite, selon toi ?

Un millier de vannes lui traversent la tête, mais elle s'abstient, et réfléchit un instant.

— Je pourrais les accueillir et ne pas tout de suite m'attendre au pire, c'est ça ?

— C'est un bon début.

— Je peux leur montrer ma vie ici. Leur présenter le Cercle, par exemple. Peut-être même leur raconter un peu ce qui se passe ici.

— Je pense qu'ils en seraient ravis.

— Je pourrais les amener à ma séance avec vous. En plus ma mère, qui voulait *tellement* que je me fasse aider, est *tellement* contente que je vienne vous voir.

— Pourquoi crois-tu que ta mère voulait cela ?

— Alors... euh..., bégaye-t-elle avec nervosité. Je crois que c'est parce que ça m'arrive d'être angoissée, vous voyez.

— Je vois, oui, dit-il gentiment.

— Et elle a remarqué certains trucs que je fais. Des trucs un peu compulsifs. Par exemple, parfois, j'arrache mes cheveux.

Elle se détend tout à coup. C'est presque agréable d'avouer enfin tout ça.

— Peut-être un peu plus que « parfois ». Si ça se savait, on me prendrait sûrement pour une folle.

— Beth, tout ce que tu me décris est en réalité plus courant que tu ne le croies. Et il existe des outils pour t'aider à surmonter l'anxiété et les comportements compulsifs.

— Ah, c'est bien. On peut les acheter à la quincaillerie ? Parce que je suis prête à y aller.

Il se contente d'esquisser un sourire avant de la remettre sur les rails. Elle s'ouvre, s'autorisant lentement à se montrer vulnérable. Ils parlent de ses parents, de ses manies, du Cercle, et de sa haine de la Journée citoyenne puisqu'elle consiste, pour les élèves de Chandler, à faire un geste vers la communauté locale. Or sa famille *est* la communauté.

— Et c'est vraiment horrible qu'ils viennent chez nous ratisser les feuilles mortes ou pelleter la neige pendant un seul jour pour *rendre service*.

Elle raconte beaucoup de choses à Geller, mais pas un mot au sujet de Sullivan. Ce n'est pas une vérité qui lui appartient. Cependant, elle y pense durant toute la séance. Aux États-Unis, les psys doivent faire deux années d'université minimum et trois *mille* heures de séances supervisées pour avoir le statut de psy, si seulement on demandait la même chose aux professeurs ! Peut-être alors que tous les Sullivan du monde trouveraient une autre occupation.

Le soir de la première d'*Angels in America*, ils se rassemblent au premier rang du théâtre. Elle prie pour ne pas tomber sur Sullivan. Tout se passe si bien, elle n'a pas envie que Brunson s'enfuie de nouveau, comme la fois dans le local à costumes à Halloween. Sullivan doit être en coulisses, parce que le spectacle commence sans qu'elle ne l'aperçoive. La pièce est captivante, éprouvante et admirablement interprétée. Cependant, personne ne domine plus le plateau que Spence. Vers la fin, les projecteurs s'éteignent. Le silence tombe sur le public. Quelques spectateurs, qui doivent croire que c'est terminé, se mettent à applaudir. Les lumières se rallument, mais pas sur scène. Les projecteurs éclairent le public tels les phares d'une voiture en approche. Un son à glacer le sang sort des enceintes. Puis, en un instant, le silence se fait et une poursuite illumine le centre de la scène.

Spence est là, sertie de ses immenses ailes d'ange. D'une voix qui transperce la salle de clarté, elle clame :

— Bienvenue, Prophète ! Le grand œuvre commence ! Le Messager est arrivé !

Les lumières s'éteignent de nouveau et, quand elles se rallument, toute la distribution rejoint Spence pour une *standing ovation*. Les acteurs sortent de scène, reviennent accompagnés de Sullivan, entre Spence et Whistler. Il leur prend la main à la dernière révérence, et Beth perçoit l'expression dégoûtée de Spence qui retire discrètement la sienne.

Le hall du studio Harbor est en effervescence après le spectacle. La foule déverse ses compliments sur Spence et ses camarades qui sortent des loges. Au bout d'un moment, celle-ci parvient à se frayer un chemin pour rejoindre Douglas et le Cercle, regroupés dans un coin.

— Tu t'es surpassée, déclare Freddy en l'attirant contre lui.

— C'est une très belle pièce. Réellement, ajoute Douglas.

Beth jette un regard alentour. Beaucoup de gens les regardent, curieux des secrets du Cercle. Elle se réjouit d'être à l'intérieur de quelque chose au lieu d'en être exclue, pour une fois. Mais, au-delà de ça, elle apprécie de sentir ses différents moi se rassembler en un seul. Elle n'est plus une locale. Ni une interne. Elle est Beth.

— J'ai, je l'espère, une bonne nouvelle pour toi, Ramin, dit Douglas en se penchant vers lui. J'ai fait une demande pour loger un étudiant, qui a été approuvée. Si tu veux quitter Wilton Blue, tu peux emménager chez moi avant les vacances d'hiver.

— Oh, waouh, fait Ramin. Je veux dire, merci.

— Donc c'est oui ?

— Oui, dit-il en fermant les yeux. Merci. J'ai juste… Je ne peux pas vous dire le soulagement que ce sera de dormir en sécurité.

— « Le grand œuvre commence ! » plaisante Beth sous les rires.

— Professeure Douglas ! s'exclame Sullivan qui s'approche d'eux. J'apprécierais volontiers votre avis sincère sur notre petite production.

— C'était fantastique. J'ai été particulièrement émue par l'interprétation d'Amanda, dit Douglas avec un sourire pour Spence.

En voyant l'expression de Brunson, Spence consulte sa montre et ment avec habileté.

— On est en retard ! s'exclame-t-elle avant d'ajouter d'un air contrit : Les filles de Livingston ont organisé une petite fête pour moi.

Rapidement, ils s'éloignent tous de Sullivan.

Dans la fraîcheur de la nuit, Brunson demande :

— Alors, est-ce que ton père a pu parler au conseil d'administration ?

— Non, répond Spence. Il dit que c'est difficile avec les vacances qui arrivent. Je suis désolée. Il a promis de leur parler bientôt.

— Ça veut dire quoi « bientôt » ? rétorque Brunson, tendue.

Quelques jours plus tard, un soir glacial de la mi-décembre, ils aident Ramin à emballer ses affaires. Une fois les valises et les cartons fermés, ce dernier semble surexcité, mais un peu triste.

— Ça va ? lui demande Brunson.

— Oui, super. Moi qui croyais rester coincé ici pour toujours.

L'atmosphère change quand Benji entre dans la pièce à moitié vide.

— Du coup j'ai la chambre à moi tout seul, maintenant, dit-il. Cool.

— Tant mieux si tu es content que je m'en aille, lance Ramin avec un sourire narquois.

Puis, jetant un coup d'œil à l'affiche du film *Hostages*, il ajoute :

— Au fait, je n'ai jamais vu le film de ta mère, et je ne crois pas en avoir jamais envie, parce que même l'*affiche* est une insulte.

— Hein, pourquoi ? s'étonne Benji alors qu'ils sortent dans le couloir.

Ramin ne répond pas. Ils quittent le bâtiment. Hiro leur court après.

— Hé ! Je sais que ce n'est pas un au revoir définitif, mais bon, au revoir quand même.

— Passe me voir quand tu veux pour une partie de pasur, propose Ramin.

— Dans ce cas, à demain, répond Hiro tout sourire. Combien tu me dois maintenant ?

— Sept millions de dollars, il me semble.

— J'accepte le liquide ou les virements bancaires.

Ils échangent un long regard, puis Ramin demande :

— Tu es sûr que ça va aller ici ?

Hiro sourit.

— Ramin, inutile de t'inquiéter pour moi. Contente-toi de faire gaffe à toi. Et je promets de faire de même.

— Je ne sais pas comment tu fais.

Hiro hausse les épaules d'un air triste.

— Je crois que je veux prouver à ces ordures que je vaux mieux qu'eux.

— Je ne suis pas comme toi, dit Ramin. Je ne peux pas rester ici. Mais je sais que je n'aurais pas survécu si longtemps sans toi. Merci.

Hiro s'esclaffe.

— Arrête de parler comme si tu partais pour l'Antarctique, tu vas juste en bas de la colline.

Ils aident Ramin à s'installer dans la chambre d'ami de Douglas. Elle leur a dit qu'elle serait à un dîner du personnel et ne rentrerait pas avant le couvre-feu.

— C'est trop bizarre, déclare Beth. Tu vas vivre avec Douglas.

— Comment ça, bizarre ? demande Brunson. J'habite bien avec Mme Song, moi.

— C'est vrai, enchaîne Spence. Mais Song, c'est Song, et Douglas, c'est… Douglas. C'est un peu une énigme à elle toute seule, vous ne trouvez pas ? C'est sa chambre, là ?

Elle désigne une porte fermée.

— On n'entre pas là, dit Ramin.

— Je n'ai pas dit ça ! proteste Spence. C'est juste bizarre, c'est tout.

— Tout est bizarre au début.

Beth songe à tout son temps passé à Chandler.

— Peut-être qu'on s'habitue à tout.

Ils s'asseyent tous sur le nouveau lit de Ramin pendant qu'il déballe ses affaires et les range soigneusement dans une armoire d'acajou grinçante. Arrivé au fond de sa valise, il sort une feuille et se fige.

— Qu'est-ce qu'il y a ? demande Beth.

Ramin leur montre le papier sur lequel est écrit *TRAÎTRE.*

— Toby et Seb ont fouillé dans ma valise, articule Ramin d'une voix chevrotante. Ils...

Freddy le coupe.

— Ils m'ont fait la même chose.

— Quand on est allés chez mes parents, précise Spence.

— Et si on allait au lac ? suggère Ramin, dans l'espoir de se changer les idées. J'ai fini de ranger.

— Mais il fait un froid de canard, proteste Spence.

— Alors un Scrabble ? propose Brunson. Quand je joue avec Millie, après tout va mieux.

— Je n'ai pas de Scrabble ici, dit Ramin.

— Comme si Douglas, la reine des mots, n'avait pas de Scrabble. Je vais jeter un œil, annonce Brunson en sortant.

— Je viens avec toi, lance Beth.

Elles fouillent le salon, sans succès. Puis elles se dirigent vers le bureau. La porte est entrouverte, donc entrer ne semble pas interdit. Elles fouillent les placards mais ne trouvent qu'un océan de dossiers soigneusement classés. Beth se fige devant l'un d'eux, estampillé *Lettres de recommandation.*

— Tu vois, dit Brunson. Douglas en écrit, finalement. Je ne vais pas hésiter à lui en demander une pour l'université.

— Personne n'a dit qu'elle n'en écrivait pas. C'est simplement qu'elle est très avare en recommandations.

— On n'a qu'à regarder combien elle en a fait.

Joignant le geste à la parole, Brunson ouvre le dossier, révélant une liasse de papier plutôt mince.

— Bon, d'accord. Il n'y en a pas des masses.

— Brunson, on ne devrait pas...

Le visage de Brunson s'affaisse tandis qu'elle feuillette la pile.

— Beth...

— On n'a pas le droit de lire ses trucs.

— Beth, ce n'est pas une lettre de recommandation pour un élève. C'est pour un prof. Et ce n'est pas la seule lettre. Il y en a une du prof en question. Il dit qu'il...

Sans finir sa phrase, elle tend les lettres à Beth qui les saisit malgré elle et lit à voix haute.

— « Monsieur le Principal Berg et Madame la Professeure Douglas, je vous écris pour répondre aux allégations concernant ma conduite au soir du vingt-huit mars. Je tiens à vous assurer que ce qui s'est produit n'a duré que quelques secondes avant que je n'y mette fin. J'avais déjà bu deux verres de vin quand elle est venue frapper à ma porte. »

— Stop, implore Brunson. Je connais déjà la suite.

Un épais brouillard enveloppe Beth. *Du calme*, s'intime-t-elle. Elle sent Brunson lui prendre la main. Elle ferme les yeux, et lutte contre la crise d'angoisse.

— Beth, il faut qu'on leur montre.

— On n'avait pas le droit de fouiller.

— Mais on l'a fait, assène Brunson avant de l'entraîner dans la chambre de Ramin et de demander : Dites, on a dit pas de secrets entre nous, n'est-ce pas ?

Spence hoche la tête.

— Dans ce cas...
Beth dépose les lettres sur le lit de Ramin.
— Lisez d'abord celle-ci.
Elle observe Spence, Freddy et Ramin se pencher dessus.
— Donc, en gros, ce prof-là *aussi* a agressé des élèves ? demande Spence.
— Je ne le connais pas, dit Freddy.
— C'est parce qu'il a eu un poste dans un autre lycée, dit Beth. Maintenant, lisez la lettre suivante.
Celle-ci est écrite par Douglas. Spence la lit à voix haute.
— « Je vous écris pour vous recommander le professeur Trumble. En tant que directrice de la section littéraire, j'ai été témoin moi-même de sa passion pour l'enseignement, et j'ai toujours été émerveillée par sa connaissance exceptionnelle de l'œuvre d'Homère. »
— Je ne veux pas en savoir plus, dit Ramin en se détournant. On ne connaît pas les circonstances.
— Les circonstances ? répète Brunson. Un prof a agressé une élève. Il l'a même avoué. Et Douglas lui a fait une lettre de recommandation pour qu'il puisse enseigner dans un autre établissement.
— Je me sens mal, dit Spence, une main sur le ventre.
— Comment elle a pu faire ça ? s'indigne Freddy. Elle a envoyé ce prof sévir ailleurs ?
Brunson se tourne vers Spence.
— Il faut que tu montres ça à ton père. Et qu'il les montre au conseil. Parce que ça... ça prouve que Sullivan n'est pas le seul. Le lycée couvre ces agissements depuis... depuis toujours.

— Il faut y réfléchir, déclare Spence.

— Non, pas du tout, coupe Ramin. Douglas nous a rassemblés. Elle… Elle a changé nos vies.

— Mais on ne peut pas cacher ça, rétorque Brunson. Je suis désolée si ça lui fait du tort, mais…

— Bon, on n'est pas obligés de prendre une décision ce soir, suggère Spence. Mon père a dit que ça ne pouvait pas se résoudre en une nuit, et il a peut-être raison. Et si… on parlait à Douglas ?

— De quoi ? demande Brunson. Elle est exactement comme Berg ! Non, elle est *pire*. Elle a fait semblant d'être de notre côté. Mais c'était n'importe quoi. Si elle devait décider, Sullivan n'aurait qu'à… quoi ? Aller dans un autre lycée pour…

— Je propose simplement qu'on passe en revue toutes les options, dit Spence.

— Il n'y a qu'une seule option. Dire la vérité. J'aurais voulu en avoir la force plus tôt. Mais je suis prête maintenant. Peut-être fallait-il que Douglas me déçoive à ce point pour que je trouve le courage.

Spence ouvre de grands yeux, comme une biche prise dans les phares d'une voiture. Beth ne l'a jamais vue aussi hésitante. Et, à l'inverse, elle n'a jamais vu Brunson aussi sûre d'elle.

— On devrait laisser passer la nuit, y réfléchir à tête reposée, hasarde Freddy.

— L'école a laissé passer la nuit pendant cent ans, proteste Brunson d'une voix pressante. On n'a plus le temps de laisser passer !

— D'accord, pas besoin de crier sur Freddy, lui dit Spence. Ce n'est pas lui ton ennemi.

— Tous ceux qui veulent couvrir ça sont mes ennemis, décrète Brunson d'un air de défi.

— Dans ce cas, c'est ce que je suis, déclare Ramin. Parce que je ne trahirai jamais la professeure Douglas. Sans elle, je serais toujours dans ce sous-sol.

Brunson se tourne vers Beth.

— Tu ne dis rien. S'il te plaît, dis-moi que tu es d'accord avec moi.

Beth en est sûre, mais elle ne se sent pas prête à le dire.

— Ce n'est pas toi contre nous, chuchote-t-elle. Il faut... je ne sais pas, qu'on soit tous d'accord.

— Elle a écrit une *lettre*, reprend Ramin. C'est tout. Elle n'a fait de mal à personne, elle. Ce n'était qu'une lettre. Juste des mots sur du papier.

— *Juste*, répète tristement Freddy.

— Beth ? insiste Brunson.

Beth n'a qu'une envie, celle de fuir cette conversation.

— Je... faisons une pause. On ne peut pas parler de ça demain, ou après-demain, ou...

— Si vous faites ça, coupe Ramin, ce sera sans moi. Et si ça ne vous dérange pas, j'aimerais rester seul dans ma chambre, maintenant. (Il récupère les papiers.) Où avez-vous trouvé ça ?

Beth se sent horriblement mal. Si elles n'étaient pas allées chercher ce fichu Scrabble, et mettre leur nez dans le bureau de Douglas, ils s'entendraient toujours bien.

— Dans ses dossiers. Il y en a un pour les lettres de recommandation, dit-elle, confuse.

Spence se lève.

— Bon, je suis fatiguée. Au moins, on n'a pas de réunion du Cercle avant l'année prochaine, parce que je ne sais pas comment on va pouvoir la regarder en face, maintenant.

Spence s'en va, Freddy sur ses talons.

— Spence, attends, lance-t-il avant de disparaître.

Ramin fixe Brunson jusqu'à ce qu'elle s'éclipse à son tour.

Beth est la dernière à rester.

— Je suis désolée, dit-elle à Ramin. On n'a vraiment pas fait exprès de trouver ça.

— Je sais, fait-il doucement.

— Tu veux que je m'en aille, ou je pourrais rester, si tu…

— Je veux être seul. Tu veux bien ranger ça où tu l'as trouvé ?

— Oui.

Elle s'exécute en regrettant de ne pas pouvoir remonter le temps.

Les sept jours qui la séparent des vacances d'hiver sont les pires de sa vie. Les membres du Cercle ne prennent plus leurs repas ensemble. Ils ne vont plus au lac. Elle redevient invisible, or l'invisibilité est d'autant plus éprouvante maintenant qu'elle connaît autre chose. Quand sa mère vient la chercher pour rentrer à la maison, elle est vraiment contente.

— Beth, un appel pour toi, l'informe sa mère en toquant doucement à sa porte.

— C'est qui ?

— Je ne sais pas, elle ne s'est pas présentée.

Sa mère passe la tête dans la chambre. Beth sait parfaitement ce qu'elle pense. Il est midi et elle est toujours au lit. Pathétique.

— Pour Noël, je t'ai mijoté une chasse au trésor du feu de Dieu.

— Je descends bientôt, dit Beth sans conviction.

— Tu veux parler de ce qui se passe ?

Beth secoue la tête.

— Peut-être plus tard, maman.

Sa mère lève les pouces et la laisse tranquille.

Elle prend une grande inspiration en décrochant le téléphone.

— Allô ?

— Beth, c'est moi, Brunson.

Elle se redresse, le combiné pressé contre l'oreille. Elle ne sait pas qui elle s'attendait à entendre au bout du fil, mais sûrement pas Brunson.

— Comment vas-tu ? lui demande cette dernière.

— Laisse-moi y réfléchir… Horriblement mal.

— Oui, moi aussi. Je n'arrête pas de penser à comment on s'est séparés.

— Tu leur as parlé depuis ? s'enquiert Beth.

— Non.

Donc elle n'a appelé qu'elle.

— Mais je… Enfin, j'ai écrit à la professeure Douglas. J'abandonne le Cercle. Je voulais juste te prévenir.

— Oh, fait-elle, surprise de la tristesse que ça provoque en elle. Tu lui as dit pourquoi ?

— Non.
— D'accord, conclut-elle sans savoir quoi ajouter.

Le second appel de Brunson est plus léger.
— Ma sœur trouve que je suis une super-héroïne, déclare Brunson.
— Hein, pourquoi ?
Brunson fait mine d'être vexée.
— Comment ça, pourquoi ? Parce que je déchire, évidemment.
— Et tu es tellement modeste.
— Non, sérieusement, c'est parce qu'à la maison je suis Sarah et sur le campus je suis Brunson. Elle dit que j'ai deux personnalités, comme Diana Prince et Wonder Woman.
— C'est le cas ?
— Je ne crois pas. Enfin, j'espère que non. Je crois que je découvre seulement qui je suis… comme tout le monde. Mais j'ai clairement caché certains trucs, oui.
— Des trucs sur ta mère, par exemple ? Ce n'est pas cacher, c'est juste garder sa vie privée… privée.
— Et toi ? Tu es deux personnes différentes ?
Beth se rallonge, détendue.
— Pendant longtemps, oui. Mais plus maintenant. Maintenant, je suis seulement Beth Kramer, de la famille Kramer du Connecticut.

Après cela, elles s'appellent tous les jours, parfois plusieurs fois par jour, pour parler de tout et de rien. Comme si la distance d'une ligne téléphonique leur permettait enfin de s'ouvrir l'une à l'autre.

Un jour, Brunson annonce :

— Beth, je te dois des excuses.

— S'il te plaît, évite. Quoi que ce soit, je veux qu'on dépasse le stade des excuses.

— Je sais bien, soupire Brunson. C'est juste pour la fois où j'ai lu ton exemplaire du bouquin de Douglas.

— Ah, ça. J'ai définitivement surréagi.

— Oui, mais je voulais juste que tu saches pourquoi j'ai fait ça. Ce n'était pas pour fouiller dans ta vie privée. C'était parce que je voulais lire, tu sais... un livre sur les lesbiennes. Parce que j'aime les filles.

— Oh.

— C'est tout ? demande Brunson avec un rire nerveux. Je te fais mon coming out et toi tu me sors un « oh » ?

— Tu sais, quand j'ai dit que je n'étais plus deux personnes différentes, dit Beth. C'est parce que je suis enfin prête à admettre que, moi aussi, j'aime les filles.

— Oh, fait Brunson à son tour.

Puis elles éclatent de rire pour de bon. Rien n'est plus comme avant à présent.

Quand elles parviennent à arrêter de rire assez longtemps pour reprendre leur souffle, Beth demande :

— Hé, tu crois qu'on avait peur l'une de l'autre parce qu'on est pareilles, en fait ?

— C'est-à-dire ? Moi, je n'ai jamais eu peur de toi. Toi oui ?

Un sourire se dessine sur le visage de Beth.

— Oui, un peu. Enfin peut-être pas *peur*, à proprement parler. Je pensais juste que tu étais une de ces filles à qui tout tombe tout cru dans le bec. Et ça me faisait peur. Parce que je suis tellement différente.

— Manifestement, tu te plantais *totalement* à mon sujet, glousse Brunson. Et moi aussi je me plantais sur toi. Par contre, je me doutais que tu aimais peut-être les filles. Enfin, cette année, pas l'an dernier. L'an dernier, tu étais un mystère.

— Eh bien, nous apprenons des informations très importantes l'une sur l'autre, n'est-ce pas ? plaisante Beth.

— C'est sûr, répond Brunson avec un sourire dans la voix. Bon, et toi, tu vas rester dans le Cercle ? Sachant ce qu'elle a fait ?

Il y a une longue pause. Puis, enfin, Beth dit :

— Je ne sais pas. Je crois que j'ai vraiment besoin d'écrire.

— On n'a pas *besoin* d'elle pour écrire.

— J'espère que c'est vrai.

Elle lève la tête vers le plafond. À la vérité, elle n'a pas écrit un mot depuis le début des vacances, et le soulagement que l'écriture lui procure commence à lui manquer.

Soudain, Brunson demande :

— Beth, tu m'as pardonné ? Pour de vrai, je veux dire ?

— Oui. En y repensant, j'ai joué moi aussi un grand rôle dans notre mésentente, tu sais. Franchement, on ne peut pas décider d'ignorer quelqu'un et ensuite lui reprocher de ne pas nous inclure.

Beth lève les yeux vers tous les souvenirs de Chandler sur ses murs. Elle se sent si différente aujourd'hui de la fille obsédée par l'idée d'intégrer cette école.

— Et toi, tu m'as pardonné ?

— Bien sûr, répond Brunson. Je me suis tellement trompée sur tout. Sur toi, sur ma famille... Je m'étais créé tout un scénario où j'étais la bonne à tout faire qui prenait soin de sa mère malade, qui élevait sa petite sœur, comme si j'étais un genre de victime. Et ça me rendait un peu amère, je crois. Mais en vrai, elles prenaient soin de moi aussi. Leur amour me portait, comme vous dans le Cercle.

Elles parlent jusqu'à ce que la mère de Beth l'appelle pour le dîner. Elles se rappellent plus tard ce soir-là. Elles parlent de comment elles ont compris qu'elles étaient gays. Et de leurs familles. Et de bêtises, comme leur Spice Girl préférée.

— *Baby Spice ?* s'indigne Brunson, incrédule. Explique-toi.

— Je ne sais pas. Elle est mignonne, elle a l'air gentille et ce n'est jamais la préférée de personne.

Le lendemain matin, il y a un appel pour elle. Pensant trouver Brunson au bout du fil, elle répond d'une voix mielleuse :

— Ici le fan-club de Baby Spice, en quoi puis-je vous aider ?

— Beth ? fait la voix perplexe de Ramin.

— Ramin ! Pardon, je croyais que c'était quelqu'un d'autre !

— Tu croyais que c'était Brunson ? Elle m'a dit que vous vous appeliez beaucoup.

Elle sent ses joues s'empourprer.

— Oh. Tu lui as parlé ?

— J'ai parlé à tout le monde.

— De quoi ?

Il marque une pause.

— Être loin de Chandler m'a fait prendre conscience qu'on ne peut pas fermer les yeux sur ce qu'a fait Douglas.

— Ce n'était pas toi qui refusais de la dénoncer ?

— Je sais ce que j'ai dit.

Derrière, le père de Ramin l'appelle.

— Comment ça se passe avec tes parents ? questionne Beth.

— Pas trop mal. C'est bien d'être à Londres. Mes parents pensent que je ne devrais pas retourner en Iran.

— J'ai toujours voulu visiter cette ville, soupire-t-elle. Bref, pour Douglas ?

— Oui. Elle doit tout savoir, et nous devons tout lui dire. C'est ce qu'elle nous a enseigné. C'est peut-être à notre tour de lui apprendre quelque chose.

— On va l'écrire, souffle Beth.

— Exactement. Brunson, Spence et Freddy sont d'accord. On va tous écrire nos histoires. On va tout lui raconter.

Beth se prend à acquiescer.

— Alors, qu'en penses-tu ? *Veritas vos liberabit ?*

Au retour de Beth sur le campus, Brunson l'attend sur le perron de la résidence Carlton, armée de deux gobelets de chocolat chaud.

— Salut, dit-elle avec un sourire timide. On va se promener ?

— Oui.

Beth sent ses joues rougir de froid et d'excitation.

— Laisse-moi juste poser mes affaires.

Elles se promènent tous les jours. C'est comme leurs conversations téléphoniques, mais en chair et en os. Un dimanche froid de janvier, elles se dirigent ensemble vers MacMillan. Douglas les a convoqués et, bien que Brunson ait techniquement abandonné le Cercle, elle se joint à eux.

Sur la Grande Pelouse, Connor Emerson chante « Being Alive » en préparation des auditions pour la comédie musicale *Company*.

— Encore *Company* ? s'interroge Beth. Ils l'ont déjà montée au printemps...

— ... 1988, termine Brunson.

— Tu es une vraie maniaque de Chandler.

— Qui se ressemble s'assemble.

— Hein ? Je ne veux m'assembler à personne, moi.

Elle glousse nerveusement à sa propre blague sous le regard fixe de Brunson.

— Quoi ? J'ai quelque chose sur le nez ?

— Non, dit Brunson. J'ai juste envie de t'embrasser, si tu veux bien.

— Oh.

Elle jette un coup d'œil instinctif aux alentours. Le tronc d'un sycomore les dissimule, même si ça ne la dérangerait pas, tout bien considéré. Être vue est même une option plutôt agréable.

— Oui, ça me plairait.

Brunson se penche. Elle aussi. Le temps ralentit. Ou peut-être que c'est comme ça que doit s'écouler le temps, en réalité, comme si chaque seconde comptait.

— Le Cercle est de nouveau au complet, dit Freddy tout sourire quand Beth et Brunson arrivent pour prendre leurs places par terre.

— Pas tout à fait, dit Brunson. La professeure Douglas m'a demandé de venir, mais c'est seulement pour écouter ce que j'ai à lui dire. Je ne reviendrai pas.

— Merci d'être venue, Sarah, dit Douglas. J'ai lu vos textes. Et qu'elle décide ou non de rester dans notre groupe n'est pas ma préoccupation principale en ce moment. (Elle se tourne vers Brunson.) Même si j'espère que tu choisiras de rester.

— Professeure Douglas, l'interrompt Brunson. Avant tout, je voulais vous présenter mes excuses pour avoir fouillé dans vos affaires. C'est une partie de l'histoire dont je ne suis pas particulièrement fière.

Douglas lâche un profond soupir.

— Je sais. Certains événements se produisent pour une raison. Quoi qu'il arrive après aujourd'hui, je veux que vous me promettiez que vous resterez amis. C'est le plus beau cadeau que cet endroit ait à vous offrir. Vous êtes une famille. Vous le comprenez, n'est-ce pas ?

— Moi oui, dit Beth, les yeux sur Brunson, puis sur Ramin, Spence et Freddy.

— Bien. (Douglas boit une gorgée de thé et repose sa tasse.) Je suis fière de vous.

— Quel soulagement, souffle Ramin d'une voix tremblante. J'avais peur de vous avouer ce que nous avions trouvé.

— Avant de continuer, je dois vous dire…, commence Douglas.

Beth ne l'a jamais vue si vulnérable.

— Tout ceci est loin d'être facile pour moi. J'ai l'impression de vous avoir profondément déçus. Et de me décevoir moi-même. Je ne sais comment vous exprimer à quel point je suis désolée. J'ai compris que quelque chose clochait en observant Ramin, et j'ai trouvé étrange que vous ne passiez plus autant de temps ensemble. J'aurais dû me poser des questions. J'aurais voulu être là pour vous, vous tous.

— Le problème, reprend Brunson en prenant une grande inspiration, c'est que vous avez fait *partie* du problème.

Douglas hoche tristement la tête.

— Je sais. Et avant d'en discuter, j'insiste sur le fait que bien que je n'aie jamais beaucoup apprécié M. Sullivan, je n'étais pas au courant. Et je suis sidérée par ce qu'il t'a fait, Sarah.

— Sidérée comme la fois où vous avez fait une lettre de recommandation pour l'autre prof ? lance Beth.

— C'est mérité. Vous avez toutes les raisons de m'en vouloir.

— Pourquoi avez-vous fait ça ? interroge Ramin, plus triste que fâché.

— Je l'ai fait parce que je voulais continuer à enseigner, dit-elle en secouant la tête, consciente que c'est une réponse terrible. J'ai porté la honte de cette lettre très longtemps. J'y pense tous les jours depuis que je l'ai écrite. Je la connais au mot près. Et le pire, c'est que je sais exactement ce qu'on ressent quand un adulte en qui l'on a confiance vous trahit. Parce que ça m'est arrivé à moi aussi.

Elle se perd un instant dans ses souvenirs.

— On n'en parlait pas à l'époque. Il y avait tant de honte. Si un homme abusait d'une femme, elle était tenue pour responsable. Du moins, c'est ce que croyait ma mère. Quand je lui ai tout raconté, elle m'a ordonné de ne jamais le répéter à personne d'autre. Alors j'ai obéi.

Ils échangent des regards ébahis, sans savoir quoi répondre.

— Je ne recherche pas la compassion, reprend-elle. Lire vos textes m'a fait prendre conscience que toutes mes justifications pour ce que j'ai fait ne sont que ce qu'elles sont : de mauvaises excuses.

— Bon, qu'est-ce qu'on doit faire ? demande doucement Spence.

— Je ne sais pas ce que vous allez faire, mais de mon côté je vais contacter l'établissement où enseigne ce professeur de littérature, et je vais m'assurer qu'ils soient mis au courant des accusations portées contre lui quand il était ici.

Douglas parcourt la pièce du regard.

— Ça ne suffit pas, et c'est beaucoup trop tard, mais c'est déjà ça.

— Je ne comprends toujours pas, dit Beth. Quel rapport entre écrire une lettre et continuer à enseigner ? Pourquoi l'avez-vous protégé ?

— Parce que j'avais peur, explique-t-elle. J'aime enseigner plus que tout. Plus qu'écrire, même. C'est pour cela que j'ai arrêté d'écrire. Ça, et ma honte, je crois. Et je craignais qu'en soulevant ce problème... eh bien, disons que j'ai subi beaucoup de pressions pour faire disparaître le problème sans bruit. (Elle fait les cent pas dans la pièce.) J'étais déjà une prof lesbienne, ce qui à l'époque était encore plus difficile que maintenant. Et je ne voulais pas me faire virer pour avoir pris une position qui de toute façon n'aurait eu aucune utilité. Je voulais être titularisée ici parce qu'enseigner est juste... eh bien, c'est ma raison d'être.

— *Juste*, note tristement Freddy.

Elle leur adresse un sourire amer.

— J'exècre sincèrement ce mot.

— Professeure Douglas, qu'est-ce qu'on doit faire pour Sullivan ? interroge Brunson. Il ne s'est rien passé du côté du père de Spence et du conseil.

— Je sais. Je suis désolée, s'attriste Spence en secouant la tête, déçue.

— Je crois que vous savez tous quoi faire, dit Douglas en brandissant leurs textes.

— Donc vous pensez qu'on devrait faire lire l'histoire à d'autres gens ? demande Beth. Même avec tout ce qu'il y a sur vous dedans ?

— Je ne crains plus la vérité.

L'air glacial frappe Beth de plein fouet quand ils sortent tous ensemble du bâtiment MacMillan.

— Bon, c'était bizarre, déclare Brunson. Vous croyez qu'elle va vraiment le faire ? Qu'elle va appeler l'école où travaille ce prof ?

— J'en suis sûr, dit Freddy. Elle avait l'air... touchée.

Spence s'arrête.

— On ne peut plus attendre. J'adore mon père et je sais qu'il fera ce qu'il peut. Mais on a déjà patienté trop longtemps. Il nous faut un meilleur plan.

— D'accord, mais quel plan ? demande Beth.

Spence lève la tête un instant vers le ciel, puis, à Brunson :

— Tu as toujours les clés de la rédaction de *L'Héritage* ?

Brunson acquiesce, puis semble comprendre.

— Tu veux publier l'histoire ?

— Oui. C'est bien ce qu'a dit Douglas.

— Mais quelle partie ? s'enquiert Beth.

— Tout, tranche Ramin. Toutes les parties. Pour qu'on comprenne comment tout est lié. Les élèves qui abusent d'autres élèves, et les profs qui abusent des élèves, et les profs qui les couvrent, et les inégalités de traitement entre chacun, et puis j'en ai marre d'avoir toujours peur. Si on publie, peut-être qu'on arrivera à atteindre Sullivan, Seb et Toby.

— Les gens se contentent d'accepter la façon dont ça se passe ici, enchaîne Spence, mais peut-être qu'ils changeront d'avis en voyant ça.

— Je vous suis, mais on a tous écrit une partie, déclare Freddy, donc on doit tous être d'accord.

— Ça me va, assure Brunson.

Ils se tournent vers Beth qui acquiesce.

— La rédaction de *L'Héritage* doit être déserte à cette heure-ci. Je peux accéder à ma boîte mail, télécharger l'histoire, et…

— On va vraiment le faire ? chuchote Beth.

— Carrément ! s'exclame Spence en ouvrant la marche vers Humanitas.

Ils se glissent en douce dans le bureau de *L'Héritage de Chandler* comme s'ils s'apprêtaient à commettre un casse. Émerveillée, Beth observe Brunson effacer le sujet en première page qu'elle a rédigé pendant les vacances sur le nouveau revêtement (bleu dragée) de la maison du principal, et le remplacer par leur histoire. Pas de photos. Juste des mots. Juste la vérité.

Ils signent *Le Cercle*.

Brunson termine la mise en page et programme l'imprimante.

— Le premier numéro du nouveau millénaire, déclare-t-elle fièrement.

— Et si Barman le voit ? demande Spence. Elle peut empêcher la distribution ?

— C'est trop tard. Les journaux seront emportés demain matin.

Ils regardent l'imprimante cracher exemplaire après exemplaire. Dans douze heures, tout le campus se réveillerait à l'aube d'un nouveau jour.

— Ça va être le chaos, prédit Spence.

Brunson sourit.

— Peut-être qu'un peu de chaos est nécessaire, quand on essaye de faire éclater un siècle de secrets.

Une fois leur tâche accomplie, ils se rendent au lac et se tiennent en cercle. Spence prend la main de Ramin à gauche et celle de Freddy à droite. Freddy prend celle de Beth et, avec un petit sourire, Beth celle de Brunson.

— Plus on est de fous, plus on flotte, déclare Freddy.

Spence s'esclaffe.

— Personne ne va flotter ce soir. Le lac est glacé, mon vieux.

Le fou rire est contagieux. Beth ignore s'ils rient de joie ou de peur. Probablement les deux.

— Et si rien ne change ? s'inquiète-t-elle.

— Ça va changer, déclare Freddy sûr de lui. Même si Sullivan n'est pas viré du jour au lendemain. Même si Seb et Toby ne sont pas renvoyés demain. Ça sera quand même différent. *Nous* sommes différents. Douglas est différente.

— Donc vous lui avez pardonné ? demande Beth.

— Le sujet n'est peut-être pas de pardonner ce qu'elle a fait, résonne la voix de Spence sur le lac. C'est... de ne pas la définir par sa pire erreur. De ne définir personne par sa pire erreur.

— Personne ? insiste Beth. Pas même Seb et Toby ?

— S'ils n'assument pas les conséquences de leurs actes, ils resteront des ordures pour le restant de leurs jours, dit Brunson. Quand le journal sortira, nous leur aurons rendu un immense service. S'ils sont renvoyés, alors peut-être qu'ils comprendront que les enfoirés finissent par se faire prendre, et il sera encore temps pour eux de changer leur vie. Sinon, ils finiront comme Sullivan.

— Oui, confirme Beth, pensive. Même s'il y a des gens qui ne changent jamais.

Elle regarde le lac et toutes ses profondeurs cachées. Puis elle s'approche de leur arbre, celui dans lequel ils ont gravé leurs initiales. Elle passe les doigts sur les lettres. Des lettres, des mots, des phrases, des paragraphes et des histoires. C'est ainsi qu'ils se définiront.

Spence la rejoint et s'appuie contre l'arbre.

— Tu sais, depuis que je suis arrivée à Chandler, on me considère comme une « héritière » parce que mon père était élève ici.

Spence passe les mains sur les initiales tandis que Ramin, Brunson et Freddy se joignent à elles.

— Je ne me suis jamais demandé pourquoi ça m'embêtait.

Elle pose la tête sur l'épaule de Freddy.

— Je crois que... non, je sais que la raison, c'est parce que ça implique qu'un héritier soit toujours défini par son passé. Mon identité se résume au fait qu'un jour mon père a foulé ce même campus. Mais ce n'est pas la personne que je suis. Mon héritage ne se résume pas à essayer d'être parfaite pour honorer le passé. Mon héritage, c'est l'avenir auquel j'ai contribué en étant moi-même. Nous créons notre propre héritage, non ?

Beth sent ses doigts effleurer ceux de Brunson. Un minuscule geste d'intimité qui signifie tant. Il lui rappelle que le monde offre un nombre infini de possibilités. Une infinité d'espoirs et de surprises.

— Tu as raison, dit-elle. Nous créons notre propre héritage.

JANVIER 2008

ÉPILOGUE

Je me réveille vers midi. Il y a une tasse de café près du lit, accompagnée d'un mot de Robbie disant *Je t'aime, mon cœur.* Nous sommes ensemble depuis six ans, et il continue de laisser ce genre de messages dans tout l'appartement. Parfois je dois me pincer pour m'assurer que c'est bien réel. Je bois une gorgée de café, froid à présent, mais il me réveille d'un coup.

J'ai rêvé de Chandler. Je me demande si ce lycée me hantera toujours. Je n'y avais jamais songé auparavant, mais tous ces romans sur nos étagères et ceux qui s'empilent par terre font ressembler notre appartement à celui de Douglas, à MacMillan. J'ai peut-être inconsciemment reconstitué le premier lieu où je me sois senti en sécurité. Bien sûr, j'ai des exemplaires dédicacés de tous ses livres, les trois romans qu'elle a écrits depuis que j'ai eu mon diplôme, ainsi que l'édition anniversaire d'*Informations complémentaires*. Les regarder me ramène là-bas. À MacMillan, à son salon ou à la chambre qui est devenue mon foyer jusqu'à ce que je quitte Chandler.

J'ouvre un nouveau document sur mon ordinateur. Le curseur qui clignote me fait de l'œil, comme s'il me défiait. Je devrais être en train d'écrire un nouveau pilote pour la télé, un truc commercial. Mais rien ne me vient.

Je songe à démissionner de plus en plus souvent ces derniers temps. Je suis usé par le rejet sempiternel, et par mon incapacité à écrire quoi que ce soit qui reflète ma vérité. Par les messages de la chaîne me demandant de supprimer tous les personnages gays d'un script. De remplacer les familles iraniennes par des blanches. Par les réunions où l'on m'assure adorer mon scénario, mais quel dommage, un projet sur le Moyen-Orient est déjà en développement.

Soudain frappé par le besoin de voir Robbie, j'emporte mes affaires et me dirige vers son restaurant. Il fond droit sur moi pour m'embrasser. Il est heureux dans cet endroit qu'il a créé. Il me conduit à une table dans un coin où j'aime écrire. Je n'ai pas besoin de menu. Il sait d'avance ce que je vais commander. J'adore qu'il me connaisse si bien.

J'ouvre l'ordi et le branche. Le curseur continue de clignoter, mais cette fois, on dirait une invitation. Je m'aperçois que je n'ai pas arrêté de fuir l'unique histoire que j'aie toujours réellement voulu raconter. Celle des amis qui m'ont connu et aimé les premiers. Je vais l'écrire sous forme de roman. N'est-ce pas depuis toujours ma plus grande ambition ? De suivre les traces de Douglas ?

Mais je me ravise. Spence est une star de cinéma à présent, qui sort avec une star de cinéma encore plus célèbre.

Freddy est médaillé d'or. Brunson travaille avec les enfants et Beth est psychologue, elles s'apprêtent à avoir leur premier enfant ensemble. Puis-je vraiment écrire sur eux ? Soudain, quelque chose que Douglas a dit une fois refait surface : les écrivains doivent apprendre à changer les détails, mais à conserver la vérité.

L'odeur des cuisines me ramène d'un coup à toutes ces heures d'expérience professionnelle dans la cuisine de Chandler. À tous les repas pris avec le Cercle, et à ce déjeuner de janvier où nous avons regardé une pile d'exemplaires de *L'Héritage de Chandler* être déposée près des distributeurs de jus de fruits. Whistler en avait saisi un machinalement. Madame Ardant aussi, tout en discutant avec la Señora Reyes. Hiro et Sabrina l'avaient lu ensemble. Une fois sa lecture terminée, Hiro m'avait adressé un regard à travers la salle, et un signe de tête.

J'avais eu l'impression que tout se passait à la fois au ralenti et en accéléré. Autour de nous dans le réfectoire, les voix s'étaient tues pendant que le journal passait de main en main, d'élève en élève, de professeur en professeur, jusqu'au principal. Pour finir, toute la salle semblait nous regarder. Nous, le Cercle.

Avant la fin de cette semaine-là, trois élèves supplémentaires, ainsi que deux anciennes élèves, s'étaient exprimées avec force détails sordides sur leurs expériences avec Sullivan, qui fut rapidement renvoyé et inculpé. À la fin du mois, Seb et Toby furent exclus, pas pour bizutage mais pour vol de cigarettes chez Mikey. Et Douglas restait à Chandler. Elle y est toujours, en fait. Peu importe le nombre de romans qu'elle écrit, elle n'arrêtera pas d'enseigner. Le Cercle, comme les saisons, continue de tourner.

Mais ça, c'est la fin de l'histoire, pas le début.

Les yeux sur la page blanche, j'entends sa voix, qui m'aide à lâcher prise.

Je les sens tous assis près de moi, qui m'aident à m'accepter tel que je suis.

Alors je rouvre les yeux, et je commence à écrire.

NOTE DE L'AUTEUR

Ma première année à l'internat fut l'une des plus difficiles de ma vie. J'y ai été envoyé par mes parents, qui souhaitaient que je reçoive la meilleure éducation. Et cet endroit, qui avait éduqué un président, était le meilleur.

On était en 1990, je ne vivais aux États-Unis que depuis quatre ans. Je n'avais jamais eu d'amis américains. En arrivant pour ma première année, j'étais tellement différent des autres. Plus foncé de peau, plus efféminé. La résidence où je vivais, comme celle de Ramin, était un sous-sol obscur. Le bizutage que je décris dans ces pages est une version allégée de ce qui se passait là-bas. La honte que j'ai éprouvée cette année-là était comme un océan duquel je croyais ne jamais pouvoir m'extirper. J'allais en cours, mais la majorité du temps, je ne sortais pas de ma chambre. On m'a envoyé voir le psy de l'établissement, mais je ne lui ai rien raconté de ce que je subissais. Je suppliais mes parents de me laisser rentrer à la maison, sans jamais leur dire pourquoi. À ce jour, je ne parle de ce qui s'est passé cette année-là à personne d'autre qu'à mon mari, et à la famille d'amis que j'ai fini par me faire à l'internat. Les détails m'appartiennent et, en vieillissant, j'ai découvert que la fiction était mon moyen préféré pour trouver une logique au monde.

Durant des décennies, j'ai cru que ce que j'avais traversé lors de ma première année de lycée n'était arrivé qu'à moi. Avec le temps, j'ai eu l'impression de tout mettre derrière moi. Et si cette première année m'a réduit en miettes, les trois suivantes à l'internat ont recollé tous mes morceaux. Elles ont été, et seront toujours, trois des meilleures années de ma vie. C'est à l'internat que j'ai rencontré les premiers amis qui m'ont accepté et m'ont accordé de l'attention. Ils sont encore mes meilleurs amis à ce jour, ma famille et mon cercle. C'est à l'internat que j'ai trouvé des mentors adultes qui m'ont reconnu et ont soutenu mon besoin de créer.

La première personne à qui j'ai fait mon coming out était un professeur de ce lycée. Les premiers amis à qui j'ai fait mon coming out étaient des amis de ce lycée. La personne que je suis maintenant est née là-bas, et même si une part de moi aurait voulu que je m'en aille sans me retourner sur cette première année, une autre part sait que beaucoup de bonnes choses de ma vie sont nées au même endroit les années suivantes.

En avril 2017, près de vingt ans après en être sorti, j'ai reçu un email de l'établissement. Y était attaché un rapport de cinquante pages destinées au conseil d'administration. Cinquante pages révélant des décennies d'abus sexuels atroces commis à l'école. Douze anciens professeurs étaient accusés au fil des années. Aucun n'avait jamais été dénoncé à la police. Dans certains cas, l'école avait détourné les yeux. Dans d'autres, des lettres de recommandation avaient été écrites et les profs envoyés dans d'autres établissements, répétant sans aucun doute les mêmes comportements ailleurs. J'ai lu les cinquante pages, saisi de nausée.

Cette nuit-là, j'ai été attiré vers ma famille de l'internat. Nous nous sommes écrit et appelés. Certains étaient surpris par le rapport. D'autres, dont moi, l'ont lu avec un sentiment d'effroi familier. Quelque part au fond de moi, je savais que c'était ça, la culture de cette école. Nous étions nombreux à le savoir. Mais nous n'avions pas de mots pour la nommer, la remettre en question, nous y opposer. Nous nous sentions impuissants. Nous n'étions que des gosses. Ces gens étaient censés s'occuper de nous. J'ai appelé l'un de mes meilleurs amis qui vivait avec moi dans ce sous-sol. Nous avons discuté de ce rapport qui ne mentionnait même pas les abus que les élèves s'infligeaient entre eux. Parce que quand les professeurs et l'administration établissent un code de conduite, les élèves le suivent, inévitablement.

En lisant ce qui s'est passé à l'école, les ressemblances avec d'autres institutions puissantes sont devenues évidentes. Comme l'Église catholique, cette école et beaucoup d'autres ont dissimulé les abus sexuels. Et Hollywood, l'industrie dans laquelle j'ai travaillé durant toute ma vie d'adulte, s'est révélée être une autre version du même schéma. Des hommes puissants protégés, des victimes réduites au silence, achetées, des prédateurs embauchés, encore et encore. Le problème est universel. Il touche toute institution se croyant au-dessus des individus qui la constituent.

Ce livre est ma façon de faire face aux nombreuses émotions complexes que j'éprouve au sujet des quatre années les plus marquantes de ma vie. J'espère, en racontant cette histoire, que les lecteurs comprendront qu'ils sont plus forts qu'ils ne le croient. Mais ce n'est pas qu'un récit du mal. C'est aussi un récit d'amitié, de créativité et d'amour salvateurs. Et libérateurs.

Les statistiques concernant les abus sexuels et le bizutage sont déchirantes. Une fille sur neuf et un garçon sur cinquante-trois sont victimes d'abus sexuel de la part d'un adulte, avant l'âge de dix-huit ans. Près de la moitié des élèves arrivant à l'université ont déjà été bizutés. Les étudiants harcelés sont 2 à 9 % plus susceptibles de commettre une tentative de suicide. Ces problèmes se sont généralisés, ils sont tout autour de nous.

Si vous avez vécu ou que vous vivez des abus de n'importe quelle sorte, l'aide existe, personnelle et professionnelle. Il y a le soutien psychologique, et celui des amis, de la famille et des mentors, ainsi que de nombreuses organisations qui ne demandent qu'à être là pour vous.

REMERCIEMENTS

Quand j'étais jeune, j'adorais écrire, mais jamais je n'avais rêvé d'en faire une carrière. Cette idée a changé à l'internat, quand un groupe de personnes spéciales m'a aidé à modifier la perception que j'avais de moi-même. J'aimerais remercier tous mes amis et mentors rencontrés à Choates Rosemary Hall dans les années 90. J'y suis arrivé timide, déprimé, je me cachais dans ma chambre en première année. J'en suis sorti en dernière année sûr de moi, courageux et élu personne la mieux habillée et la plus susceptible d'avoir mon propre numéro de cabaret (j'y travaille toujours).

Je ne serais jamais devenu ce que je suis sans une très longue liste de personnes. Je ne peux pas toutes les citer sans écrire un nouveau livre. Si nous avons ri, pleuré ou dansé ensemble à Wallingford entre 1990 et 1994, sachez que je vous aime. Un remerciement tout particulier pour leur amitié, qui a changé ma vie, et pour leur soutien à : Laurent Ambrose, Sarah Blodgett, Veronica Bollow, Tom

Collins, Jennifer Elia, Stephen Farrell, Amanda Fraze, Ted Huffman, Erica Kraus, Trina Meiser, Amy Rabinowitz, Conley Rollins, Melanie Samarasinghe, Sarah Shetter, Serena Torrey, Sara Upton, Kate Wilson et Lauren Wimmer. Les amis du château d'eau de deuxième année, Sonia Tribe, et la distribution et les régisseurs de *Baby with the Bathwater*, ces moments passés ensemble m'ont donné vie.

De trop nombreuses personnes qui étaient à l'internat avec moi sont parties. Deux en particulier, Fred Torres et Natalia Roquette, avec qui j'ai partagé des expériences marquantes. Nous vous portons en nous.

Alessandra Balzer chez Balzer + Bray est directement responsable d'avoir réussi à extirper de moi ce livre et *Like a Love Story*. Je ne sais pas comment j'aurais fait sans toi, Alessandra. Merci à toi et à toute la famille Balzer + Bray (Donna Bray, Caitlin Johnson, Michael D'Angelo, Jackie Burke, Patty Rosati, Kattie Dutton, Mimi Rankin, Nicole Moreno, Andrea Pappenheimer, Kerry Moynagh, Kathy Faber, je vous adore tous). Et un grand merci à l'équipe BookSparks de m'avoir aidé à entreprendre mon voyage d'auteur et d'avoir été de nouveau là pour celui-ci.

Corina Lupp et Natalie Shaw, merci pour la magnifique couverture. Elle me ramène à ces pelouses de l'internat.

John Cusick chez Folio, merci d'avoir soutenu mon désir de raconter des histoires qui challengent ma créativité. Je te suis si reconnaissant de ton soutien, et je suis impatient de voir la suite.

Mitchell Waters, je te serai éternellement reconnaissant d'avoir vu quelque chose en moi que personne d'autre n'avait vu. Agent un jour, ami toujours.

Brant Rose et Toochis Rose, merci d'avoir travaillé si dur pour moi, et toujours avec une chaleur et un soin sincères.

Je suis tellement peu sûr de moi quand j'écris un nouveau livre et j'ai tellement de chance d'avoir mes super amis Susanna Fogel, Ted Huffman, Erica Kraus et Erin Lanahan, les tout premiers lecteurs de ce roman qui m'ont guidé et soutenu. Et un immense merci à Rashmi Kashyap pour les conversations éclairantes.

J'ai beaucoup trop d'amis à remercier, mais quelques-uns qui se sont montrés d'un soutien exceptionnel pour ma famille et moi sont : Mojean Aria, Jamie Babbit, Alexa Boland, Jennifer Candipan, Tom Dolby, Jazz Elia, Lauren Frances, Nancy Himmel, Rachel Jackson, Mandy Kaplan, Ronit Kirchman, Ali Meghdadi, Joel Michaely, Julia Othmer, Busy Philipps, Jessica Rhoades, Mark Russ, Joyce Song, Jeremy Tamanini, Amanda Tejeda, James Teel, Lila Azam Zanganeh et Nora Zehetner. À tout le monde dans toutes les salles de scénaristes que j'ai pu fréquenter, les rires et la camaraderie en construisant des histoires ensemble m'ont fait avancer et m'ont tellement appris sur comment raconter les histoires.

J'adore faire partie de la communauté des écrivains et amateurs de livres. Merci à mes collègues auteurs, et un remerciement particulier à Taylor Jenkins Reid qui, non contente d'écrire les meilleurs livres, est aussi le meilleur des êtres humains. Tes compliments au sujet de mon écriture sont tout pour moi. Merci de tout cœur à Leah Johnson, Adib Khorram, E. Lockhart et Laura Ruby pour votre généreuse lecture d'une des premières versions de ce roman et pour vos puissantes paroles de soutien.

J'aimerais m'arrêter une minute pour remercier tous les lecteurs qui m'ont écrit au sujet de *Like a Love Story*. Les messages que j'ai échangés avec des lecteurs du monde entier m'ont ému, soigné, aidé à ressentir la puissance de l'art et de la communauté. Pendant la pandémie, vous m'avez aidé à me sentir moins seul. *E a todos os leitores brasileiros, eu te vejo e te amo. Você não tem ideia de como tocou profundamente minha alma com seu belo espírito. O amor é nosso legado.*

Merci à Tori Amos. Tu as été ma muse pendant l'écriture de ce livre. Ta musique m'aide à surmonter les émotions les plus difficiles de la vie. Je t'aime, ma déesse de la catharsis.

LA FAMILLE IS GOLD : Maryam, Luis, Dara, Nina, Mehrad, Vida, John, Lila, Moh, Brooke, Youssef, Shahla, Hushang, Azar, Djahanshah, Parinaz, Parker, Delilah, Rafa, Santi, Tomio et Kaveh. Les Aubry et les Kamal ! Jude, Susan, Kathy, Zu, Paul, Jamie et compagnie. Mes parents Lili et Jahangir, et mon frère, Al. Je vous aime tous.

Ma nouvelle photo d'auteur a été prise par la cousine de ma mère Mandy Vahabzadeh à Central Park durant un jour froid de la pandémie. Mandy est une fabuleuse artiste et l'une des premières personnes qui m'a initié au pouvoir de l'art. Chaque jeune adolescent devrait avoir dans sa famille quelqu'un qui l'emmène voir Kusturica et Wong Kar-Wai en salle (et le fasse entrer en douce dans le studio de *SNL* pour voir l'unique fois où Madonna a chanté « Bad Girl » en live). Je suis tellement chanceux de t'avoir, Mandy.

Jonathon Aubry, il y a une façon de savoir si on a épousé la bonne personne, c'est de se mettre directement en confinement à peine le mariage et la lune de miel terminés. Tu es la bonne personne, mon meilleur ami et mon partenaire dans tous les aspects de ma vie. Nous sommes sacrément bien assortis. Merci de me laisser barboter dans l'aura de ta force vitale, et de toujours faire ressortir le meilleur de moi-même. J'ai tellement de chance de t'aimer et que tu m'aimes en retour. Ensemble, nous traçons notre propre héritage.

Rumi et Evie, vous êtes mon cœur, mon âme, mon tout. J'espère que quand vous vous retournerez sur cette époque terrible que nous vivons encore, vous vous souviendrez de la beauté que nous avons trouvé à être isolés tous ensemble : les rires, les soirées films (et parfois les matinées aussi) ; les chorégraphies sur Cardi, Megan et Madonna, les parties de pasur et de backgammon, et tous nos jeux inventés, quand nous avons adopté Disco, les délicieuses pâtisseries qui lanceront un jour Right Mama Bakery, les visionnages de *Drag Race*, les grands écarts, le yoga, notre Bolognese magique, *Gilda are you decent*, et oui, parfois, les devoirs de maths et d'espagnol, parce que je suis votre parent même si je me comporte parfois comme un gamin. Vous m'inspirez tellement tous les deux. Rumi, ton humour et ta curiosité sont magiques. N'arrête jamais de rire ni d'apprendre. Evie, ta passion et ta compassion sont sans limites. Tu as toujours scintillé et je sais que tu scintilleras toujours, mon Étincelle. Il n'est de plus grand amour au monde que l'amour que j'ai pour vous deux.